다마세누 몬테이루의
잃어버린 머리

LA TESTA PERDUTA DI DAMASCENO MONTEIRO
by Antonio Tabucchi

Copyright ⓒ Antonio Tabucchi, 1997
Korean translation copyright ⓒ MUNHAKDONGNE Publishing Corp., 2016
All rights reserved.

Korean translation rights by arrangement with The Wylie Agency(UK) LTD
through Milkwood Agency.

이 도서의 국립중앙도서관 출판예정도서목록(CIP)은 서지정보유통지원시스템 홈페이지(http://seoji.nl.go.kr)와
국가자료공동목록시스템(http://www.nl.go.kr/kolisnet)에서 이용하실 수 있습니다.
(CIP제어번호: CIP2016000142)

세계문학전집
1 3 4

Antonio Tabucchi : La testa perduta di Damasceno Monteiro

다마세누 몬테이루의 잃어버린 머리

안토니오 타부키 장편소설

이현경 옮김

문학동네

안토니오 카세세와 집시 마놀루에게

일러두기

1. 번역 대본으로는 *LA TESTA PERDUTA DI DAMASCENO MONTEIRO*(Antonio
   Tabucchi, Feltrinelli, 1997)를 사용했다.
2. 주석은 모두 옮긴이주이다.

차례 █

다마세누 몬테이루의 잃어버린 머리   9
후기   239

해설 | 처참한 현실 속에서 찾을 수 있는 희망   241
안토니오 타부키 연보   247

SF소설

화성인이 거리에서 나와 만났다.
그는 내 존재의 불가능성을 두려워했다.
존재하면서 자신의 존재를 무無로 만드는 존재가
과연 존재할 수 있을까? 화성인은 속으로 생각했다.

카를루스 드루몬드 지 안드라지*

---

* 브라질 시인. 현대적이고 실험적인 시로 20세기 브라질 문학에 큰 영향을 끼쳤다.

1

집시 마뇰루는 눈을 뜨고 오두막 벽 틈새로 스며드는 희미한 빛을 쳐다보다가 소리를 내지 않으려 조심하며 일어났다. 옷을 입은 채로 잠들었기 때문에 따로 옷을 입을 필요는 없었다. 마라빌랴스 서커스에서 이빨 빠진 사자들을 조련하는 독일인 프란츠라고 알려진 아고스티뉴 다 실바에게서 작년에 선물받은 오렌지색 상의를 이제는 일상복으로도 잠옷으로도 쓰고 있었다. 뿌옇게 밝아오는 새벽빛 속에서 더듬거리며 샌들을 찾았는데, 하나밖에 없는 그 신발은 이미 슬리퍼로 변해버린 지 오래였다. 샌들을 찾아 발을 넣었다. 그는 오두막을 잘 알고 있어서 어둑어둑한 방안에서도 몇 안 되는 초라한 가구들의 위치를 가늠하며 움직일 수 있었다. 침착하게 문 쪽으로 걸어가던 그의 오른발이 바닥에 놓인 석유램프에 부딪혔다. 빌어먹을 여편네, 집시 마뇰루는 소리 죽여 투덜거렸다. 전날 밤 아내는 어두우면 죽은 사람들이 나오는 악몽을 꾼다면서 간이침대 옆에 석유램프를 놓아두려 했다. 램프를 아주 약하게 켜두면 망령들이 찾아오지 못해 편안히 잘 수 있다면서.

"엘 레이*, 지금 이 시간에 뭐하는 거예요, 우리 안달루시아 망령들 때문에 괴로우신 양반?"

아내가 부드러운 목소리로 아직 잠에서 덜 깬 사람처럼 웅얼거렸다. 그녀는 항상 집시어, 포르투갈어, 안달루시아 방언이 뒤섞인 제령공사어로 말했고 그를 엘 레이라고 불렀다.

왕은 무슨 얼어죽을, 마놀루는 이렇게 대꾸하고 싶었으나 아무 말도 하지 않았다. 왕은 무슨 얼어죽을, 아, 물론 집시들이 존경받던 시절, 그의 부족이 자유롭게 안달루시아 평야를 달리던 시절, 여러 마을을 돌며 구리 장신구를 만들어 팔고 고급 펠트 모자를 쓰고 검은 옷을 입던 시절, 칼을 방어용 무기로 주머니에 넣고 다니는 게 아니라 멋진 무늬를 새긴 은제 장신구로 들고 다니던 시절에 마놀루는 왕이었다. 그렇다, 그때는 왕의 시대였다. 하지만 지금은? 떠돌아다닐 수밖에 없는 지금, 스페인에서 먹고살 수 없어 포르투갈로 흘러들어왔지만 더 먹고살기 힘들어진 지금, 장신구와 숄을 만들 수도 없게 된 지금, 좀도둑질과 구걸로 연명해야만 하는 지금, 이 마놀루가 대체 무슨 빌어먹을 엘 레이란 말인가? 왕은 무슨 얼어죽을, 그는 다시 되뇌었다. 시청에서 자선사업의 일환으로 도시 가장자리에 있는 외딴 동네 변두리, 쓰레기가 쌓인 이 땅에서 살게 허락해주었다. 짐짓 정중하면서도 동시에 동정하

---

* 스페인어로 '왕'이라는 뜻.

는 듯한 태도로, 명목상의 임대료만 받고 땅을 임대해주는 12개월짜리 임대계약서에 서명하던 시청 직원의 얼굴을 마놀루는 또렷이 기억하고 있다. 마놀루더러 시 의회는 거기에 수도나 전기는 말할 것도 없고 생활 기반 시설을 전혀 만들어두지 않았으니 기억해두라고 했다. 볼일을 보려면 소나무숲으로 가야 한다고. 집시들은 그런 일에 익숙할 테고 땅을 비옥하게 만들겠지만, 조심해야 한다고. 경찰은 사소한 불법 거래까지 알고 있고 항상 주시하고 있으니까.

왕은 무슨 빌어먹을, 판지로 벽을 대고 함석판으로 지붕을 얹은 오두막은 겨울에는 심하게 축축하고 여름에는 화덕처럼 후끈했다. 어린 시절 살던, 건조하고 깔끔한 그라나다의 동굴은 더이상 없었다. 여긴 난민수용소, 아니 더 나쁘지, 강제수용소야. 왕은 무슨 빌어먹을, 마놀루는 생각했다.

"엘 레이, 지금 이 시간에 뭐하는 거예요, 우리 안달루시아 망령들 때문에 괴로우신 양반?" 아내가 같은 말을 되풀이했다.

이제 아내는 완전히 잠에서 깼는지 눈을 크게 떴다. 잠자리에 들 때면 늘 핀을 모두 빼놓아서 가슴께에 흐트러진 회색 머리카락과 길고 헐렁한 분홍색 잠옷 때문에, 오히려 그녀 자신이 귀신 같아 보였다.

"오줌 누러 가는 거야." 마놀루가 짧게 대답했다.

"잘 누고 와요." 아내가 말했다.

마놀루는 성기를 팬티 속으로 잘 집어넣었다. 그것은 단단하게 팽창해 고환을 아플 정도로 눌렀다.

"핀파르*쯤은 아직도 너끈히 할 수 있어." 그가 말했다. "아침에 일어나면 내 망갈뇨가 이렇게 밧줄처럼 단단해진다니까. 난 아직도 핀파르할 수 있다고."

"오줌으로 부풀어서 그래요. 당신은 늙었어요, 레이, 젊다고 생각하지만 늙었다고요. 나보다 훨씬 늙었는걸요." 아내가 대답했다.

"난 아직도 핀파르할 수 있어. 하지만 당신하고 할 수는 없지. 당신은 거기에 거미줄을 쳤으니까."

"가서 오줌이나 눠요." 아내가 말을 잘랐다.

마놀루가 머리를 긁적였다. 며칠 전부터 목에서 머리까지 작은 분홍색 물집이 생기며 피부 발진이 시작됐는데 참을 수 없이 가려웠다.

"마놀리투를 데려갈까?" 아내에게 속삭였다.

"가여운 애는 그냥 자게 내버려둬요." 아내가 대답했다.

"마놀리투는 할아버지하고 오줌 누러 가는 거 좋아하는데." 마놀루가 변명했다.

그는 마놀리투가 자고 있는 간이침대 쪽을 보았다. 갑자기 가슴이 따뜻해지는 것 같았다. 마놀리투는 여덟 살이었고 유일한 혈육이었다. 집시처럼 보이지도 않았다. 윤이 나는 검은 머리는, 그렇다, 진짜 집시 같기는 했지만 말이다. 하지만 두 눈은 청록색이었는데, 마놀루가 한번도 만난 적 없는 제 엄마를 닮은 게 틀림없었다. 그의 외아들 파코가 파루**의 창녀에게서 얻은 아이였다. 영국 여자예요, 아들이 말했다. 여자는 지브롤터의 거리에서 일했고 파코는 기둥서방 노릇을 시작했다. 그런데 경찰이 여자를 본국으로 송환했고 여자는 영국에서 소식이 끊겼다. 어느 날 파코가 아기를 품에 안고 나타났다. 알가르브에서 해결

---

* 집시 방언으로 밤일, 즉 성관계를 의미한다.
** 포르투갈 알가르브 주(州)의 주도.

해야 할 중요한 일이 있다며 아기를 할아버지 할머니에게 맡겼다. 담배 밀수였는데, 파코는 돌아오지 않았다. 그래서 마놀리투는 노인들 곁에 남게 되었다.

"마놀리투는 해 뜨는 걸 보면 좋아하는데." 마놀루가 고집을 꺾지 않고 계속 말했다.

"그냥 자게 내버려둬요, 불쌍한 애는." 아내가 말했다. "이제 겨우 동이 트는데, 딱하지도 않아요? 당신이나 가서 오줌 누고 와요."

잠시 마놀루는 오두막 문을 열고 아침 공기 속으로 나갔다. 마당은 한적했다. 다들 곤히 잠들어 있었다. 집시촌 사람들이 데려다 키우는 똥개 한 마리가 모래 더미에서 일어나더니 꼬리를 흔들며 다가왔다. 마놀루가 손가락을 탁 튕기자 똥개는 뒷다리로 서서 꼬리를 더 요란하게 흔들었다. 마놀루는 개를 데리고 마당을 가로질러 시에서 관리하는 소나무숲 쪽으로 난 오솔길로 들어갔다. 도우루 강 쪽으로 경사진 언덕 옆에 자리잡은 몇 헥타르 안 되는 이 소나무숲은 '시립 공원'이라는 거창한 이름이 붙은 채 이 도시의 초록 허파라며 홍보되었다. 사실은 버려진 지역으로 관리하는 사람도 없고 경찰도 오지 않는데. 아침마다 마놀루는 땅에서 콘돔과 주사기 들을 발견했지만, 시에서는 손가락 하나 움직이지 않고 내버려두었다. 마놀루는 양쪽으로 금작화가 우거진 좁은 오솔길을 내려가기 시작했다. 8월이었는데, 무슨 영문인지 금작화는 아직 봄인 양 계속 꽃을 피웠다. 마놀루는 전문가처럼 코를 킁킁거리며 공기 중의 냄새를 맡았다. 거친 삶을 통해 배운 대로 자연의 다양한 냄새를 포착할 수 있었다. 그는 금작화, 라벤더, 로즈마리를 세어보았다. 발아래 비탈 끝에서 도우루 강이, 언덕 사이로 모습을 드러내기 시작하는 태양에서 비스듬히 내리비치는 햇살을 받아 반짝였다. 내륙에서 와 포르투로 가는 상선 두서너 척의 돛이 한껏 부풀어올랐지만, 배들은 긴 띠 같은 강에서 꼼짝도 하지 않는 듯했다. 배들은 시내의 포도주 저장고로 포도주 통을 날랐다. 마놀루도 알듯이 저건 포트 와인이 되어 전 세계로 팔려 나갈 것이다. 마놀루는 자신이 알지 못하는 넓은 세상을 동경해 마지않았다. 낯설고 먼 항구들, 구름에 뒤덮인 항구들. 언젠가 영화에서 봤던 것처럼 안개 자욱한 항구들. 하지만 그가 아는 것이라곤 눈을 뜰 수 없을 정도로 눈부시고 새하얀 이베리아의 햇빛, 고향 안달루시아의 햇빛과 포르투갈의 햇빛, 석회를 하얗게 바른 집, 들개, 굴참나무숲, 그리고 그가 어디에 있든 자신을 이리저리 쫓아버리기나 하는 경찰들밖에 없었다.

마놀루는 소나무숲을 벗어나자마자 나타나는, 풀이 무성한 빈터에 그림자를 넓게 드리우고 있는 아름드리 떡갈나무에 오줌을 눌 셈이었다. 그 떡갈나무 몸통에 대고 오줌을 누면 왜 그리도 마음이 편안해지는지, 누가 알겠는가. 아마 그 나무가 마놀루보다 훨씬 나이가 많기 때문인지도 몰랐다. 마놀루는 세상에 자신보다 나이가 많은 생물이 있다는 게, 그것이 비록 나무일지라도, 기분좋았다. 그 사실 덕에 편안함을 느꼈고, 볼일을 보는 동안 마음속으로 평화로움이 밀려드는 것만 같았다. 자신과 전 우주가 조화를 이루는 기분이었다. 나무의 굵은 몸통으로 다가가서 기분좋게 오줌을 갈기며 평온을 느꼈다. 바로 그 순간 구두 한 짝을 발견했다. 그 구역에서 종종 볼 수 있는 낡고 버려진 구두가 아니라 반짝반짝 광이 나고 염소 가죽으로 보이는 진짜 가죽 구두였는데, 발에 신겨진 것처럼 앞코가 위로 향해 있었다. 그리고 수풀에서 튀어나와 있었다.

　마놀루는 조심스레 다가갔다. 경험상 상대는 술 취한 사람이거나 몸을 숨긴 불량배일 수도 있었다. 관목 위쪽을 보았지만 아무것도 눈에 띄지 않았다. 그는 나무 막대를 하나 주워 관목 가지를 헤집기 시작했다. 구두는 앵클부츠였다. 마놀루는 구두에서 시작해 몸에 딱 달라붙는 청바지에 감싸인 두 다리로 시선을 옮겼다. 마놀루의 눈길이 허리에 이르러 멈췄다. 밝은색 가죽 벨트에는 말 머리 모양의 커다란 은제 버클이 달려 있었고, 버클에는 '텍사스 랜치'라고 새겨져 있었다. 마놀루는 어렵지만 그 글자를 해석해보려고 애쓰면서 머릿속에 잘 새겨두었다. 그리고 나무 막대로 관목을 헤집으며 계속 조사해나갔다. 구두의 주인은 스톤스 오브 포르투갈Stones of Portugal이라고 외국어로 적힌 파란색 반팔 셔츠를 입고 있었다. 그래서 마놀루는 그 단어를 한참 바라보며 머릿속에 잘 새겨두었다. 관목숲에서 배를 하늘로 향한 채 누워 있는 몸뚱이에 해를 입힐까봐 겁이라도 나는 것처럼, 그는 조심스럽고 침착하게 나무 막대로 조사를 계속해나갔다. 목 부위에 이르자 더이상 나아갈 수 없었다. 아무것도 없었기 때문이다. 피가 거의 나지 않도록 목이 예리하게 단번에 잘려나가 시커먼 핏자국 몇 개만 남아 있고, 그 위로 파리가 윙윙거리고 있었다. 마놀루는 막대를 내려놓고 불쌍한 시신을 관목으로 다시 잘 덮어두었다. 거기서 몇 미터 떨어진 곳으로 가서 떡갈나무 몸통에 등을 기대고 생각하기 시작했다. 생각에 좀더 집중하기 위해서 파이프를 꺼내 꼼꼼하게 까놓은 담배 '데피니티보스'를 꼭꼭 눌러 담았다. 예전에는 독한 살담배를 즐겼지만 이젠 너무 비싸서 어쩔 수 없이 검은 담배*를 까서 쓸 수밖에 없었다. 이 담배는 겁쟁이라는 별명이 붙은 프란시스쿠의 가게에서 낱개로 구입할 수 있었다. 금방이라도 똥이 나올 것같이 긴장한 채 엉덩이를 오므리고 걸어서 그런 별명이 붙었다. 마놀루는 파이프 주둥이에 담배를 잔뜩 집어넣고 몇 모금 빨면서 생각에 잠겼다. 방금 발견한 것에 대해 곰곰 생각해보다가 다시 돌아가 한번 더 살펴볼 필요는 없다는 결론을 내렸다. 방금 본 걸로도 충분했으니까. 그사이 시간이 흘러 매미들이 참을 수 없을 정도로 요란하게 울어대기 시작했다. 라벤더와 로즈마리의 강렬한 향이 주위에 가득했다. 눈 아래로 반짝이는 긴 띠처럼 강이 길게 뻗어 있었고 뜨거운 바람이 약하게 불어왔으며 나무 그림자가 짧아지고 있었다. 마놀루는 손자를 데려오지 않아서 다행이라고 생각했다. 아이들은 이런 잔인한 광경을 봐서는 안 돼, 집시 아이들이라 해도. 몇 시나 되었을지 궁금해 해를 보았다. 그제야 그림자의 위치가 변했고, 어느새 햇살이 머리 위로 쏟아져 온몸이 땀으로 뒤범벅되어 있다는 것을 알아차렸다. 그는 피곤한 몸을 일으켜 마을 쪽으로 향했다. 이 무렵이면 공터는 활기가 넘쳤다. 할머니들은 아이들을 통에 넣어 목욕을 시켰고, 엄마들은 음식을 만들었다. 사람들이 인사를 했지만 그는 대꾸하지 않고 자신의 오두막으로 들어갔다. 아내가 마놀리투에게 낡은 안달루시아 의상을 입히는 중이다. 사람들이 아이들을 포르투로 보내 꽃을 팔기로 결정했는데 전통 의상을 입으면 벌이가 훨씬 더 낫기 때문이다.

"소나무숲에서 시체를 발견했어." 마놀루가 조그맣게 말했다.

---

* 가격이 싸고 맛과 향이 독한 담배.

아내는 무슨 소린지 알아듣지 못했다. 마놀리투의 머리를 빗기면서 윤이 나라고 머릿기름을 발라주고 있었다.

"뭐라고 했어요, 레이?" 늙은 아내가 물었다.

"떡갈나무 옆에 시체가 있어."

"썩게 내버려둬요." 아내가 대답했다. "이 주변에서는 뭐든 다 썩잖아요."

"머리가 없어." 마놀루가 말했다. "시체의 머리를, 쓱, 깨끗하게 잘라내버렸어."

그러면서 손으로 목을 긋는 시늉을 했다. 아내가 눈이 휘둥그레져서 물었다.

"무슨 말이에요?"

마놀루가 자기 손이 칼이라도 되는 것처럼 목으로 가져가더니 다시 그었다. 쓱.

아내가 몸을 곧게 펴고는 마놀리투를 내보냈다.

"경찰에게 가야 해요." 그녀가 단호하게 말했다.

마놀루가 연민 어린 눈으로 그녀를 보며 말했다.

"엘 레이는 경찰서에 가지 않아. 스페인과 포르투갈의 자유로운 집시들의 왕은 경찰서에 가지 않는다고."

"그러면요?" 아내가 물었다.

"그러니까 프란시스쿠 씨가 경찰에 알릴 거야." 마놀루가 대답했다. "그 겁쟁이에게 전화가 있고 경찰과 항상 연락이 되잖아. 그 사람이 경찰에 알리면 돼. 경찰들과 굉장히 친하니까."

아내는 걱정스러운 얼굴로 그를 보았지만 무슨 말을 하지는 않았다.

마놀루가 일어나서 오두막 문을 열었다. 문 앞에 이르자 정오의 햇살이 밀려들었다. 아내가 말했다.

"당신, 프란시스쿠에게 2천 에스쿠도 빚이 있잖아요, 레이. 당신에게 지리피티* 두 병을 외상으로 준 거 말이에요."

"그깟 술 두 병에 누가 신경이나 쓴대." 마놀루가 대답했다. "빌어먹을."

---

* 싸구려 술.

2

피르미누는 하투 광장 신호등 앞에 서 있었다. 신호가 한없이 길다
는 것은 이미 알고 있었다. 참을성 없는 기사가 택시를 범퍼가 닿을 정
도로 그의 차에 바짝 붙였다. 피르미누는 국제박람회 때 깨끗하고 정
돈된 도시를 선보이기 위해 애쓰는 시가 벌인 공사에 인내심을 보여줄
필요가 있다는 사실을 잘 알고 있었다. 국제박람회는 세계적인 행사가
될 것입니다. 리스본을 미래의 도시로 우뚝 세울 행사 중 하나가 될 것
입니다. 길목마다 세워놓은 광고판들이 이렇게 알리고 있었다. 피르미
누는 당장 눈앞에 닥친 미래를 볼 뿐 다른 것은 알지 못했다. 지금은
굴착기 운전자가 옆쪽으로 옮겨갈 때까지 적어도 5분은 기다려야 하는
상황이었다. 신호등이 초록색으로 바뀌어도 어찌해볼 도리가 없었다.
기다리는 수밖에. 그래서 체념하고 스위스 친구가 보내준 멀티필터 담

배에 불을 붙였다. 요즘 어떤 일들이 벌어지는지 알고 싶어서 〈청취자의 의견을 듣습니다〉라는 프로그램에 주파수를 맞추었다. 앞쪽 건물에 붙은 전자시계를 흘깃 보았다. 오후 2시였고 온도는 38도였다. 뭐, 8월이니까. 피르미누는 여자친구와 알렌테주의 작은 마을에서 일주일간 휴가를 보내고 돌아온 참이었다. 바다의 파도가 다소 거칠기는 했지만 하루하루 지날수록 원기를 되찾을 수 있었다. 다른 때와 마찬가지로 알렌테주는 만족스러웠다. 그들은 바닷가의 농가 민박을 구했는데, 주인은 독일인으로 방은 아홉 개밖에 없었다. 주위에 소나무숲과 한적한 해변이 있었고, 어디서나 자유롭게 사랑을 나누며 향토 음식을 즐길 수 있었다. 피르미누는 백미러에 얼굴을 비춰보았다. 햇빛에 보기 좋게 그을어 근사해 보였고 컨디션도 좋았다. 국제박람회 따윈 조금도 중요하지 않았다. 그는 다시 신문사에서 일하고 싶을 뿐이었다. 게다가 이건 단순히 희망사항이 아니라 꼭 해야만 하는 일이었다. 휴가 동안 마지막 월급을 다 써버려 무일푼이 되었기 때문이다.

신호등이 초록색으로 바뀌고 굴착기가 움직이자 피르미누도 출발했다. 광장을 빙 돌아서 알레샨드르 에르쿨라누 거리로 들어가 리베르다드 대로로 접어들었으나, 살다냐에서 막히고 말았다. 1차선에서 사고가 나서 자동차들이 모두 옆 차선으로 가기 위해 틈을 보고 있었다. 그는 버스 전용도로를 선택하면서, 교통경찰이 근처에 있지 않기만을 바랐다. 최근에 카타리나와 함께 수입과 지출을 계산해본 피르미누는 보잘것없는 수입의 10분의 1이 벌금으로 나간다는 것을 알게 됐다. 하지만 오후 2시이고 날이 더우니 경찰이 하나도 없을 수도 있다. 만약 있다면 최악의 사태겠지만. 국립도서관 앞을 지날 때는 속도를 늦추고 향수에 젖고 말았다. 비토리니*의 소설을 연구하기 위해 열람실에서 보낸 시간과 '전후 포르투갈 소설에 미친 비토리니의 영향'이라는 제목으로 비평문을 쓰려 했던 막연한 계획을 생각해보았다. 일주일 내내 점심을 먹었던 도서관 셀프서비스 식당의 대구튀김 냄새도 떠올랐다. 대구와 비토리니. 지금으로서는 계획은 계획으로만 남아 있을 뿐이다. 누가 알겠는가, 시간이 조금이라도 생기면 다시 글을 쓸 수 있을지.

　루미아르에 도착해서 홀리데이 인 건물을 따라 달렸다. 괴물 같은 건물. 유서 깊은 리스본의 그림 같은 풍경을 찾는 중산층 미국인들이 그곳에 모여들었지만, 그들은 새 건물이며 공항으로 연결되는 고가도로와 순환도로 때문에 황폐해진 구역 한복판에 서 있는 자신을 발견할 뿐이다. 주차가 항상 골칫거리였다. 그는 되도록 입구를 막지 않으려고 애쓰며 자동 철책문이 달린 건물 앞에 차를 세웠다. 차가 50센티미터쯤 튀어나왔지만 어쩔 수 없었다. 만일 견인차가 끌고 간다면 벌금의 비율이 최소 2퍼센트 증가할 테고, 그러면『이탈리아어 대사전』마지막 권을 살 수 없겠지만. 비토리니에 대해 공부하려면 꼭 있어야 할 도구다. 별수 없지. 몇 미터 떨어진 지점에 신문사 건물이 우뚝 서 있었다. 70년대에 지어진, 개성이 전혀 없을 뿐만 아니라 보기 흉하고 싸구려 같아 보이는 시멘트 건물이었다. 대부분의 층에는 평범한 사람들이 살았는데 그들은 시내에서 일하고 이 집에서는 잠만 잤다. 어떤 거주자들은 썰렁한 베란다를 꾸며보려고 파라솔과 플라스틱 의자들을 갖다놓기도 했다. 맨 위층의 베란다에서 소시민 스타일 장식물과 대비

---

* 엘리오 비토리니. 이탈리아 소설가, 번역가, 문학비평가로 20세기 인간의 사회적·정치적·정신적 고뇌와 파시스트 정권하의 경험을 소재로 한 소설을 썼다.

되는 주홍색 글씨로 다음과 같이 적힌 간판이 눈에 띄었다. '오 아콘테시멘투. 시민이 알아야 하는 모든 것.'

피르미누가 근무하는 신문사였다. 그는 자신 있게 그쪽으로 향했다. 가슴이 풍만한 전화교환수와 대면해야 한다는 것을 알고 있었다. 하반신이 마비된 그녀는 휠체어에 앉아 신문사 구석구석을 누볐다. 피르미누는 또 자신의 작은 방에 도착하기 전에 편집국장인 실바 박사의 책상을 지나야 한다는 것도 알고 있었다. 실바 박사는 어머니의 성인 위페르를 사용하는데 프랑스 성이 훨씬 더 우아하다고 여기기 때문이다. 그리고 자기 책상 앞에 도착하면 항상 그렇듯 참을 수 없는 폐쇄공포증을 느낄 거라는 사실도 알았다. 그만의 공간을 만들어주기 위해 가벽으로 만든 작은 방에는 창문이 없었다. 피르미누는 이 모든 것을 다 알고 있었지만 그래도 자신 있게 앞으로 나아갔다.

하반신이 마비된 교환수는 휠체어에 앉은 채 자고 있었다. 풍만한 가슴 앞쪽엔 가장자리에 기름이 묻은 은박지 용기가 놓여 있었다. 용기는 비어 있었다. 길모퉁이의 패스트푸드점에서 배달시킨 점심이었다. 피르미누는 안도감을 느끼며 곧장 앞으로 걸어가 엘리베이터를 탔다. 화물승강기처럼 문이 없는 엘리베이터였다. 버튼 밑에 붙은 작은 금속판에 다음과 같이 적혀 있었다. '보호자와 동반하지 않은 미성년자 탑승 금지.' 그 옆에 누군가 펠트펜으로 이렇게 낙서해놓았다. 'fuck you.' 이 멋진 건물을 설계한 건축가는 엘리베이터의 문을 없앤 대신 조그만 스피커에서 가벼운 음악이 흘러나오게 해서 엘리베이터를 아늑하게 만들었다. 나오는 음악은 변함없이 〈Strangers in the night〉*이었다. 3층에서 엘리베이터가 멈췄다. 파마머리에 염색을 한 노부인

24

이 탔는데 코가 마비될 정도로 향수 냄새가 독했다.

"내려가나요?" 부인이 인사도 없이 물었다.

"올라갑니다." 피르미누가 대답했다.

"난 내려가요." 부인이 단호하게 말하더니 내려가는 버튼을 눌렀다.

피르미누는 단념하고 밑으로 내려갔다. 부인이 겉치레 인사도 없이 엘리베이터에서 내렸고 피르미누는 다시 위로 올라갔다. 4층에 도착해 내린 후 잠시 당혹감에 빠졌다. 그는 자신에게 물었다. 어떡하지? 이대로 공항에 가서 파리로 가는 비행기를 타버릴까? 파리, 유명 잡지, 특파원, 세계 일주. 그야말로 전 세계적인 저널리스트처럼. 이따금 피르미누에게는 그런 생각, 그러니까 단번에 삶을 바꿔버리거나 극단적인 선택을 하고 충동적인 행동을 해버릴까 하는 생각이 떠올랐다. 하지만 돈은 없고 비행기 표 값은 너무 비쌌다. 파리행도 마찬가지였다. 피르미누는 문을 밀고 안으로 들어갔다. 신문사는 이른바 오픈플랜 구조였다. 원래 그렇게 설계된 게 아니라 아파트의 벽을 헐어내 지금처럼 개조해서 사용하는 것이었다. 게다가 공동空洞 벽돌로 쌓은 벽이라 쉽게 허물 수 있었다. 이전에 여길 사용했던, 참치 통조림을 수출하던 회사의 아이디어였다. 신문사는 이 상태로 사무실을 물려받았는데, 사장은 최대한 효율적으로 사무실을 이용했다. 입구 쪽 책상 두 개는 비어 있었다. 첫번째 책상은 대개 비서 역할을 하는 노처녀가 앉는 자리이고, 다른 책상은 신문사에 단 한 대뿐인 컴퓨터로 작업하는 기자의 자리였다. 세번째 책상은 실바 박사, 아니 그가 기사에 서명하는 이름으로 말

---

* 프랭크 시나트라가 1966년에 불러 인기를 얻은 곡.

하자면 위페르의 자리였다.

"안녕하십니까, 위페르 씨." 피르미누가 상냥하게 말했다.

실바 씨가 준엄한 눈으로 그를 보았다.

"사장님이 화가 나 계시네." 그가 나지막이 말했다.

"왜요?" 피르미누가 물었다.

"자네와 연락이 안 됐으니까."

"전 바다에 가 있었는데요." 피르미누가 변명했다.

"지금 같은 시기에 바다에서 휴가나 보내고 있어야 되겠나." 실바 씨가 매섭게 말했다. 그러더니 자기가 제일 좋아하는 문장인 'mala tempora currunt'*를 덧붙였다.

"예." 피르미누가 대답했다. "하지만 전 내일 복귀하기로 되어 있었는데요."

실바 씨는 아무 대답도 하지 않고, 간유리가 달린 작은 사무실인 사장실을 가리켰다.

피르미누는 문을 두드리자마자 안으로 들어갔다. 통화중이던 사장이 기다리라고 눈짓했다. 피르미누는 문을 닫고 가만히 서 있었다. 작은 방안은 숨막힐 듯 더웠고, 선풍기도 꺼져 있었다. 그런데도 사장은 말끔한 회색 재킷을 입고 넥타이를 매고 있었다. 와이셔츠는 흰색이었다. 사장이 수화기를 내려놓고 피르미누를 머리에서 발끝까지 훑어보았다.

"어디 처박혀 있었나?" 사장이 화가 나서 물었다.

---

* 라틴어로 '어두운 시간이 다가온다'라는 뜻.

"알렌테주에 갔었습니다." 피르미누가 대답했다.

"알렌테주에서 대체 뭐했나?" 사장은 더 화난 목소리로 물었다.

"휴가중이었습니다." 피르미누가 분명하게 말했다. "그리고 제 휴가는 내일 끝나고요. 혹시 뭔가 새로운 일이 없는지, 제가 도움이 될 만한 일이 있을지 알아보려고 신문사에 들른 것뿐입니다."

"자네가 도움이 될 만한 일은 없어." 사장이 말했다. "반드시 필요한 일은 있지, 6시 기차로 떠나게."

피르미누는 일단 앉아야겠다고 생각했다. 자리에 앉아 담배에 불을 붙였다.

"어디로 말입니까?" 피르미누가 물었다.

"포르투." 사장이 감정이 실리지 않은 목소리로 말했다. "두말할 것도 없이 포르투지."

"왜 두말할 필요도 없이 포르투라는 겁니까?" 피르미누도 감정이 실리지 않은 목소리로 말하려고 애쓰며 물었다.

"잔인한 사건이 벌어졌으니까." 사장이 말했다. "잉크를 쏟아부을 사건이야."

"포르투 통신원만으로는 안 됩니까?" 피르미누가 물었다.

"그래, 안 된다네. 이건 중요한 사건이야." 사장이 말했다.

"실바 씨를 보내세요." 피르미누가 침착하게 말했다. "여행을 좋아하잖아요. 프랑스 이름으로 서명할 수도 있고요."

"실바는 편집국장이야." 사장이 대답했다. "통신원들이 보낸 쓰레기 같은 기사를 다듬어 다시 써야 하네. 특파원은 자네야."

"그렇지만 저는 코임브라에서 남편의 칼에 찔린 여인을 취재한 지

얼마 되지도 않았는데요." 그가 반박했다. "겨우 열흘 전, 휴가 가기 전 일이었잖습니까. 시체안치실에서 검시관들의 의견을 들으며 하루 오후를 다 보냈어요."

"안타깝군." 사장이 무뚝뚝하게 대답했다. "특파원은 자네야. 자, 들어보게. 벌써 다 준비됐어. 자네가 일주일 동안 묵을 수 있게 포르투에 하숙집을 예약해놓았다네. 일단 그렇게 시작하게. 이번 사건은 시간이 좀 걸릴 거야."

피르미누는 잠시 생각하며 숨을 고르려 애썼다. 포르투를 좋아하지 않는다고, 포르투에서는 특히 포르투식 소 내장을 먹는데 그걸 보면 구역질이 난다고, 포르투는 습하고 덥다고, 예약해놓았다는 하숙집은 분명 층계참에 화장실이 있는 초라한 숙소일 테고 자신은 우울해서 죽을지도 모른다고 말하고 싶었다. 그러나 막상 입 밖으로 나온 말은 전혀 다른 말이었다.

"그런데 사장님, 저는 전후 포르투갈 소설에 관한 비평문을 마쳐야 합니다. 제게는 중요한 일입니다. 벌써 출판사와 계약도 했습니다."

"이건 잔인한 범죄 사건이야." 사장이 말을 잘랐다. "밝혀내야 할 미스터리라고. 여론이 집중되어 있단 말일세, 내일부터 너도나도 그 이야기밖에 안 할걸."

사장이 담배에 불을 붙이고는 비밀을 털어놓기라도 하듯 목소리를 낮추더니 소곤소곤 말했다.

"마토지뉴스 부근에서 머리 잘린 시체가 발견됐어. 신원은 아직 확인되지 않았고. 마놀루라는 집시가 발견했다는데 그 사람 증언이 분명하지가 않아. 경찰에서 한 진술 말고는 얘기를 더 들은 사람도 없는 모양이네. 포르투 교외 집시촌에 살고 있는 그 사람을 찾아내서 인터뷰를 해야 해. 이번 주 특종이 될 거야."

이미 사건이 해결되기라도 한 것처럼 사장은 평화로워 보였다. 그가 서랍을 열더니 종이 몇 장을 건넸다.

"이게 하숙집 주소일세." 그가 덧붙였다. "호화 호텔은 아니지만 도나 호자는 정말 기분좋은 사람이야. 그 부인과 알고 지낸 세월이 벌써 30년이나 됐지. 이건 수표야. 일주일간 쓸 식비, 숙박비, 그리고 경비일세. 돈이 더 들면 계산을 해놓게. 잊지 마, 기차는 6시에 떠난다네."

3

무엇 때문에 그가 포르투를 혐오하게 되었는지 누가 알겠는가. 피르미누는 곰곰이 생각해보았다. 택시는 바탈랴 광장을 가로질러가는 중이었다. 영국 스타일의 세련되고 소박한 광장이었다. 회색 벽돌 건물 정면은 빅토리아풍이고, 사람들이 질서정연하게 걸어가는 포르투의 분위기는 물론, 영국적이었다. 영국인들과 함께 있으면 편안하지 않아서? 피르미누는 자문해보았다. 그럴 수도 있겠지만 주된 이유는 아니었다. 예를 들어 딱 한 번 가본 런던에서 그는 완벽하리만큼 편안했으니까. 물론 포르투는 런던이 아니다. 이건 분명하다. 런던을 흉내냈을 뿐이다. 이것 때문은 아닐 거야, 피르미누는 결론을 내렸다. 그리고 어린 시절을 떠올려보았다. 포르투에 친척들이 살아서 부모님은 크리스마스 휴가 때마다 그를 포르투로 데려왔다. 크리스마스는 끔찍했다.

그때의 기억이 마치 어제 일처럼 머릿속에 떠올랐다. 피투 숙모와 누누 숙부가 눈앞에 다시 나타났다. 숙모는 키가 크고 말랐으며 늘 검은 옷을 입었고 가슴에 카메오 브로치를 달았다. 숙부는 통통하고 쾌활한 사람으로 농담을 달고 살았는데, 썰렁해서 아무도 웃지 않았다. 그리고 그 집은, 시내의 중산층 구역에 있던 19세기 초 작은 저택이었는데 가구들은 음침해 보였고 소파에는 손으로 뜬 레이스 덮개와 종이꽃이 흩어져 있었으며 벽에는 낡은 타원형 액자들이 걸려 있었다. 피투 숙모가 그렇게 자랑스러워하는 숙모네 집안의 가족사진이었다. 그리고 크리스마스 만찬. 그야말로 악몽이었다. 만찬은 어김없이 피투 숙모가 자랑스러워하는 광저우산 도자기 그릇에 담겨 나오는 양배추 수프로 시작되었다. 어머니는 그가 구역질을 하는데도 수프를 억지로 먹이려고 들었다. 평미사*를 위해 밤 11시에 일어나 제일 멋진 옷을 입고 안개 긴 12월 포르투의 차디찬 공기 속으로 나가는 일도 고문이나 다름 없었다. 포르투의 겨울 안개. 피르미누는 곰곰 생각해보다가 이 도시에 대한 혐오감은 어린 시절의 산물이라는 결론을 내렸다. 어쩌면 프로이트의 말이 맞는지도 모른다. 그는 프로이트의 이론을 다시 곰곰이 생각해보았다. 깊이 알지는 못했지만 그리 신뢰하지도 않았다. 오히려 문학을 계급의식의 표현으로 보며 엑스레이처럼 정확히 파악한 루카치, 그렇다. 루카치가 있었다. 게다가 루카치는 전후 포르투갈 소설 연구에 아주 유용했다. 프로이트보다는 루카치가 훨씬 도움이 되었다. 하지만 빈 출신 의사의 말이 어떤 면에서는 맞을지도 모른다.

---

* 음악, 성가대 합창이 없는 미사.

"대체 그 빌어먹을 하숙집은 어디 있는 겁니까?" 그는 택시 운전사에게 물었다. 그렇게 물어볼 권리가 있다고 생각했다. 30분 전부터 빙빙 돌기만 했는데, 처음에는 시내의 넓은 도로를, 그리고 지금은 피르미누가 알지 못하는 구역의 좁은 길, 도저히 차가 지나갈 수 없을 듯한 좁은 골목길을 돌아다니고 있었다.

"갈 만큼 가야 도착하는 거 아니오." 택시 운전사가 퉁명스럽게 대답했다.

택시 운전사와 경찰, 정말 소름 끼치게 싫은 부류들이야, 피르미누는 생각했다. 하지만 직업 특성상 그는 특히 택시 운전사와 경찰과 상당히 밀접한 관계가 있었다. 스캔들과 살인 사건, 이혼, 칼에 배를 찔려 창자가 다 쏟아진 채 죽은 여자들, 목이 잘린 시체를 주로 다루는 게 신문사 기자이니 이게 그의 생활일 수밖에. 그러다가 비토리니와 전후 포르투갈 소설에 대한 글을 쓰면 얼마나 멋질지 생각해보았다. 학계에 한바탕 소용돌이를 일으킬 것이다. 어쩌면 박사과정에 들어갈 수 있는 문이 열릴지도 모른다.

택시가 좁은 길 한가운데, 제 나이를 고스란히 드러내고 있는 건물 앞에 섰다. 택시 기사가 그를 향해 돌아서더니 뜻밖에도 친절한 인사를 건넸다.

"여기 못 올까봐 걱정하셨지요, 선생님." 그는 호의적인 말투로 이야기했다. "보세요, 우리 포르투 사람들은 누구를 속이지 않습니다. 승객에게 돈을 뜯어내려고 일부러 쓸데없이 길을 돌지 않아요. 여긴 리스본이 아니니까요. 아시겠죠?"

피르미누는 차에서 내려 트렁크를 꺼내고 택시비를 냈다. 출입문에 호자 하숙집, 2층이라고 적혀 있었다. 1층은 미용실이 차지하고 있었고 승강기는 없었다. 피르미누는 서글프면서도 동시에 평온한 느낌이 드는 붉은색 난간, 아니 정확히 말하자면 예전에는 붉은색이었을 난간이 달린 계단을 올라갔다. 그는 사장이 그를 위해 예약했던 하숙집들을 지금도 죄다 기억하고 있었다. 세면대만 딸린 작은 방에 오후 7시면 초라한 저녁이 나왔고, 무엇보다 주인은 흉측하게 늙은 노파들이었다.

하지만 이번에는 적어도 주인만 보자면 이전과 전혀 달랐다. 도나 호자는 파란색으로 파마를 한 육십대의 아름다운 부인으로, 그가 아는 다른 하숙집 여주인들이 보통 입고 있던 꽃무늬 실내복이 아니라 세련된 회색 정장을 입고 밝게 미소 지었다. 도나 호자가 잘 왔다고 반갑게 인사하면서 하숙집의 하루 일과를 친절하게 설명해주었다. 저녁식사 시간은 8시인데 오늘 저녁은 포르투식 소 내장 요리예요. 알아서 저녁식사를 하고 싶을 경우 나가서 오른쪽으로 돌아 광장에 있는 오랜 전통을 자랑하는 카페를 찾으면 돼요. 혹시 당신도 알지 모르겠는데, 그곳은 포르투에서 매우 오래된 카페들 중 하나로, 사실상 랜드마크인데, 저렴한 가격에 맛있는 식사를 할 수 있죠. 그런데 먼저 샤워를 하는 게 좋지 않을까, 먼저 방을 보고 싶진 않나요? 복도 오른쪽 끝에서 두번째 방이에요. 도나 호자는 그와 몇 마디 대화를 나눠야 하지만 저녁식사 후에나 가능할 거예요. 어쨌거나 나는 늦게 잠자리에 드니까.

피르미누는 자기 방으로 들어갔다. 호자 하숙집에 대한 인상이 한결 나아졌다. 넓은 창문이 건물 뒤쪽의 작은 정원을 향해 나 있었고 천장은 높았으며 이 지방풍의 튼튼한 가구들이 있었고 침대는 2인용이었다. 꽃무늬 타일이 깔린 욕실에는 욕조도 있었다. 심지어 헤어드라이

어까지 준비되어 있었다. 피르미누는 차분하게 옷을 벗고 미지근한 물로 샤워를 했다. 간단히 말해 포르투는 걱정했던 것처럼 습하거나 덥지 않았다. 아니, 적어도 그의 방만은 시원했다. 반팔 셔츠를 입고 얇은 재킷을 팔에 걸친 뒤 밖으로 나갔다. 좁은 거리는 활기에 넘쳐 보였다. 상점은 이미 셔터를 내렸지만 주민들은 시원한 밤바람을 쐬려고 창가에 서서 맞은편 사람들과 이야기를 나누었다. 이런저런 대화를 듣자니 제법 감상적인 기분에 빠져 발걸음이 느려졌다. 여기저기서 들리는 말 중에서도, 특히 자기 집 창가에서 몸을 내밀고 있는 체격 건장한 아가씨의 목소리가 귀에 들어왔다. 그녀는 전날 독일에서 승리를 거둔 포르투 축구팀 이야기를 하고 있었다. 특히 센터 포워드에게 열광했는데, 피르미누가 모르는 선수였다.

그는 광장으로 나갔고, 금세 카페를 발견했다. 도나 호자가 말한 카페가 틀림없었다. 외벽에 스투코*를 바른 19세기 건물로 출입문의 넓은 문틀은 목재로 되어 있었다. 간판에는 포도주 통에 앉아 있는 얼굴이 불그레한 작은 남자가 그려져 있었다. 피르미누는 안으로 들어갔다. 홀은 아주 넓었는데 낡은 테이블들과 무늬를 박아 넣은 넓은 계산대가 있고 천장에는 놋쇠로 된 선풍기가 달려 있었다. 안쪽에는 식사를 위한 자리가 마련되어 있었지만 손님은 한 명도 없었다. 피르미누는 자리에 앉아 메뉴를 꼼꼼하게 살펴보면서 풍성한 저녁식사를 즐길 준비를 했다. 결정을 내렸고, 종업원이 도착했을 때는 입안에 벌써 침이 고이는 것을 느꼈다. 종업원은 짧은 갈색 콧수염에 스포츠형 머리

---

* 벽돌이나 목조건물 벽면에 바르는 미장 재료. 소석회나 석고에 대리석 가루, 점토분 등을 섞어 만든다.

를 한 날씬한 젊은이였다.

"주방은 문을 닫았습니다, 선생님." 종업원이 그에게 알렸다. "차가운 요리만 드실 수 있습니다."

피르미누는 시계를 보았다. 11시 반이었다. 이렇게까지 늦은 줄 몰랐다. 하지만 리스본에서는 11시 반에도 편안하게 저녁식사를 할 수 있었다.

"리스본에서는 이 시간에도 식사를 할 수 있는데." 그가 이렇게 말했다. 그저 운을 띄우려는 의도였다.

"리스본은 리스본이고 포르투는 포르투지요." 종업원이 냉정하게 대답했다. "그렇지만 저희 카페의 찬 음식을 드셔보시면 실망하지 않으실 테니 두고 보십시오. 제가 하나 추천해도 괜찮으시다면, 요리사가 준비해둔 신선한 마요네즈를 넣은 새우 샐러드를 권해드리고 싶습니다. 죽은 사람도 벌떡 일어나게 한다는 마요네즈입니다."

피르미누가 좋다고 하자 종업원이 잠시 후 새우 샐러드를 쟁반에 담아 돌아왔다. 그가 샐러드를 풍성하게 덜어주면서 말했다.

"어제 포르투 축구팀이 독일에서 승리했어요. 독일인들은 체격이 좋지만 우리가 기동력에서 그들을 눌렀지요."

종업원은 잡담을 나누고 싶은 모양이다. 그래서 피르미누는 맞장구를 쳐주었다.

"포르투 팀은 훌륭하지요. 하지만 벤피카* 같은 전통은 없어요."

"선생님은 리스본 출신이신가요?" 종업원이 즉시 물었다.

---

* 리스본을 연고지로 하는 포르투갈의 종합 스포츠클럽으로, 축구팀이 가장 유명하다.

"리스본 시내지요." 피르미누가 확인해주었다.

"악센트를 듣고 그런 줄 알았습니다." 종업원이 말했다. 그러고는 말을 이었다.

"그런데 우리 도시에는 무슨 일로 오셨습니까?"

"집시를 찾아왔습니다." 피르미누가 별생각 없이 대답했다.

"집시요?" 종업원이 물었다.

"네, 집시." 피르미누가 반복했다.

"전 집시들에게 호감을 갖고 있어요." 종업원이 의중을 떠보듯 물었다. "선생님은요?"

"난 그 사람들에 대해 잘 모릅니다." 피르미누가 대답했다. "아니, 거의 아는 게 없어요."

"아마 제가 바르셀로스 출신이라 그런 것 같습니다." 종업원이 말했다. "아세요? 제가 어렸을 때 바르셀로스에서는 제일 큰 시장이 미뉴에서 열렸어요. 지금은 그런 장이 열리지 않죠. 작년에 가봤는데 우울할 지경이더군요. 하지만 옛날에는 정말 장관이었죠. 아, 선생님을 따분하게 하고 싶진 않습니다. 혹시 제가 성가시진 않으세요?"

"전혀 따분하지 않습니다." 피르미누가 말했다. "이럴 게 아니라 테이블에 같이 앉아 말동무를 좀 해주시죠. 제가 포도주 한 잔 대접해도 될까요?"

종업원이 자리에 앉아서 포도주 한 잔을 받고는 말했다.

"바르셀로스 시장 얘기를 하던 참이었죠. 제가 어렸을 때는 굉장했습니다. 특히 가축 시장이요. 뿔이 아주 긴 미뉴산 황소, 아십니까? 아, 이제는 가축 시장에서 찾아볼 수 없답니다. 그리고 말, 망아지, 당나귀 같은 것들이 있었지요. 저희 아버지가 중개인이어서 여름에는 집시들과 거래를 하셨어요. 집시들은 훌륭한 말을 가지고 있었지요. 예의를 중요시하는 사람들이었습니다. 제 기억으로는 거래가 성사되고 나면 그들이 아버지에게 점심을 대접했어요. 바르셀로스 광장의 넓은 식탁으로 이끌었답니다. 아버지는 저를 데리고 가셨지요."

그는 잠시 말을 중단했다가 다시 입을 열었다.

"제가 왜 여기 앉아서 어린 시절 기억으로 선생님을 괴롭히는지 모르겠습니다. 아마 요즘 집시들 형편을 보면 절로 우울해져서 그런가봅니다. 빈곤 상태로 추락했을 뿐 아니라 주민들의 적대감에 시달리고 있거든요."

"정말입니까? 전 몰랐습니다." 피르미누가 물었다.

"이쪽 지역에서 벌어지는 씁쓸한 일이지요." 종업원이 덧붙였다. "아마 다음 기회에 말씀드려야 할 것 같습니다. 다시 찾아주시기 바랍니다. 저희 레스토랑이 선생님 마음에 들었으면 좋겠네요."

"샐러드가 아주 맛있었습니다." 피르미누가 그를 안심시켰다.

피르미누도 종업원과 잡담을 더 하고 싶었지만 도나 호자가 자신과 이야기하고 싶어한다는 사실을 떠올렸다. 그래서 음식값을 지불하고 서둘러 하숙집으로 돌아왔다. 조그만 거실의 테이블에 앉아 최신 잡지를 읽고 있던 도나 호자가 한 손으로 소파를 치며 와서 앉으라고 권해서 피르미누는 옆에 가서 앉았다. 도나 호자가 저녁식사는 맛있게 했느냐고 물었고 피르미누는 그렇다고 대답했다. 그리고 종업원이 아주 친절했는데 집시들과 좋은 관계를 유지하는 것 같더라고도 말했다.

"우리도 집시들과 아주 좋은 관계를 맺고 있답니다." 도나 호자가 대답했다.

"우리라니 누구 말씀입니까?" 피르미누가 물었다.

"도나 호자 하숙집이지요." 도나 호자가 대답했다.

그러더니 환하게 미소 지으며 말했다.

"집시 마놀루가 내일 정오에 집시촌에서 기자 양반을 기다릴 거예요. 당신과 이야기하겠다더군요."

피르미누가 놀란 눈으로 그녀를 보고 물었다.

"경찰을 통해서 접촉하셨나요?"

"도나 호자는 경찰의 연줄을 이용하지 않아요." 도나 호자가 차분하게 대답했다.

"그러면 어떻게 하신 겁니까?"

"훌륭한 기자분은 어찌됐든 접촉만 하면 그만 아닌가요, 안 그래요?" 도나 호자가 윙크하며 말했다.

"집시촌이 어디 있나요?" 피르미누가 물었다.

도나 호자가 테이블에 준비해두었던 도시 지도를 펼치고 설명해주었다.

"마토지뉴스까지는 버스를 타고 갈 수 있어요. 그다음에는 택시를 타야 할 거예요. 집시촌은 바로 여기예요. 보이나요? 초록 점이 있는 곳, 시유지예요. 마놀루가 야영지 경계에 있는 잡화점에서 기자 양반을 기다릴 거예요."

도나 호자가 지도를 접으면서 이제 해줄 말은 다 해줬다는 뜻을 전했다.

"녹음기 가져갈 거죠?" 그녀가 물었다.

피르미누는 고개를 끄덕였다.

"주머니에 잘 숨겨 가세요. 집시들은 녹음기를 안 좋아해요." 도나 호자가 말했다.

그녀는 일어나서 전등을 껐다. 이제 잠자리에 들 시간이라는 뜻이었다. 피르미누도 일어나서 작별 인사를 하려고 했다.

"몇 살이나 됐어요?" 도나 호자가 물었다.

피르미누는 자신이 겨우 스물일곱 살밖에 안 된다는 것을 고백하는 상황이 당황스러울 때면 항상 사용하는 문구로 대답했다. 우습지만 더 나은 답변은 아직 찾지 못했다.

"곧 서른 살입니다." 그가 대답했다.

"이런 일을 하기에는 너무 젊군요." 도나 호자가 중얼거렸다. 그러고는 덧붙였다.

"내일 봐요. 푹 쉬어요."

4

집시 마뇰루는 잡화점 정자 밑의 작은 테이블에 앉아 있었다. 검은색 상의를 입고 스페인풍의 챙 넓은 모자를 썼다. 몰락한 귀족 같은 분위기가 풍겼다. 얼굴 구석구석에서, 그리고 가슴 부분이 너덜너덜한 셔츠에서 궁색한 살림 형편을 알 수 있었다.

피르미누는 앞문으로 가게에 들어갔다. 그 문은 소박하지만 정성스럽게 가꾼 작은 저택들이 모여 있는 깔끔한 거리 쪽으로 나 있었다. 하지만 가게 뒤쪽의 풍경은 완전히 달랐다. 가게의 소유지임을 표시하는 망가진 철조망 너머로 집시촌이 보였다. 고물이 다 된 캠핑카 예닐곱 대, 판잣집 몇 채와 60년대에 출시된 미국 자동차 두 대, 거의 벌거벗은 차림으로 흙먼지 나는 공터에서 놀고 있는 아이들이 보였다. 마른 잎으로 만든 차양 밑에서 당나귀 한 마리와 말 한 마리가 꼬리로 파리를 쫓고 있었다.

"만나서 반갑습니다." 피르미누가 말했다. "제 이름은 피르미누입니다." 그리고 마뇰루에게 손을 내밀었다.

마뇰루는 손가락 두 개를 모자로 가져갔다가 손을 내밀었다.

"만나주셔서 감사합니다." 피르미누가 말했다.

마뇰루는 아무 말도 하지 않고 파이프를 꺼내서 누레진 담배 두 개비를 부숴 파이프 구멍에 넣었다. 무표정한 얼굴이었다. 그의 시선은 위쪽, 정자 위쪽을 향해 있었다.

피르미누는 작은 테이블 위에 메모장과 펜을 올려놓았다.

"메모를 해도 되겠습니까?" 피르미누가 물었다.

마뇰루는 대답하지 않고 계속 정자만 바라보다가 말했다.

"바구이네스는 얼마요?"

"바구이네스요?" 피르미누가 따라했다.

드디어 마뇰루가 그를 보았다. 짜증스러워 보였다.

"바구이네스, 파르네. 제링공사어, 모르시오?"

피르미누는 뭔가 어긋나고 있구나 싶었다. 바보가 된 것 같았고, 눈이 튀어나오게 비싼 돈을 주고 산 주머니 속의 소니 녹음기를 생각하니 더욱 그랬다.

"난 포르투갈어도 할 줄 알지만 제링공사어가 훨씬 편해요." 마뇰루가 설명했다.

사실 피르미누는 마뇰루가 제링공사라고 부른 집시 사투리를 알아들을 수 없었다. 그는 이 곤란한 상황을 타개하고 적당한 실마리를 찾아서 대화를 시도해보기 위해, 일단 처음부터 시작하기로 했다.

"이름을 적어도 되겠습니까?"

"마놀루 엘 레이는 카가랑에 들어가서는 안 되오." 마놀루가 팔짱을 끼며 대답했다. 그리고 한 손가락을 입에 댔다. 피르미누는 카가랑이라는 말이 감옥이나 경찰을 뜻한다는 사실을 알아챘다.

"좋습니다." 피르미누가 말했다. "이름은 밝히지 않겠습니다. 요구 사항을 다시 한번 말씀해주세요."

"바구이네스는 얼마요?" 마놀루가 돈을 세듯 엄지와 검지를 비비며 되풀이했다.

피르미누는 재빨리 계산했다. 사장은 4만 에스쿠도*를 특별 경비로 주었다. 마놀루에게는 1만 에스쿠도 정도가 적당한 가격일 것이다. 어쨌든 마놀루는 특별히 대화를 수락했고 이는 집시들로서는 드문 일이다. 어쩌면 경찰에게는 말하지 않았던 이야기를 들을 수도 있다. 하지만 만일 마놀루가 이미 밝힌 내용 이외에 더 알고 있는 게 없다면, 피르미누와 만나기로 약속한 게 오로지 바구이네스를 얻어내려는 속셈 때문이라면? 피르미누는 뜸을 들여보기로 했다.

"당신이 어떤 말을 해주느냐에 달려 있습니다." 그가 말했다. "당신이 해주는 말이 값어치가 있느냐에 달렸단 이야기입니다."

마놀루가 짜증스러운 듯 한번 더 말했다.

"바구이네스는 얼마요?" 그러고는 다시 엄지와 검지를 스치듯 비볐다.

받아들이든지 그만두든지, 피르미누는 생각했다. 달리 방법이 없어.

---

* 포르투갈의 화폐 단위. 2003년 이후 유로화로 바뀜.

"1만 에스쿠도 드리겠습니다." 그가 말했다. "1에스쿠도 더하거나 뺄 수 없어요."

마놀루는 알아차리기도 어려울 정도로 고개를 살짝 움직여 동의의 뜻을 나타냈다.

"샤벨뉴." 그가 중얼거렸다. 그러고는 고개를 젖히며 엄지손가락을 입에 갖다댔다.

이번엔 즉시 뜻을 알아차렸다. 피르미누는 일어나서 가게로 들어가 적포도주 1리터짜리 병을 들고 왔다. 가게로 가는 동안 손을 주머니에 넣어 녹음기를 껐다. 왜 그랬는지 이유는 말할 수 없었다. 어쩌면 첫눈에 마놀루가 마음에 들어서였는지도 모른다. 그는 너무나 냉랭하면서도 당혹스러워하는 듯 보이는, 어떻게 보면 절망적인 마놀루의 표정이 마음에 들었다. 집시 노인의 목소리는 일제 녹음기로 훔쳐낼 수 있는 것이 아니었다.

"전부 다 말씀해주세요." 피르미누가 말했다. 그리고 집중하고 싶을 때면 늘 그렇듯이, 테이블에 팔꿈치를 올려놓고 두 주먹을 관자놀이에 댔다. 수첩도 필요없었다. 기억만으로 충분했다.

마놀루는 빙 둘러서 이야기를 시작했다. 전체적으로 아주 훌륭하게 설명했다. 제링공사어라 다 알아들을 순 없었지만 이야기의 맥락을 따라가면서 의미를 짐작할 수 있었다. 마놀루는 잠을 잘 수 없었다는 말로 이야기를 시작했다. 요즘은 한밤중에 잠이 깨곤 한다는 것이다. 노인들이 대개 그렇듯이 그도 잠이 깨면 인생을 돌아보곤 한다. 괴로운 일이다. 지나간 삶을 돌아보면 후회가 밀려오기 십상이니까. 특히 한때는 귀족이었으나 지금은 거지로 전락해버린 집시 부족에 속해 있는 사

람이라면 말이다. 하지만 마놀루는 정신과 마음만 늙었지 육체는 쌩쌩
했다. 지금도 정력을 고스란히 보존하고 있다. 하지만 아내에게 그의
정력은 쓸모가 없다. 늙었기 때문이다. 그래서 마놀루는 자리에서 일어
나 마음의 안정을 찾으려고 방광을 비우러 나갔다. 그리고 손자인 마놀
리투 이야기를 했다. 마놀리투의 눈은 파란색이고, 슬픈 미래가 기다리
고 있을 거라고 말했다. 이런 세상에서 집시 아이가 맞을 미래야 뭐 불
을 보듯 뻔하지 않겠는가? 그러다가 이야기가 딴 데로 흘러가기 시작
했다. 그는 피르미누에게 야나스라는 곳을 아느냐고 물었다. 피르미누
는 주의깊게 이야기를 들었다. 마놀루가 방언을 섞어가며 장황하게 이
야기하는 방식이 마음에 들었고, 그래서 관심을 보이며 물었다.

"야나스요, 거기가 어딥니까?"

리스본에서 얼마 떨어지지 않은 내륙 지방으로, 마프라 지역 쪽이라
고 마놀루가 말했다. 거기에는 오래된 원형 예배당이 있는데, 로마제
국 당시, 초기 기독교인들의 시대에 세워진 것이다. 그곳은 집시들에
게 신성한 장소다. 집시들은 아주아주 오래전부터 이베리아반도를 떠
돌았고, 포르투갈의 집시들은 매년 8월 15일에 야나스에 모여 성대한
축제를 열었다. 노래와 춤이 어우러진 축제로 아코디언과 기타 연주가
한시도 중단되지 않았으며 언덕 발치의 큰 화로에서 음식을 준비했다.
그러다가 해질녘이 되어 해가 지평선으로 기울고, 에리세이라 절벽까
지 이어지는 평야를 붉게 물들이는 순간, 미사를 거행했던 사제가 예
배당에서 나와 집시의 노새와 말에게 축복을 내렸다. 이베리아반도에
서 가장 멋진 말들, 그래서 알테르 두 샹의 마구간으로 팔려가는 바로
그 말들이었고, 그곳에서는 투우사들이 말을 길들였다. 그런데 집시들

이 말 대신 끔찍한 자동차를 사는 오늘날 사제는 무엇에 축복을 내려 줄 수 있을까? 금속으로 된 자동차에 축복을 내릴 수 있을까? 물론 여물과 밀기울을 주지 못하면 말은 죽는다. 그러나 자동차는 휘발유를 넣을 돈이 없어도 죽지 않고 휘발유를 넣어주면 다시 달릴 수 있다. 돈이 좀 있는 집시들이 이제 말을 기르지 않고 자동차를 사는 것은 바로 이 때문이다. 혹시 자동차에 축복을 내릴 수 있을까?

마놀루가 뭔가를 묻는 눈길로 피르미누를 보았다. 마치 해답을 기대하는 것처럼. 그의 얼굴에는 깊은 불행의 그림자가 드리워져 있었다.

피르미누는 자신이 마놀루의 부족에게 일어난 일의 책임자라도 되는 듯 눈을 들지 못했다. 마놀루에게 계속 얘기해달라고 요청할 용기가 나지 않았다. 하지만 마놀루는 멈추지 않고 스스로 이야기를 해나갔다. 어쩌다가 늙은 떡갈나무 밑에서 소변을 보게 되었는지, 어떻게 관목에서 삐죽 튀어나온 신발을 발견하게 되었는지를, 피르미누가 흥미로워할 듯한 세부사항까지 곁들여가며 이야기해주었다. 그리고 관목숲에 누워 있는 시체를 자세히 살펴보면서 발견한 것을 상세히 묘사했다. 죽은 이가 입고 있던 티셔츠에 쓰인 문구의 알파벳도 또박또박 말했다. 외국어로 적혀 있어서 어떻게 발음해야 하는지 몰랐기 때문이다. 그래서 피르미누는 메모장에 적어두었다.

"이겁니까? 이렇게 적혀 있었습니까?" 피르미누가 물었다.

마놀루가 맞다고 확인해주었다. 스톤스 오브 포르투갈.

"하지만 경찰은 죽은 사람이 윗옷을 전혀 입고 있지 않았다고 발표했는데요." 피르미누가 반박했다. "신문은 상체가 알몸이었다고 보도했고요."

"아니." 마놀루가 확실하게 말했다. "그렇게 쓰여 있었어요. 바로 그
렇게 말이오."

"계속해주세요." 피르미누가 요청했다.

나머지는 피르미누도 이미 아는 이야기였다. 마놀루가 잡화점 주인
에게 말했고 후에 경찰서에서 확인해준 이야기. 피르미누는 어쩌면 이
늙은 집시에게서 더는 얻어낼 정보가 없을지도 모른다고 생각했지만,
무언가가 더 밀어붙여보라고 조언하는 것 같았다. 피르미누는 그에게
말했다.

"마놀루, 당신은 거의 뜬눈으로 밤을 보냈지요. 그날 밤 무슨 소리를
못 들으셨습니까?"

마놀루가 잔을 들었고 피르미누는 술을 가득 채웠다. 늙은 집시는
포도주를 벌컥벌컥 들이켜더니 이렇게 중얼거렸다.

"마놀루는 마시지만 그의 부족에게는 알시드가 필요하오."

"알시드가 뭔가요?" 피르미누가 물었다.

마놀루가 포르투갈어로 번역해주었다.

"빵이오."

"그날 밤 무슨 소리 못 들으셨나요?"

"엔진 소리요." 마놀루가 즉시 말했다.

"자동차 엔진 말인가요?" 피르미누가 확인차 되물었다.

"자동차 소리와 쾅 하고 문이 닫히는 소리였소."

"어디서요?"

"우리 오두막 앞이오."

"자동차가 당신네 오두막 앞까지 들어갈 수 있나요?"

마놀루가 평평하게 다져진, 큰 도로에서 집시촌 쪽으로 비스듬하게 갈라져 나와 집시촌 가장자리를 따라 뻗은 오솔길을 검지로 가리켰다.

"저 오솔길로 가면 오래된 떡갈나무까지 갈 수 있소. 그리고 언덕을 따라 강까지 내려갈 수 있지."

"사람 목소리를 들으셨나요?"

"들었소." 마놀루가 대답했다.

"뭐라고 하던가요?"

"몰라요." 마놀루가 말했다. "알아들을 수 없었소."

"한마디도 말입니까?" 피르미누가 계속 물었다.

"한마디도." 마놀루가 말했다. "카가랑이라는 말은 들었소."

"감옥요?" 피르미누가 물었다.

"감옥." 마놀루가 대답했다.

"그리고요?"

"더이상은 몰라요." 마놀루가 말했다. "한 사람은 굉장히 가테리아 하더군."

"가테리아가." 피르미누가 물었다. "무슨 뜻입니까?"

마놀루가 포도주병을 가리켰다.

"술을 마셨다," 피르미누가 물었다. "이 말입니까? 취했다는?"

마놀루가 고개를 끄덕였다.

"그걸 어떻게 아셨습니까?"

"굉장히 가테리아한 것처럼 웃었으니까."

"더 들은 소리는 없나요?" 피르미누가 물었다.

마놀루가 고개를 저었다.

"잘 생각해보세요, 마놀루." 피르미누가 말했다. "당신이 기억해낼 수 있는 건 뭐든 제게는 중요합니다."

마놀루가 생각에 잠겼다.

"몇 사람이나 되던가요?" 피르미누가 물었다.

"두세 명." 마놀루가 대답했다. "모르겠소. 아마 그 정도일 거요."

"또 뭐 기억나는 중요할 것 같은 일은 없나요?"

마놀루는 생각에 잠긴 채 포도주 한 잔을 더 마셨다. 작은 뜰 쪽으로 난 문에 주인이 나타났다. 그리고 머뭇거리며 호기심 어린 눈으로 두 사람을 자세히 살펴보았다.

"겁쟁이." 마놀루가 말했다. "저 사람 별명이오. 저 사람에게 생명의 물 값으로 2천 에스쿠도를 줘야 하오."

"제가 드리는 돈으로 외상값을 갚을 수 있을 겁니다." 피르미누가 그를 안심시켰다.

"그중 한 사람이 말을 잘 못하더군요." 마놀루가 말했다.

"무슨 뜻입니까?" 피르미누가 물었다.

"말을 잘 못했단 말이오."

"포르투갈어로 말하지 않았다는 뜻인가요?"

"아니요." 마놀루가 말했다. "이랬소. 제-제-제-엔-장, 제-제-제-엔-장."

"아, 말을 더듬었군요?" 피르미누가 말했다.

"바로 그거요." 마놀루가 확인했다.

"또 다른 얘긴 없나요?" 피르미누가 물었다.

마놀루가 고개를 저었다.

피르미누는 지갑에서 1만 에스쿠도를 꺼냈다. 마놀루가 놀랄 만큼 재빠르게 그 돈을 낚아채 집어넣어버렸다. 피르미누가 일어나서 손을 내밀자 마놀루는 그 손을 꽉 잡았다. 그리고 두 손가락을 모자에 갖다 댔다.

"야나스에 가보시오." 마놀루가 말했다. "멋진 곳이라오."

"조만간 가보겠습니다." 피르미누가 자리를 뜨면서 약속했다. 그는 카페로 들어가 주인에게 전화로 택시를 불러달라고 부탁했다.

"시간 낭비요." 겁쟁이가 퉁명스레 대답했다. "전화로 택시를 불러도 여기까지 안 오려고 해요."

"난 시내로 가야 합니다." 피르미누가 말했다.

주인이 생크림이 묻은 손으로 파리를 쫓으면서 시내로 가는 버스가 있다고 알려줬다.

"버스 정류장은 어딥니까?" 피르미누가 물었다.

"왼쪽으로 1킬로미터 정도 떨어진 곳에 있어요."

작열하는 태양 속으로 나간 피르미누는 생각했다. 겁쟁이, 개새끼. 끔찍하게 더웠다. 정말이지 포르투에 딱 어울리는 습하고 더운 날씨였다. 도로에는 개미 새끼 한 마리 보이지 않아 히치하이킹을 할 수도 없었다. 그는 하숙집에 도착하자마자 기사를 써서 신문사에 팩스로 보내야겠다고 생각했다. 이틀 후면 기사가 실릴 것이다. 제목이 벌써 눈앞에 보였다. '목 잘린 시신을 처음 발견한 목격자의 증언'. 그리고 제목 바로 밑에 작은 글씨로 '여러분의 포르투 특파원으로부터'라고 적힐 것이다. 마놀루에게 들은 대로, 한밤중에 오두막 앞에 섰던 정체불명의 자동차를 포함해 모든 이야기를 아주 자세히 알릴 것이다. 그리고 어둠 속에서 들리던 목소리에 대해서도. 그의 신문 독자들이 원하는 기사는 범죄와 미스터리니까. 하지만 정체를 알 수 없는 무리 중의 하나가 말을 더듬었다는 사실은 쓰지 않을 생각이었다. 그건 알리지 않는다. 이유는 알 수 없었지만. 이 특별한 사실은 혼자만 알고 독자들에게는 알려주지 않기로 했다.

완만한 커브를 그리는 인적 없는 도로에 세워진, 코발트색 바다가 인상적인 탑 에어 포르투갈*의 거대한 광고판이 마데이라제도에서의 꿈 같은 휴가를 약속하고 있었다.

---

* 포르투갈의 국영 항공사.

5

"빌어먹을," 피르미누가 말했다. "어떻게 제대로 알지도 못하면서 어떤 도시를 사랑하지 않는다는 말을 할 수 있겠어? 비논리적이야, 그야말로 변증법의 결여를 제대로 보여주는군. 루카치는 현실에 대한 직접 지식이 비판적인 의견을 표명하는 데 필요불가결한 도구라고 주장했지. 맞는 말이야."

그래서 피르미누는 대형 서점에 들어가 가이드북을 찾았다. 최근에 출간된, 표지는 예쁜 파란색이고 아름다운 컬러 사진이 실린 책을 골랐다. 저자는 엘데르 파셰쿠로, 수준 높은 지식뿐만 아니라 포르투에 대한 한없는 사랑을 드러내고 있었다. 피르미누는 차디찬 정보만을 주는 기술적이고 비인간적이고 객관적인 가이드북을 혐오했다. 열정이 담긴 책이 좋았다. 지금 자신이 처한 상황에 열정이 필요하기 때문이

기도 했다.

그렇게 가이드북으로 무장한 피르미누는 발길 닿는 대로 돌아다니며 우연히 들른 장소들을 책에서 찾아 뒤적거리는 즐거움을 한껏 누렸다. 그는 자신이 상 벤투 다 비토리아 거리에 있다는 걸 알게 됐고 그길이 마음에 들었다. 무엇보다 무더위가 기승을 부리고 있었지만 햇볕이 내리쬐지 않아 그늘이 지고 시원해 보였기 때문이다. 그는 잘 정리된 색인을 훑다가 132페이지에서 그곳을 찾아냈다. 그리고 오래전에는 이곳이 상 미구엘 거리로 불렸고, 1600년에는 페레이라 드 노바이스라는 처음 들어보는 이름의 수도사가 이 길을 스페인어로 그림같이 아름답게 묘사했다는 것도 알게 되었다. 피르미누는 'casas hermosas de algunos hidalgos'*, 대신, 고관, 그 외 다른 이 도시 귀족 들에 대한 페레이라 수도사의 과장된 묘사를 즐겼다. 시간이 그들을 집어삼켰으나 건축물이 그들의 삶을 증명하고 있었다. 이오니아 양식의 박공벽과 주두柱頭는, 이 길이 파란 많은 역사를 거쳐 오늘날 같은 서민적인 길로 바뀌기 전의 기품 있고 화려했던 시절을 상기시켰다. 피르미누는 조사를 계속해가다가 상당히 웅장한 건물 앞에 도착했다. 가이드북에는 이 저택이 18세기 말에 런던에 살던 포르투갈 상인 조제 몬테이루 드 알메이다가 건축했다고 적혀 있었다. 다 레갈레리아 남작 부인의 소유였고 시간이 흐르면서 중앙 우체국, 카르멜회 수도원, 공립 고등학교로 사용되다가 마침내 검찰청으로 변하기에 이르렀다. 피르미누는 웅장한 출입문 앞에서 잠시 걸음을 멈췄다. 검찰청. 여기에 혹시 자

---

* 스페인어로 '몇몇 스페인 귀족들의 아름다운 집들'이라는 뜻.

신처럼 머리 잘린 시신에 관심을 갖고 불확실한 단서들을 추적하는 이가 있지 않을까? 어떤 근면 성실한 검사가 검시관의 검시보고서를 해석하는 일에 몰두하면서, 머리가 사라진 시체의 신원을 확인하고 있는지 누가 알겠는가?

피르미누는 시계를 본 뒤 계속 걸어갔다. 정오 무렵이었다. 분명 〈아콘테시멘투〉가 아침 비행기로 포르투에 도착해서 신문가판대에 진열되어 있을 터였다. 그는 가이드북에서 위치를 찾아보려고 애쓰지 않고 작은 광장의 가판대로 가서 신문을 샀다. 벤치에 앉았다. 〈아콘테시멘투〉의 1면이 이 사건으로 도배되어 있었는데, 목이 없는 시신과 피가 뚝뚝 떨어지는 칼의 실루엣이 보라색으로 그려져 있었다. 헤드라인은 이랬다. '아직 신원을 알 수 없는 피살자의 목이 잘린 시신'. 그의 기사는 안쪽 장에 실려 있었다. 피르미누는 주의깊게 기사를 읽었는데, 자신이 쓴 글에서 중요한 내용은 수정되지 않았다. 하지만 티셔츠에 대해 말한 부분이 약간 수정되어 있는 것을 발견했고, 그는 매우 짜증이 났다. 당장 전화부스로 달려가서 신문사에 전화를 걸었다. 물론 오데트 양이 전화를 받았고, 그녀는 이 말 저 말을 주저리주저리 늘어놓았다. 불쌍한 오데트. 휠체어를 탄 그녀가 세상과 접할 수 있는 수단은 오로지 전화밖에 없었다. 그녀는 포르투에서 정말 소문처럼 소 내장 요리를 많이 먹는지 알고 싶어해서 피르미누는 그 요리를 일부러 먹지 않았다고 대답했다. 또 포르투가 리스본보다 훨씬 더 아름다운지 알고 싶어하기에 이 도시가 리스본과는 다르지만 특유의 매력이 있어서 그걸 발견해가는 중이라고 말해주었다. 마지막으로 그녀는 피르미누의 기사가 '몰입하게 만드는' 기사였다고 축하해주면서, 그렇게 강렬한 모험을 할 수 있는 인생이야말로 행운이라고 얘기했다. 그러고 나서야 드디어 사장을 바꿔주었다.

"여보세요." 피르미누가 말했다. "신중하게 행동하신 것 같더군요."

사장이 껄껄 웃고는 대답했다.

"전략적인 행동이었네."

"무슨 말인지 모르겠습니다." 피르미누가 말했다.

"이보게, 피르미누." 사장이 설명했다. "자네는 집시 마놀루가 경찰에게 티셔츠에 대해 자세히 설명했다고 했지만 경찰은 죽은 사람이 상의를 벗은 상태였다고 공식 발표했어."

"맞습니다." 피르미누가 짜증을 냈다. "그래서요?"

"그러니까 나름대로 이유가 있을 거야." 사장이 주장했다. "경찰의 발표를 반박하는 건 좋지 않잖나. 우리가 들은 소문에 따르면 시신은 스톤스 오브 포르투갈이라고 쓰인 티셔츠를 입고 있었다고 말하는 쪽이 더 낫겠다고 생각했네. 마놀루가 이야기를 전부 꾸며냈을 경우를 생각해보라고."

"경찰이 티셔츠에 대해 입을 다물고 있다는 사실을 말하지 않으면 특종을 놓칠 겁니다." 피르미누가 항의했다.

"이유가 있을 거야." 사장이 말했다. "그걸 자네가 밝혀낸다면 굉장한 일이 되겠지."

피르미누는 겨우 화를 참았다. 사장 머릿속에는 대체 얼마나 얼토당토않은 생각이 들어 있는 건가! 경찰은 그를 만나주지도 않을 것이다. 일개 신문기자의 질문에 경찰이 답을 해준다? 상상도 할 수 없는 일이다.

"그래서 사장님은 뭘 어떻게 하실 생각이십니까?" 피르미누가 물었다.

"자네가 궁리해보게." 사장이 말했다. "젊은데다 상상력도 뛰어나잖나."

"이 사건 담당 판사는 누굽니까?" 피르미누가 물었다.

"쿠아르팅 박사네. 자네도 잘 알겠지. 하지만 그에게서는 아무 정보도 얻을 수 없을 거야. 박사가 알고 있는 정보는 다 경찰에서 제공한 거니까."

"제가 보기에는 쓸데없이 고생만 할 것 같은데요." 피르미누가 반박했다.

"궁리를 해보게." 사장이 말했다. "이런 조사를 하라고 자네를 포르투에 보낸 거니까."

피르미누는 땀을 뚝뚝 흘리며 전화부스에서 나왔다. 어느 때보다 화가 나 있었다. 그는 광장에 있는 작은 분수로 가서 얼굴을 씻었다. 빌어먹을, 이제 어쩌지? 버스 정류장이 바로 모퉁이에 있었다. 피르미누는 그를 시내로 데려다줄 버스를 번개처럼 잡아탈 수 있었다. 그는 스스로가 대견했다. 처음에는 그렇게 적대적으로 보이던 이 도시의 중요한 지형지물을 잘 알게 되었기 때문이다. 그는 버스 기사에게 쇼핑센터에서 가장 가까운 정류장에 도착하면 알려달라고 부탁했다. 기사의 신호에 따라 버스에서 내렸는데 그제야 버스표도 사지 않았다는 것을 알아차렸다. 쇼핑센터로 들어갔다. 안쪽 공간이 넓은, 똑똑한 건축가들이 요즘은 보기 어려운 낡은 건물의 외관을 파손시키지 않고 살려낸 건물이었다. 포르투는 잘 계획된 도시였다. 쇼핑센터 입구의 넓은 홀에는 지하로 내려가거나 위층으로 올라가는 에스컬레이터가 여러 대 있었고 안내대에서는 파란 옷을 입은 예쁜 여직원이 손님에게 접어서 포갠 지도를 나눠주고 있었다. 쇼핑센터의 상점 위치가 모두 표시된 지도였다. 피르미누는 지도를 열심히 들여다본 다음 망설임 없이 2층 B통로로 갔다. 상점 이름은 '인터내셔널 티셔츠'. 거울과 옷을 입어볼 수 있는 탈의실, 티셔츠가 넘쳐나는 선반이 빼곡한 곳이었다. 젊은이 몇 명이 티셔츠를 입고 거울에 제 모습을 비춰보고 있었다. 피르미누는 금발을 길게 기른 종업원에게 말을 걸었다.

"티셔츠를 하나 사고 싶은데요. 특별한 티셔츠인데."

"손님, 저희 가게에는 모든 취향의 티셔츠가 준비되어 있답니다." 여자가 대답했다.

"국산인가요?" 피르미누가 물었다.

"국산도 있고 외국 제품도 있어요." 여자가 대답했다. "프랑스, 이탈리아, 영국, 그리고 특히 미국에서 수입을 많이 하고 있답니다."

"좋습니다." 피르미누가 말했다. "파란색이면 좋겠는데 다른 색깔이어도 상관은 없어요. 다만 꼭 글자가 적혀 있어야 해요."

"어떤 글자 말씀인가요?" 그녀가 물었다.

"스톤스 오브 포르투갈." 피르미누가 대답했다.

여자가 잠시 생각하다 입을 삐죽였다. 피르미누가 말한 단어들이 눈에 익지 않은 모양이다. 그녀는 타자기로 쳐서 만든 커다란 카탈로그를 집어들고 두번째 손가락으로 티셔츠 이름을 죽 짚어나갔다.

"죄송합니다, 손님." 그녀가 말했다. "저희 상점에는 없네요."

"하지만 내가 봤는걸요." 피르미누가 말했다. "길에서 만난 어떤 사람이 그 티셔츠를 입고 있었거든요."

여자가 다시 생각해보는 것 같더니 잠시 후 말했다.

"홍보용일지도 모르겠네요. 그런데 저희는 홍보용 티셔츠는 없어요. 그냥 일반 티셔츠만 팔아요."

피르미누도 생각해보았다. 홍보. 홍보용 티셔츠일 수도 있겠다.

"그렇군요." 그가 말했다. "그런데 무슨 광고일까요? 당신 생각에는 스톤스 오브 포르투갈이 뭘 것 같아요?"

"글쎄요." 여자가 말했다. "공연을 한 새로운 록그룹일지도 모르겠는데요. 대개 공연이 있을 때 입구에서 홍보용 티셔츠를 팔거든요. 음반 가게에 한번 가보시죠. 음반하고 티셔츠를 같이 팔기도 한답니다."

피르미누는 밖으로 나가 지도에서 음반 가게를 찾아보았다. 고전음악 아니면 현대음악. 말할 것도 없이 현대음악을 선택했다. 가게는 같은 통로에 있었다. 음반 가게 계산대에 있는 청년은 헤드셋을 낀 채 음악에 푹 빠져 있었다. 피르미누는 청년이 자신을 알아챌 때까지 인내심을 가지고 기다렸다.

"혹시 스톤스 오브 포르투갈이라는 그룹 아세요?" 그가 물었다.

점원은 그를 보더니 생각에 잠기는 듯했다.

"모르겠는데요." 잠시 후 그가 대답했다. "새로 데뷔한 그룹인가요?"

"아마 그럴 겁니다." 피르미누가 대답했다.

"최근에요?" 점원이 물었다.

"아마 그럴 겁니다." 피르미누가 대답했다.

"저희는 최신 음반 정보를 아주 빠르게 확인하고 있습니다." 점원이 자신 있게 말했다. "가장 최근에 데뷔한 그룹은 노보스 리코스와 리스본 라벤스죠. 그런데 손님이 찾으시는 그룹은 솔직히 모르겠네요. 아마추어 그룹이라면 또 모르지만요."

"아마추어 그룹도 홍보용 티셔츠를 제작할 수 있을까요?" 희망을 잃은 피르미누가 물었다.

"무슨 말씀이세요." 점원이 말했다. "프로 그룹도 대부분 제작하기 어려운데요. 아시겠지만, 여긴 미국이 아니라 포르투갈이거든요."

피르미누는 고맙다는 인사를 하고 나왔다. 오후 2시가 다 됐는데도 식당을 찾을 기분이 아니었다. 어쩌면 도나 호자 하숙집에서 뭘 좀 먹을 수 있을지도 모른다. 그날의 특별 요리가 소 내장 요리가 아니라면 말이다.

6

그날 도나 호자의 특별 요리는 미뉴식으로 요리한 호종이스였다. 포르투의 무더위에는 그리 어울리지 않을지도 모르지만, 피르미누는 프라이팬에서 익힌 돼지고기 살코기에 구운 감자를 곁들인 이 요리를 진짜 좋아했다.

이곳에 도착한 뒤 처음으로 그는 하숙집의 조그만 식당에 앉았다. 세 개의 테이블에 투숙객이 앉아 있었다. 도나 호자는 들어와 피르미누에게 투숙객을 소개해주고 싶어했고, 주저 없이 행동으로 옮겼다. 피르미누는 그녀를 따라갔다. 제일 먼저 소개한 파울루 씨는 오십대의 신사로 세투발 지역에서 고기 수입을 한다고 했다. 머리가 벗어졌고 건장했다. 두번째 투숙객은 이탈리아인 비앙키 씨였는데 포르투갈어를 못해 프랑스어로 더듬더듬 의사 표시를 했다. 그는 포르치니를 사러 왔는데, 포르투갈 사람들은 버섯에 별 관심이 없기 때문에 여기서 생버섯이나 말린 버섯을 사 이탈리아에서 판매하는 회사를 운영한다고 했다. 그는 웃으면서 사업이 번창하고 있고 포르투갈인이 계속 버섯에 무관심하기만을 바란다고 했다. 그리고 은혼식을 기념하며 두번째 신혼여행을 하고 있는 아베이루 부부가 있었다. 그들이 왜 이 하숙집을 선택했는지는 알 수 없었다.

도나 호자가 피르미누에게 신문사 사장이 전화했었고 급히 통화하고 싶어한다고 전했다. 피르미누는 잠시 사장을 잊어버리기로 했다. 그러지 않으면 쟁반에 제공된 맛있는 음식이 모두 식어버릴 테니까. 그는 느긋하게, 맛있게 식사를 했다. 돼지고기가 정말 맛있었기 때문이다. 이어 커피를 시켰고 다 마신 후에야 드디어 신문사에 전화를 하기로 했다.

전화는 거실에 있었다. 객실에 있는 전화는 오로지 데스크로만 연결되는 내선전화였다. 피르미누는 거실로 들어가서 전화를 걸었다. 사장은 없었다. 오데트 양이 실바 씨를 바꿔주었고, 피르미누는 그의 기분을 띄워주려 위페르 씨라고 불렀다. 실바 씨는 친절했고 아버지처럼 행동했다.

"익명의 제보자가 전화를 했었다네." 그가 말했다. "우리하고는 얘기하고 싶지 않고 특파원, 그러니까 자네하고 이야기하길 원한다더군. 그 사람에게 하숙집 전화번호를 알려줬어. 4시에 전화할 거야. 내 생각에는 포르투에서 전화할 것 같던데."

실바는 잠시 아무 말도 하지 않다가 심술이 담긴 어투로 물었다.

"소 내장 요리는 입에 맞나?"

피르미누는 실바가 꿈에서도 상상하지 못할 만한 음식을 막 먹고 온 참이라고 대답했다.

"하숙집에서 나가지 말게." 실바가 요청했다. "그 사람이 과대망상증 환자일 수도 있겠지만, 그런 인상은 받지 못했어. 잘 대해줘. 자네에게 중요한 말을 해줄지도 모르잖아."

피르미누는 시계를 보고 나서 소파에 앉았다. 젠장…… 이제는 빌어먹을 실바까지 마음대로 충고를 해대는구나. 고리버들 바구니에서 잡지를 한 권 집어들었다. 포르투갈과 다른 나라의 부호들 기사로 전지면을 도배한 『불토스』라는 잡지였다. 피르미누는 돈 두아르테 드 브라간사라는 인물에 대한 기사를 흥미롭게 읽기 시작했다. 갓 태어난 아들을 둔 이 인물은 자신이 왕위를 계승해야 한다고 주장했다. 이 왕위 계승 주장자는 19세기식으로 콧수염을 기르고 등받이가 아주 높은 가죽 의자에 꼿꼿하게 앉아서, 낮은 소파에 푹 파묻혀 마치 몸이 반으로 잘린 것처럼 목과 다리만 보이는 아내의 손을 꼭 잡고 있었다. 피르미누는 사진을 너무 못 찍었다는 결론을 내렸다. 그때 전화벨이 울려서 기사를 마저 읽을 수 없었다. 그는 도나 호자가 전화를 받게 두었다.

"피르미누 씨, 당신 전화예요." 도나 호자가 상냥하게 말했다.

"여보세요." 피르미누는 전화를 받았다.

"사업체 전화번호부를 보시오." 수화기 너머에서 누군가 소곤거렸다.

"전화번호부에서 어딜 봐야 합니까?" 피르미누가 물었다.

"스톤스 오브 포르투갈." 그가 말했다. "수출입 부분이오."

"누구십니까?" 피르미누가 물었다.

"그건 중요하지 않아요." 상대가 대답했다.

"왜 경찰이 아니라 제게 전화하셨죠?" 피르미누가 물었다.

"내가 당신보다 경찰을 잘 알고 있기 때문이오." 그가 대답했다. 그러고는 전화를 끊었다.

피르미누는 생각하기 시작했다. 젊은 남자의 목소리였고 북쪽 억양이 강했다. 말투로 보아 교육 수준이 높은 사람은 아니라는 걸 알 수 있었다. 그래서? 그래서 어떻다는 거지? 포르투갈 북부에는 북쪽 억양을 강하게 쓰고 교육 수준이 낮은 젊은이가 넘쳐난다. 그는 작은 탁자에서 전화번호부를 집어들고 수출입 부분을 찾았다. 전화번호부에 이렇게 적혀 있었다. 스톤스 오브 포르투갈, 빌라노바드가이아, 에로이스 두 마르 대로 123. 피르미누는 가이드북을 봤지만 별로 도움이 되지 않았다. 도나 호자에게 도움을 청하는 수밖에 없었다. 도나 호자는 너그럽게도 다시 포르투 지도를 펴고 그 지역을 보여주었다. 물론 절대 가까운 거리는 아니었다. 하숙집이 있는 곳과는 반대 방향으로, 사실상 포르투도 아니었다. 빌라노바는 자치시로, 시청을 비롯한 모든 시설이 있었다. 급한가요? 아, 급하다면 택시를 타고 가는 방법밖에 없죠. 대중교통을 이용하면 저녁에나 도착하게 될 테니까요. 그런데 택시비가 얼마나 나올지는 도나 호자도 말해줄 수 없네요. 빌라노바까지 택시를 타고 가본 적이 한 번도 없기 때문이죠. 물론 편안함에 대한 대가는 지불해야 하는 법. 이제 헤어져야겠어요, 젊은이.

도나 호자는 잠깐 낮잠을 자러 갔다. 그녀에게 필요한 것은 바로 낮잠이었다.

에로이스 두 마르 대로는 제대로 자라지 못한 가로수가 드문드문 서 있는 교외의 긴 길로, 이 길을 따라 소규모 건축 공사 현장, 건축중인 건물, 창고, 최근에 지은 작은 빌라 들이 있었다. 빌라의 조그만 마당에는 백설공주 동상이 빼곡했고 베란다 벽은 세라믹 제비로 장식되어 있었다. 123번지에는 벽돌 주랑이 있고 물결 모양의 멕시코식 담으로 둘러싸인 1층짜리 흰 건물이 있었다. 건물 뒤로 양철 지붕의 창고가 서 있었다. 벽에는 스톤스 오브 포르투갈이라고 적힌 놋쇠 팻말이 붙어 있었다. 피르미누가 초인종을 누르자 문이 열렸다. 그 거리의 다른 빌라들처럼 건물 앞쪽에는 기둥이 늘어선 작은 주랑이 있었고 그중 한 기둥에 '관리부'라는 팻말이 붙어 있었다. 피르미누는 안으로 들어갔다. 현대적이지만 미적 감각도 잘 살린 가구로 장식된 작은 방이었다. 안경을 쓴 대머리 노신사가 서류가 수북이 쌓인 유리 테이블에 앉아서 타자기를 치고 있었다.

"안녕하십니까." 피르미누가 말했다.

노인이 하던 일을 멈추고 피르미누를 보더니 인사했다.

"무슨 일로 오셨습니까?" 그가 물었다.

피르미누는 허를 찔린 기분이었다. 바보 같으니. 그는 여기까지 오는 동안 내내 마놀루를 생각했다. 그리고 벌써 보고 싶은 약혼녀와, 발자크의 소설 속에서 펼쳐지는 상황이 아니라 지금 자신이 경험하고 있는 적나라한 현실에 직면한다면 루카치가 어떻게 반응했을지를 생각했다. 이런 생각에 빠져 있느라 자신을 어떻게 소개해야 할지는 전혀 생각해보지 않았던 것이다.

"사장님을 찾아왔습니다." 그가 더듬거리듯 대답했다.

"사장님은 홍콩에 계십니다." 노인이 말했다. "아마 한 달 내내 출장

중이실 겁니다."

"그럼 어느 분하고 얘기해야 합니까?" 피르미누가 물었다.

"비서도 일주일 휴가를 가서요." 노인이 대답했다. "회계를 담당하는 저하고 창고 담당자가 있습니다. 급한 일인가요?"

"그럴 수도 있고 아닐 수도 있습니다." 피르미누가 대답했다. "포르투에 들른 김에 사장님께 제안을 하나 하고 싶었거든요."

그런 다음 자신의 존재에 좀더 신빙성을 부여하기 위해 덧붙였다.

"저도 이 분야에서 일합니다. 리스본에서 작은 회사를 운영하죠."

"아." 직원은 여전히 전혀 관심을 보이지 않은 채 대답했다.

"잠시 앉아도 될까요?" 피르미누가 물었다.

직원이 한 손으로 테이블 앞에 있는 의자를 가리켰다. 팔걸이가 달린 누런 캔버스 천 의자로 영화감독이 사용하는 의자 같았다. 피르미누는 스톤스 오브 포르투갈의 실내 장식을 맡은 디자이너가 정말 감각이 뛰어난 사람이라고 생각했다.

"회사에서 무슨 일을 하고 계십니까?" 피르미누가 최대한 호감을 살 만한 미소를 지으며 물었다.

마침내 노인이 서류에서 고개를 들었다. 그는 책상에 있는 골루아즈 담뱃갑에서 담배를 하나 꺼내 불을 붙이고 탐욕스럽게 한 모금 빨았다.

"빌어먹을." 그가 말했다. "중국인하고 거래하는 건 정말 끔찍하답니다. 홍콩 달러로 내역서를 보낸다니까요. 이쪽은 그걸 하나하나 포르투갈 에스쿠도로 바꾼단 말입니다. 홍콩 달러는 1센트의 변동도 없지만 우리 화폐가치는 요동을 치잖아요. 사장님이 리스본 주식거래소를 눈여겨보시는지는 모르겠습니다만."

피르미누는 고개를 끄덕이고 '아, 그럼요. 무척 잘 알고 있지요'라고 말하듯 두 팔을 벌렸다.

"우리는 대리석 무역으로 시작했어요." 노인이 말했다. "7년 전에는 우리 사장님과 저, 독일 사냥개, 그리고 양철 창고밖에 없었죠."

"아, 그렇지요." 피르미누가 맞장구쳤다. "이 나라에서는 대리석 사업이 잘되지요."

"사업을 한다면," 노인이 외쳤다. "그걸 해야죠. 물론 적당한 시장도 찾아야 하지만요. 우리 사장님한테는 아마 운도 따랐을 겁니다. 어쨌든 사업 감각이 있다는 사실은 부정할 수 없죠. 그래서 이탈리아를 생각한 겁니다."

피르미누는 깜짝 놀란 표정을 지었다.

"이탈리아에 대리석을 수출한다니, 정말 놀라운 아이디어 같은데요." 그가 말했다. "이탈리아인들은 대리석을 팔지 않습니까?"

"그렇게 생각하실 겁니다. 사장님." 노인이 외쳤다. "저도 그렇게 생각했으니까요. 이건 감각이 없고 시장의 법칙을 모른다는 얘깁니다. 제가 한 가지 말씀드리지요. 이탈리아에서 어떤 대리석을 최고로 치는지 아십니까? 간단합니다. 카라라산 대리석입니다. 그리고 이탈리아 시장이 뭘 원하는지 아시겠지요? 이것도 간단합니다. 카라라 대리석을 원합니다. 그런데 카라라가 더이상 수요를 맞추지 못하는 일이 벌어진 겁니다, 사장님. 왜 그렇게 되었는지 정확한 이유는 모르겠습니다. 임금이 너무 비싸서라고 해둡시다. 채석공들이 무정부주의자라서 노동조합을 만들었는데 요구 사항이 너무 많은 겁니다. 환경보호론자들이 정부를 공격하기도 하고요. 아푸안 알프스 산맥*에 구멍을 숭숭 뚫어놓았다고 말이지요. 뭐 대략 그런 일들 때문에요."

노인이 탐욕스럽게 담배를 빨고는 말을 이었다.

"그런데 혹시 사장님, 이스트레모스 대리석 아십니까?"

피르미누가 애매모호하게 고개를 끄덕였다.

"카라라 대리석과 품질이 똑같아요." 노인이 아주 만족스럽게 말했다. "다공률도 똑같고 결도 똑같고 대리석 연마기를 사용했을 때 내구성도 똑같고요. 모든 면에서 카라라 대리석과 똑같죠." 노인은 마치 세기의 비밀을 털어놓기라도 한 양 한숨을 쉬었다.

"제 말 아시겠습니까?" 노인이 물었다.

"그럼요." 피르미누가 말했다.

"좋습니다." 노인이 계속 말했다. "콜럼버스의 달걀 같은 거죠. 우리 사장님은 카라라에 이스트레모스 대리석을 팔았습니다. 그 사람들은 우리 걸 카라라 대리석이라며 이탈리아 시장에 팔았고요. 그렇게 해서 포르투갈 이스트레모스에서 간 아름다운 카라라 대리석이 로마 대저택의 안마당과 부유한 이탈리아인의 욕실을 덮은 거지요. 그런데 사장님이 사업을 크게 벌이고 싶어하지 않았습니다. 아시겠죠? 우리 사장님은 그냥 이스트레모스의 회사에 하청을 준 겁니다. 거기서 대리석을 절단한 뒤, 세투발에서 선적했지요. 단 일꾼에게는 포르투갈 임금을 주고 말입니다. 이게 우리에게 무엇을 뜻하는지 아십니까?"

노인은 초조한 얼굴로 잠시 피르미누의 대답을 기다렸지만, 피르미누는 대답하지 못했다.

---

* 카라라는 이 산맥 끝부분에 있다.

"백만장자요." 그가 직접 답했다. 그러고는 말을 계속했다.

"어떤 일이 다른 일로 이어지기 때문에, 우리 사장님은 다른 시장을 찾았답니다. 홍콩을 찾아낸 거지요. 중국인들도 이른바 카라라 대리석이라면 정신을 못 차렸으니까요. 하나의 일이 다른 일로 이어지고, 그 일이 또다른 일로 이어져서, 사장님은 우리가 수출업을 하니까 수입업도 할 때가 되었다고 생각했죠. 그래서 우리는 수출입 회사로 변신했어요. 우리 회사가 그렇게 보이지는 않을 겁니다. 이렇게 소박하니까요. 하지만 이건 그냥 남들의 이목을 끌지 않으려고 꾸민 겁니다. 사실 우리는 포르투에서 연 매출이 상위권에 있는 회사 중 하나랍니다. 사장님도 사업을 하신다니 아시겠지만 국세청과는 거리를 유지할 필요가 있잖습니까. 우리 사장님에겐 페라리 테스타로사가 두 대나 있습니다. 시골 목장에 갖다 놓았죠. 우리 사장님 직업이 원래 뭐였는지 아십니까?"

"짐작도 못하겠는데요." 피르미누가 대답했다.

"시청 직원이었습니다." 노인이 아주 만족스러워하며 말했다. "경리과에서요. 우리 사장님이 감각이 있다는 의미죠. 물론 사장님도 정치적인 행동을 해야만 했습니다. 이 나라에서는 정치를 하지 않으면 아무것도 얻을 수 없으니까요, 타당한 행동인 겁니다. 사장님은 자기가 살던 시의 시장 후보자 선거 캠프를 운영했습니다. 후보자를 자동차에 태우고 미뉴에서 열리는 모든 정치 집회에 참가했지요. 후보자는 시장에 선출되었고, 은혜를 갚기 위해 사장님에게 이 땅을 껌값에 넘겨준 다음 사업자등록증을 내준 겁니다. 아, 그건 그렇고 사장님은 어떤 회사를 운영한다고 하셨죠?"

"의류입니다." 피르미누가 영리하게 대답했다.

"그래요?" 노인은 다시 새 골루아즈 담배에 불을 붙인 다음 물었다.

"알가르브에 체인점을 열고 있는 중입니다." 피르미누가 말했다. "특히 청바지와 티셔츠를 주로 취급하죠. 알가르브는 젊은이들의 도시이고 해변에 디스코텍이 즐비하잖습니까. 그래서 아주 독특한 티셔츠를 판매하려고 합니다. 요새 젊은이들은 특이한 것을 원하니까요. 만일 선생님이 '하버드 대학'이라고 적힌 티셔츠를 판다면 아무도 사지 않을 겁니다. 하지만 선생님네 회사 티셔츠를 만들어 판다면 살 수도 있거든요. 저희는 그런 티셔츠를 대량생산할 수 있고요."

노인이 자리에서 일어나더니 접이식 문이 달린 창고로 갔다. 그리고 큰 상자를 뒤적였다.

"이런 거 말씀이십니까?"

바로 '스톤스 오브 포르투갈'이라고 적힌 파란색 티셔츠였다.

나이 많은 직원이 피르미누를 보더니 티셔츠를 내밀며 말했다.

"가져가셔도 됩니다. 티셔츠 생산 문제는 다음주에 비서와 이야기해보세요. 전 이쪽으로는 드릴 말씀이 없어서요."

"무슨 물품을 수입하십니까?" 피르미누가 물었다.

"홍콩에서 첨단 장비를 수입합니다." 노인이 대답했다. "하이파이 장치하고 의료 기기지요. 제가 난관에 빠진 이유가 바로 이 때문이에요."

"왜요?" 피르미누가 조심스레 물었다.

"닷새 전에 도둑이 들었습니다." 노인이 대답했다. "한밤중에요, 얼마나 이상한지 모릅니다. 경보 장치도 안 건드리고, 도둑들은 장비가 있는 컨테이너로 곧장 갔다니까요. 꼭 거길 잘 알고 있는 자들처럼 말이에요. 그놈들은 CT 기계에 사용되는 아주 복잡한 장비 단 두 개만 홈쳐갔답니다. CT가 뭔지 아시죠?"

"컴퓨터 단층촬영이죠." 피르미누가 대답했다.

"그리고 감시견은," 노인이 계속 말했다. "우리가 키우는 독일산 사냥 개는 전혀 알아차리지 못했어요. 도둑들이 약을 먹이지도 않았는데요."

"CT 장비는 다른 곳에 팔기 어려울 텐데요." 피르미누가 지적했다.

"무슨 말씀이세요." 노인이 말했다. "포르투갈에 개인 병원이 우후 죽순처럼 생겨나고 있는데요. 그런데 실례지만 우리나라 의료 체계를 알고 계십니까?"

"대강이요." 피르미누가 말했다.

"순전히 해적질이에요." 노인이 확신에 차서 설명했다. "그래서 의 료 기기가 그렇게 비싼 겁니다. 그렇기는 해도 사실 이 절도는 정말 이 상해요. 뭐라 표현할 수 없을 정도로 이상하다니까요. 우리 컨테이너 에서 교묘하게 홈쳐낸 CT 기계용 전기 스위치 두 개가 여기서 5백 미 터 떨어진 길가에 버려져 있었지 뭡니까."

"버려져 있었다고요?"

"꼭 창문에서 집어던진 것처럼 말이죠." 노인이 말했다. "게다가 자 동차가 그 위로 지나간 것처럼 박살나 있었고요."

"경찰에는 신고하셨습니까?" 피르미누가 물었다.

"그럼요." 회계를 담당하는 노직원은 말했다. "크기는 몇 센티미터 밖에 안 되지만 고가의 장비거든요."

"정말입니까?" 피르미누가 물었다.

"홍콩에 있는 사장님과 휴가중인 비서가," 노인이 약간 과장된 말투 로 투덜거렸다. "모든 일을 제게 떠맡겼지 뭡니까. 게다가 사환까지 병이 난 것 같아요."

"어떤 사환 말씀입니까?" 피르미누가 물었다.

"배달 사환이오." 노인이 대답했다. "여기저기로 배달을 보낼 부하 직원 하나 정도는 데리고 있어야 하죠. 그런데 닷새 전부터 출근을 안 하네요."

"젊은가요?" 피르미누가 물었다.

"네, 젊은 청년이죠." 노인이 대답했다. "임시직이지만요. 두 달 전에 와서 일하게 해달라고 부탁하기에 사장님이 사환 일을 하게 해줬거든요."

피르미누는 갑자기 머리에 전기가 통하는 것 같았다.

"이름이 뭡니까?" 그가 물었다.

"사장님은 왜 그녀석한테 신경쓰시는 거죠?" 노인이 물었다. 그의 얼굴에 뭔가 의심스러워하는 표정이 떠올랐다.

"그냥요. 별 뜻은 없습니다." 피르미누가 변명했다.

"그 청년 이름은 다코타입니다." 노인이 말했다. "미국과 관련된 거라면 무엇에든 미쳐 있어서 제가 항상 다코타라고 불렀죠. 진짜 이름은 모르겠네요. 입사 서류조차 없거든요. 아까 말씀드렸듯이 임시직이니까요. 그런데 실례지만 그런 건 왜 알고 싶어하시는 겁니까?"

"그러니까," 피르미누가 대답했다. "그냥 호기심에서요."

"그러시군요." 노인이 대화를 끝냈다. "죄송하지만 이제 전 계산을 해야 합니다. 오늘밤에 홍콩으로 팩스를 보내야 하거든요. 급한 송장이라서요. 더 알고 싶으면 일주일 후에 다시 오세요. 그때 사장님이 계신다고는 장담 못하지만 비서는 분명 휴가에서 돌아와 있을 겁니다."

7

"여보세요, 사장님." 피르미누가 말했다. "단서를 찾던 중 좋은 단서를 발견한 것 같습니다. 시체가 입고 있었다던 티셔츠를 알아냈는데 빌라노바드가이아의 수출입 무역회사 티셔츠였습니다. 거기에서 마놀루가 설명했던 티셔츠와 똑같은 티셔츠를 만들었더군요."

"다른 단서는?" 사장이 침착하게 물었다.

"그 회사에 사환이 있습니다." 피르미누가 대답했다. "청년인데, 닷새 전부터 모습을 보이지 않고 있답니다. 이름은 알아내지 못했습니다. 기사로 낼까요?"

"다른 단서는?" 사장이 계속 물었다.

"회사에 닷새 전에 도둑이 들었답니다." 피르미누가 말했다. "도둑이 첨단 장비 두 개를 훔쳐가서 길가에 버렸고 장비는 차에 깔려 산산

조각났다는군요. 스톤스 오브 포르투갈 무역회사, 기사로 낼까요?"

잠깐 침묵이 이어졌다. 이윽고 사장이 말했다.

"진정하게. 기다리자고."

"그렇지만 제가 보기에는 진짜 특종인데요."

"도나 호자와 상의하게." 사장이 명령했다.

"그런데요. 사장님." 피르미누가 물었다. "도나 호자는 어떻게 그토록 많은 정보를 알고 있는 겁니까?"

"도나 호자는 우리에게 도움을 줄 수 있는 사람들을 모두 알고 있네. 아니, 어떤 의미에서는 포르투의 안주인이지." 사장이 말했다.

"실례지만 어떤 의미에서 말씀입니까?" 피르미누가 물었다.

"세련된 부인 같아 보이지 않았나?" 사장이 되물었다.

"이런 하숙집을 하기에는 지나칠 정도로요." 피르미누가 대답했다.

"바쿠스 얘기 들어본 적 있나?" 사장이 물었다.

피르미누는 한 번도 들어본 적 없다고 대답했다.

"예전에 있던," 사장이 말했다. "전설적인 바야. 포르투에서 잘나가는 사람들은 다 거기 들렀지. 다른 사람들도 마찬가지였고. 그래서 밤이 깊어지고 술잔을 주고받다보면 모두들 자신이 살아온 세월 때문에 감정이 복받쳐서 여주인의 어깨에 기대 눈물을 흘리곤 했지. 그 여주인이 바로 도나 호자일세."

"그러다가 결국에는 이 하숙집을 하고 있는 겁니까?" 피르미누가 소리쳤다.

"이보게, 피르미누." 사장이 버럭 화를 냈다. "그렇게 짜증나게 하지 말고 가만 좀 있게. 일단 거기 머물면서 일이 어떻게 진행되는지 잘 보란 말이야."

"알겠습니다." 피르미누는 말했다. "그렇지만 오늘은 토요일이라서요. 오늘밤 기차를 타고 리스본에 가서 일요일과 월요일 아침을 보내려는데, 괜찮겠죠?"

"미안하지만, 피르미누, 일요일하고 월요일 아침에 리스본에서 뭘 하려는 건가?"

"그거야 두말할 것도 없지요." 피르미누가 흥분해서 대답했다. "일요일에는 제 약혼녀와 함께 지낼 겁니다. 그럴 권리가 있다고 생각하니까요. 월요일 아침에는 국립도서관에 갈 거고요."

사장의 목소리에서 분노가 묻어났다.

"약혼자 얘기는 그렇다 치지. 우리 모두 인생에 낭만적인 시기가 있으니까. 그런데 월요일 아침 국립도서관에서는 뭘 할 건가?"

피르미누는 분명히 설명할 준비를 해놓았다. 사장 앞에서는 언행에 신중해야 한다는 사실을 알고 있었으니까.

"원본 원고 코너에 엘리오 비토리니가 포르투갈 작가에게 보낸 편지가 있거든요." 피르미누가 말했다. "루이스 브라스 페레이라 박사님에게 들었습니다."

사장은 잠시 아무 말도 하지 않았다. 그러더니 수화기에 대고 계속 기침을 했다.

"루이스 브라스 페레이라 박사가 누군가?"

"국립도서관에서 근무하는 뛰어난 원본 원고 전문가입니다." 피르미누가 대답했다.

"그 사람 안됐군그래." 사장이 무시하는 투로 말했다.

"무슨 말씀이십니까?" 피르미누가 어안이 벙벙해서 물었다.

"그 사람 아주 안됐다는 말이야. 그 사람 하는 일이 말야." 사장이 다시 말했다.

"그런데 죄송하지만 사장님," 피르미누는 최대한 공손하려 애쓰면서 말을 이었다. "브라스 페레이라 박사님은 국립도서관에 소장된 20세기 원본 원고를 모두 알고 있는 분이신데요."

"목이 잘린 시체들도 알고 있나?" 사장이 물었다.

"그건 페레이라 박사님의 분야가 아닙니다."

"그러니까 그 사람이 안됐다는 걸세." 사장이 결론을 내렸다. "나는 머리 잘린 시체에 관심이 있어. 지금 이 순간에는 자네도 그렇고."

"네, 그건 그렇습니다." 피르미누가 시인했다. "그렇지만 제가 말씀 드린 그 편지가 '트레스 아벨랴스' 시리즈*와 관련 있다는 사실을 아셔야 합니다. 그리고 사장님께서 흥미를 갖고 계신지는 모르겠지만, 이 책들은 50년대 말부터 포르투갈 문화에서 아주 중요한 위치를 차지했습니다. 미국 작품을 출간했는데 그 작품들은 모두 비토리니를 통해서 소개되었습니다. 그가 이탈리아에서 『아메리카나』라는 선집을 출간한 덕이죠."

"이보게, 젊은이." 사장이 그의 말을 잘랐다. "자네는 〈아콘테시멘투〉를 위해서 일하고 있고 이 〈아콘테시멘투〉는 바로 나를 의미하는 거야. 그리고 〈아콘테시멘투〉가 자네에게 월급을 주고 있지. 그런데 나

---

* 50년대 말부터 출간된 시리즈. 외국 작품을 번역해 펴낸 시리즈로, 당시 현대적인 표지 디자인으로 인기를 끌었다. '트레스 아벨랴스'는 '꿀벌 세 마리'라는 뜻으로, 표지에 꿀벌 세 마리가 그려져 있었다.

는 자네가 포르투에 그냥 있기를 원해. 특히 도나 호자의 하숙집에 머무르길 바란단 말일세. 산책도 너무 자주 가지 말고, 전체적인 그림도 생각하지 말게. 문학은 자네가 할 수 있을 때나 하고, 지금은 소파에 앉아서 도나 호자에게 농담을 해. 그리고 무엇보다 도나 호자의 농담을 잘 들어야 해. 의미가 뚜렷하고 아주 뛰어난 농담들이니까. 다음에 다시 통화하지."

수화기에서 딸깍 소리가 났다. 그는 식당에서 나와 거실로 들어오는 도나 호자를 슬픈 얼굴로 보았다.

"왜 그런 얼굴을 하고 있어요, 젊은이." 도나 호자가 마치 통화 내용을 다 듣기라도 한 것처럼 말했다. "화내지 마요. 사장들은 원래 다 그래요. 거만하죠. 나도 평생 거만한 사람들을 아주 많이 만났어요. 하지만 참고 버티는 수밖에 없답니다. 나중에 여기 하루이틀쯤 앉아, 내가 거만한 사람들에게 어떻게 했는지 설명해줄게요. 중요한 건 자기 일을 잘하는 거랍니다." 그러더니 어머니같이 덧붙였다.

"가서 잠깐 눈을 좀 붙이는 게 어때요? 눈에 졸음이 가득한데요. 당신 방은 시원하고 시트도 깨끗해요. 내가 사흘에 한 번씩 갈거든요."

피르미누는 방으로 가서 바라던 대로 깊이 잠들었고, 마데이라 해변과 푸른 바다와 약혼녀 꿈을 꾸었다. 잠에서 깨니 마침 저녁식사 시간이라 윗옷을 입고 아래로 내려갔다. 운좋게도 어린 시절에 좋아했던 요리인 대구튀김이 있었다. 그는 젊은 종업원이 조심스럽게 지켜보는 가운데 허겁지겁 식사를 했다. 종업원은 코 밑의 솜털이 마치 수염처럼 두드러진 건장한 아가씨였다. 옆 테이블에 앉은 이탈리아인은 요리를 화제 삼아 대화를 시작해보려는지, 멸치와 피망으로 만드는 피에몬테 지방 요리에 대해 설명하기 시작했다. 피르미누는 예의상 흥미로운 척했다. 그때 도나 호자가 다가와서 귓엣말을 했다.

"머리가 발견됐대요."

피르미누는 접시에 남아 있는 작은 대구의 머리들을 보았다.

"머리요?" 그가 바보같이 물었다. "무슨 머리요?"

"시체에서 사라졌던 머리요." 도나 호자가 부드럽게 말했다. "서두를 것 없어요. 먼저 저녁식사부터 마치도록 해요. 그러고 나면 이 사건에 대해 알고 있는 사실을 전부 말해줄 테니까요. 응접실에서 기다릴게요."

피르미누는 도저히 진정할 수 없어서 급히 그녀 뒤를 따라갔다.

"디오클레시아누 씨가 찾아냈다네요." 도나 호자가 침착하게 말했다. "도우루 강에서 건져 올렸다고 해요. 자, 이제 앉아서 내 이야기를 잘 들어요. 여기 내 옆에 앉아요."

그녀는 버릇처럼, 차를 마시라고 권하듯 소파를 살짝 두 번 쳤다.

"내 친구 디오클레시아누는 여든 살이에요." 도나 호자가 이야기를 계속했다. "행상 일을 하죠. 뱃사공이기도 하고요. 그리고 도우루 강에서 변사체나 자살한 사람들을 건져 올리는 일도 한답니다. 소문에 따르면 평생 강에서 건져 올린 시신이 7백 구가 넘는다고 해요. 익사자의 시신을 시체공시소에 넘기면 거기에서 보수를 주는 거예요. 이게 그의 일이죠. 그는 이번 사건을 알고 있었어요. 그래서 머리를 아직 경찰에 넘기지 않았지요. 디오클레시아누는 아르쿠 다스 알미냐스*에서 영혼

---

* 길거리 여기저기에 세워둔 작은 사당.

76

을 수호하는 일도 한답니다. 시신만이 아니라 그들의 영원한 안식에도 신경을 쓴다는 의미에서요. 그 신성한 장소에서 시신들을 위해 촛불을 켜고 기도를 해주지요. 디오클레시아누가 머리를 집에 갖다두었다는 군요. 두 시간 전에 머리를 건졌고 내게 알려왔지요. 이게 그 사람 주소예요. 돌아올 때 잊지 말고 아르쿠 다스 알미냐스에 들러서 망자들을 위해 기도를 올리세요. 그렇지, 카메라를 잊지 마요. 머리를 공시소로 보내기 전에 사진을 찍어두라는 말이에요."

피르미누는 자기 방으로 올라가서 카메라를 가지고 내려와 택시를 찾았다. 〈아콘테시멘투〉의 직원들이 택시를 너무 많이 탄다고 어떤 신문에 썼던 시기심 많은 동료의 비난 따위는 신경쓰지 않았다. 짧은 거리여서 구시가의 좁은 길을 얼마 달리지도 않았다. 디오클레시아누 씨의 집은 출입문의 칠이 다 벗겨진 낡은 집이었다. 나이 많고 뚱뚱한 여자가 문을 열어주었다.

"디오클레시아누가 응접실에서 기다리고 있어요." 그녀는 이렇게 말하며 앞장섰다.

디오클레시아누 씨 집의 응접실은 샹들리에가 달린 넓은 방이었다. 할인 상점에서 산 게 분명한 가구들은 고가구처럼 보이게 하려 다리에 금색 칠을 하고 상판에 유리를 얹은 것들이었다. 성경에 나오는 이야기에서처럼 테이블 한가운데 있는 큰 접시에 머리가 놓여 있었다. 피르미누는 잠시 혐오감에 떨며 바라보다가 테이블 상석에, 마치 중요한 만찬을 주재하듯 앉아 있는 디오클레시아누 씨를 보았다.

"도우루 강 어귀에서 건져 올렸다오." 그가 알려주었다. "낚싯바늘을 던진 다음 새우잡이용 작은 그물을 쓰지. 이 머리는 낚싯바늘에 걸려 있었어요."

피르미누는 혐오감을 떨쳐보려고 애쓰며 접시에 놓인 머리를 보았다. 며칠 동안 강물 속에 있었던 것 같았다. 퉁퉁 부은데다 보랏빛이었고, 한쪽 눈은 물고기가 파먹어버렸다. 나이를 짐작해보려 했지만 도무지 알 수가 없었다. 스무 살 정도일 수도 있지만 마흔 살일 수도 있었다.

"이 머리를 넘겨야 해요." 디오클레시아누 씨가 세상에서 이보다 더 자연스러운 일은 없다는 듯이 평온하게 말했다. "사진을 찍고 싶으면 빨리 찍어요. 머리를 5시에 건졌기 때문에 너무 오래 속일 수는 없다오."

피르미누는 카메라를 꺼내 사진을 찍었다. 정면과 옆얼굴 모두.

"여기 봤소?" 디오클레시아누 씨가 물었다. "가까이 와봐요."

피르미누는 움직이지 않았다. 디오클레시아누 씨가 손가락으로 관자놀이를 가리켰다.

"여길 봐요."

피르미누는 겨우 가까이 다가갔고, 거기에 구멍이 있는 걸 보았다.

"구멍이네요." 피르미누가 말했다.

"권총 구멍이지." 디오클레시아누 씨가 말했다.

피르미누는 디오클레시아누 씨에게 짧게 전화 한 통만 할 수 있겠느냐고 물었다. 디오클레시아누 씨가 입구에 있는 전화기로 안내했다. 신문사에 전화를 걸었더니 자동응답기로 연결되었고, 피르미누는 사장에게 메시지를 남겼다.

"피르미누입니다. 강에서 시체를 건지는 분이 피해자 머리를 건져냈습니다. 사진을 찍어뒀습니다. 왼쪽 관자놀이 부근에 총알 구멍이 있

더군요. 팩스로든 다른 방법으로든 사진을 곧 보내겠습니다. 루수 에
이전시에 들를 건데, 호외를 낼 수 있을지는 모르겠군요. 지금은 아무
생각도 못하겠습니다. 말을 못 보태겠어요. 내일 전화드리겠습니다."

　그는 어둠이 깔린 무더운 포르투 거리로 나왔다. 택시를 타고 싶은
생각이 전혀 들지 않았다. 머리를 식힐 산책이 필요했다. 강이 아주 가
깝기는 했지만 강까지 가고 싶지는 않았다. 그날 밤에는 강을 쳐다보
고 싶지도 않았다.

8

8시에 피르미누는 인터폰 소리에 잠이 깼다. 콧수염 난 여종업원의 남자 같은 목소리가 들렸다.

"손님네 사장님이 통화하고 싶어하세요. 급하다고 했어요."

피르미누는 가운을 입고 급히 내려갔다. 하숙집 손님들은 아직 자고 있었다.

"윤전기가 30분 후부터 돌아갈 걸세." 사장이 말했다. "오늘 당장 호외를 낼 거야. 자네가 보낸 사진을 모두 실어서 딱 두 장짜리로 만들었고, 기사는 필요 없네. 지금은 자네가 아무 말 하지 않는 쪽이 더 좋아. 오후 3시면 그 정체불명의 얼굴이 전국에 쫙 퍼질 거야."

"사진은 어떻게 나왔습니까?" 피르미누가 물었다.

"끔찍해." 사장이 말했다. "그래도 누구 얼굴인지 알 사람은 알아볼 걸세."

신문이 어떤 영향을 미칠지 생각하자 등줄기가 오싹했다. 공포영화
보다도 섬뜩하겠지. 그는 용기를 끌어모아 사진이 어떻게 배치되었는
지 소심하게 물어보았다.

"첫 페이지에 정면에서 찍은 얼굴 사진을 실었다네." 사장이 대답했
다. "안쪽 두 페이지에는 오른쪽과 왼쪽 옆얼굴을 각각 실었고. 그리고
마지막 페이지에는 도우루 강이 흐르고 철교가 있는 포르투의 옛 사진
을 실었어. 물론 컬러지."

피르미누는 자기 방으로 올라갔다. 샤워를 하고 면도를 한 다음 약
혼녀에게 선물받은 빨간 라코스테 티셔츠에 면바지를 입었다. 재빨리
커피를 마시고는 거리로 나갔다. 일요일이었고, 시내는 한적했다. 사
람들은 아직 자고 있었지만 조금 뒤면 다들 바다에 갈 것이다. 수영복
은 없었지만 그도 바다에 가 좋은 공기라도 조금 마셔보고 싶었다. 하
지만 포기했다. 가이드북을 들고 시내를 탐방하기로 했다. 예를 들면
시장이라든가 서민들이 사는 구역처럼 그가 모르던 데를. 가파르고 좁
은 길을 따라 서민 구역 쪽으로 내려가면서 생각지 못한 활기를, 부산
스러움을 발견했다. 정말이지 포르투는 리스본에서는 이미 사라진 전
통적인 모습을 간직하고 있었다. 가령 일요일인데도 생선 바구니를 머
리에 이고 장사를 하는 여인들이며 어린 시절을 떠올리게 하는 행상인
의 외침 같은 것들 말이다. 칼 가는 이들이 부는 오카리나 소리, 귀가
따가운 채소장수의 나팔 소리도. 그가 지나고 있는 알레그리아 광장은
이름처럼 정말 유쾌한 곳이었다.* 작은 시장이 있고 이런저런 물건을
파는 초록 가판대들이 보였다. 헌옷이나 꽃, 콩, 나무로 만든 서민적인

장난감과 수공예 도자기 들이 있었다. 그는 클레리구스 탑이 투박하게 그려진 조그만 도자기 접시를 하나 샀다. 틀림없이 약혼녀가 좋아할 것이다. 파드랑 광장에 도착했다. 진짜 시장이 아닌데도 장이 서 있었다. 농부들과 생선장수들이 건물 현관 앞과 상투 일데폰수 거리의 인도에 이동 상점을 만들어 물건을 팔고 있었기 때문이다. 그는 작은 벼룩시장이 있는 폰타이냐스에 도착했다. 시장은 토요일에만 열리기 때문에 대부분의 가판대가 문을 닫았지만 몇몇 상인은 일요일 아침에도 장사를 하고 있었다. 피르미누는 이국적인 새를 파는 가판대 앞에서 걸음을 멈추었다. 새의 이름과 출신지를 알려주는 가느다란 종이 띠가 새장 앞에 붙어 있었다. 브라질과 마데이라에서 온 게 제일 많았다. 피르미누는 마데이라를 생각했고, 포르투갈 항공의 광고가 약속하던 꿈 같은 휴가를 보낼 수 있다면 얼마나 좋을지 생각했다. 그 옆에 중고 서적 가판대가 있었다. 피르미누는 책을 대충 훑어보았다. 도시가 세상과 소통하는 방법에 대해 쓴 1세기 전의 낡은 책 한 권을 발견하고는 그 시대의 신문과 광고를 다룬 장을 슬쩍 보았다. 19세기 초 〈오 아르틸레이루〉라는 신문에는 이런 흥미로운 광고가 실려 있었다. "우리 말馬을 이용해서 리스본이나 코임브라에 소포를 보낼 분들은 마니파투라데이 타바시 앞의 우체국에 물품을 맡겨놓으시면 됩니다." 다음 페이지는 〈오 페리오디쿠 두스 포브르스〉라는 신문을 다루고 있었다. 이 신문에는 소 내장 요리 판매점 광고가 무료로 실렸는데, 소 내장 요리 판매가 공익사업으로 취급받았기 때문이다. 피르미누는 이유도 없이 약

---

* 알레그리아는 포르투갈어로 '기쁨, 즐거움, 유쾌함'이라는 뜻이다.

간의 적대감을 느꼈던 이 도시에 대한 호감이 물밀듯이 밀려오는 것을 느꼈다. 우리 모두 편견에 사로잡혀 있고, 자신 역시 모르는 사이에 변증법을 잊고 있었다는 결론을 내렸다. 루카치가 아주 중요하게 생각했던 기본적인 변증법을.

피르미누는 시계를 보고 뭔가 먹으러 가야겠다고 생각했다. 점심때였다. 그는 기분 내키는 대로 카페 앙코라 쪽으로 갔다. 카페는 사람들로 북적였다. 레스토랑으로 마련된 곳도 마찬가지였다. 피르미누는 빈자리를 찾아서 앉았다. 앉자마자 전의 그 호감 가는 종업원이 다가왔다.

"접시는 찾으셨습니까?" 그가 웃으면서 물었다.

피르미누는 고개를 끄덕였다.

"나중에 괜찮으시다면 그 이야기를 좀 해주세요." 종업원이 말했다. "접시 얘기 말이에요. 바로 준비되는 차가운 요리를 원하신다면 오늘은 올리브유, 레몬, 파슬리를 곁들인 문어 샐러드를 추천하고 싶습니다."

피르미누가 동의했다. 잠시 후 종업원이 쟁반을 들고 왔다.

"잠깐 좀 앉아도 되겠습니까?" 그가 물었다.

피르미누는 앉으라고 권했다.

"실례합니다." 종업원이 예의바르게 말했다. "무슨 일을 하시는지 여쭤봐도 될까요?"

"기자입니다." 피르미누가 말했다.

"세상에나!" 종업원이 감탄했다. "그러면 저희를 도와주실 수 있겠군요. 어디서, 리스본에서요?"

"네, 리스본에서요." 피르미누가 확인해주었다.

"지금 저희는 포르투갈의 접시들을 위한 운동을 하고 있습니다." 종업원이 속삭였다. "혹시 이 근처에서 일어난 인종주의 집회를 보신 적 있는지 모르겠는데요."

"이야기는 들었습니다." 피르미누가 대답했다.

"사람들은 집시를 원치 않아요." 종업원이 말했다. "어떤 도시에서는 집시들을 폭행하기도 했답니다. 인종주의의 물결이 밀려오고 있지요. 어떤 정당들이 이 사람들을 부추기는지 모르겠지만, 짐작은 갑니다. 저희는 포르투갈이 인종차별주의 국가가 되는 것을 원치 않아요. 이 나라는 항상 관용적인 나라였단 말입니다. 저는 '시민의 권리'라는 단체 회원이기도 한데, 저희는 서명을 받고 있어요. 서명해주실 거죠?"

"물론이죠." 피르미누가 대답했다.

종업원이 주머니에서 '시민의 권리'라는 글자가 윗부분에 인쇄되어 있고 빼곡하게 서명이 된 종이를 꺼냈다.

"레스토랑에서는 서명을 받을 수 없게 되어 있답니다." 그가 말했다. "공공장소에서 서명을 받는 행위가 법적으로 금지되어 있어서요. 시내 곳곳에 서명받는 센터가 마련되어 있죠. 하지만 지금 주인이 우리를 보는 것 같지 않으니, 자 여기 서명해주세요. 신분증에 있는 생년월일과 발급 날짜를 써주시면 됩니다."

피르미누는 자기 이름과 신분증에 적힌 숫자를 썼다. 그리고 '직업' 란에는 기자라고 썼다.

"선생님 신문에 저희 이야기를 기사로 써주실 수 있나요?" 종업원이 물었다.

"약속할 수는 없습니다." 피르미누가 말했다. "제가 지금 다른 사건을 취재하고 있어서요."

"포르투에서는 안 좋은 일들이 많이 발생하지요." 종업원이 말했다.

그때 신문팔이 소년이 카페 안으로 들어와, 겨드랑이에 신문 뭉치를 끼고 테이블 사이를 돌아다니면서 말했다. "머리 잘린 시체의 머리가 발견됐습니다. 포르투의 미스터리."

피르미누는 〈아콘테시멘투〉를 샀다. 신문을 힐끗 보고 마음이 심란해져 조심스럽게 네 면으로 접었다. 신문을 주머니에 넣고 레스토랑을 나왔다. 하숙집으로 돌아가는 게 좋겠다고 생각했다.

도나 호자는 〈아콘테시멘투〉를 앞에 펴놓고 작은 응접실에 앉아 있었다.

"소름 끼쳐요." 그녀가 조그맣게 말했다. "기자님도 안됐네." 그러고는 곧이어 말했다. "당신 나이에 이런 끔찍한 일을 다뤄야 하다니."

"그게 인생이지요." 피르미누는 한숨을 쉬며 그녀 옆에 앉았다.

"왕위 계승 주장자에 대한 기사가 훨씬 더 나을 거예요." 도나 호자가 말했다. "『불토스』에 마드리드에서 열린 화려한 연회 기사가 실려 있더군요. 모두들 무척 우아해요."

그때 전화벨이 울렸다. 도나 호자가 전화를 받으러 갔고 피르미누는 그녀를 지켜보았다. 도나 호자가 고개로 신호를 보내면서 집게손가락을 두 번 까딱해서 그를 불렀다.

"여보세요." 피르미누가 말했다.

"지금 메모할 수 있습니까?" 전화 속 목소리가 물었다.

피르미누는 목소리의 주인공이 이전에 통화한 사람임을 즉시 알아차렸다.

"있습니다." 피르미누가 대답했다.

"내 말을 끊지 마시오." 상대가 말했다.

"알겠습니다." 피르미누가 그를 안심시켰다.

"그 머리는 다마세누 몬테이루의 머리요." 목소리가 말했다. "나이는 스물여덟 살. 스톤스 오브 포르투갈에서 사환으로 일했소. 카나스 트레이로스 거리에 살았고. 번지수는 당신이 알아내시오. 히베이라에 있는 분수 앞이니까. 가족에게 알려줘요. 당신에게 설명할 수 없는 이유 때문에 내가 직접 알릴 수 없어요. 잘 있어요."

피르미누는 수화기를 내려놓았다. 수첩에 적어놓은 메모를 보면서 즉시 신문사에 전화를 걸었다. 사장을 바꿔달라고 했으나 교환수는 실바 씨를 바꿔주었다.

"여보세요, 위페르입니다." 실바가 대답했다.

"피르미누입니다." 피르미누가 말했다.

"소 내장 요리는 맛있나?" 실바가 빈정거리는 말투로 물었다.

"이봐요, 실바." 피르미누는 이름을 특히 강조하면서 말했다. "가서 뒈져버리지 그래요?"

수화기 너머는 잠시 조용했다. 얼마 후 실바 씨가 화난 목소리로 물었다.

"지금 뭐라고 했지?"

"잘 알아들었을 텐데요." 피르미누가 말했다. "이제 사장님 바꿔줘요."

전자음이 흐르더니 잠시 후 사장 목소리가 들렸다.

"이름이 다마세누 몬테이루랍니다." 피르미누가 말했다. "스물여덟 살이고 빌라노바드가이아에 있는 스톤스 오브 포르투갈에서 사환으로 일했다는군요. 가족에게 제가 가서 알리려고요. 히베이라에 산답니다. 그다음에 시체공시소로 가겠습니다."

"지금 4시네." 사장이 침착함을 잃지 않고 대답했다. "9시 안에 기사를 보내면 다시 호외를 발행할 수 있어. 오늘 호외는 한 시간도 안 돼 동이 나버렸어. 생각해보게, 오늘은 일요일이어서 신문판매대가 대부분 문을 닫았는데 말이야."

"해보겠습니다." 피르미누는 대답하기는 했지만 자신은 별로 없었다.

"꼭 필요해." 사장이 말했다. "그리고 부탁인데 아주 자세히, 생생하게, 감동적이고 극적인 부분을 강조해. 아름다운 사진 소설처럼 말이야."

"제 스타일이 아닌데요." 피르미누가 대답했다.

"그럼 스타일을 바꿔봐." 사장이 대답했다. "〈아콘테시멘투〉에 필요한 스타일로 말이야. 그리고 부탁인데 길게, 길고 멋진 기사를 써주게."

9

이 슬프고 미스터리한 장면, 그리고 덧붙여 말하자면, 잔인한 이 야기가 벌어진 곳은 포르투라는, 포르투갈에서 가장 유쾌하고 부지 런한 도시다. 정말 그렇다. 포르투갈의 정서가 잘 살아 있는 우리의 포르투는 완만한 언덕에 감싸이고 잔잔한 도우루 강이 도시를 가로 지르는 친절한 곳이다. 까마득한 옛날부터 오크통을 가득 실은 독특 한 하벨루*들이 시내의 포도주 저장실로 귀중한 포도주를 실어나른 다. 우아하게 병에 담긴 포도주들은 전 세계 구석구석의 길로 옮겨 져 세상에서 가장 품질 좋은 포도주라는 불후의 명성을 쌓는 데 기 여한다.

---

* 도우루 강 지역을 오가던 포르투갈의 전통 화물선. 주로 포도주를 운반했다.

우리 신문의 독자들은 이 슬프고 미스터리하고 잔인한 이야기가 바로 머리 잘린 시신과 관련 있다는 것을 알고 있다. 끔찍하게 머리가 잘린 신원 불명의 불쌍한 시신의 잔해는 살인범(혹은 몇 명의 살인범들)에 의해 교외 황무지에 버려졌다. 낡은 신발짝이나 구멍 난 냄비처럼.

　　안타깝게도 오늘날 우리나라에서 이런 일들이 벌어지고 있다. 최근에야 비로소 민주주의를 되찾고 구대륙의 문명화되고 진보적인 나라들과 나란히 유럽공동체에 가입할 수 있게 된 나라에서. 정직하고 부지런한 국민들, 밤이면 고된 노동으로 지친 몸을 이끌고 각자의 집으로 돌아가 이처럼 자유롭고 민주적인 신문이 전하는 매우 어두운 사건에 대한 기사를 읽으며 몸을 떠는 국민들로 이루어진 나라에서.

　　참으로 가슴이 찢어지는 듯한 고통스러움과 당혹스러움을 느끼면서, 여러분의 포르투 특파원은 직업윤리 때문에 직접 경험한 슬프고 매우 어둡고 잔인한 이야기를 여러분께 들려드려야만 한다. 이야기는 이 도시의 수많은 호텔 중 한 곳에서 시작된다. 특파원은 그곳에서 이름을 밝히지 않은 사람의 전화를 한 통 받는다. 어려운 사건을 취재하는 기자들이 모두 그렇듯이 특파원은 신원을 밝히지 않는 전화를 수십 통 받는다. 그때도 그는 노련한 기자답게 의구심을 품고 전화를 받았다. 어떤 판사가 부패했다거나 어떤 스포츠클럽 회장 부인이 투우사와 같이 잤다든가 하는 이야기를 꺼내는 과대망상증 환자일 경우를 대비하면서 말이다…… 그런데 아니었다. 목소리는 딱딱하고 권위적이었으며 북부 억양이 뚜렷했다. 젊은 목소리로, 낮은 톤으로 말하지 않았다면 오만하게 느껴질 수도 있는 목소리였다. 익명의 목소리는 특파원에게 말했다. "그 머리는 다마세누 몬테이루의 머리요. 나이는 스물여덟 살. 스톤스 오브 포르투갈에서 사환으로 일했소. 카나스트레이로스 거리에 살았고. 번지수는 당신이 알아내시오. 히베이라에 있는 분수 앞이니까. 가족에게 알려줘요. 당신에게 설명할 수 없는 이유 때문에 내가 직접 알릴 수 없어요. 잘 있어요." 특파원은 할말을 잃었다. 일평생 매우 끔찍한 상황을 두루 경험해본 오십대의 노련한 기자인 특파원은 피해자의 집에 비보를 전해야 하는 고통스러우면서도 기독교적인 임무를 맡게 된 것이다. 어떻게 할까? 여러분의 특파원의 마음속에 회의가 일었다. 하지만 좌절할 수는 없었다. 그는 자신의 직업에 이런 고통스럽지만 불가피한 임무도 포함되어 있음을 알고 있으므로. 거리로 나가서 택시를 탔다. 택시가 히베이라에 있는 카나스트레이로스 거리로 데려다주었다. 그곳에서는 유쾌하고 근면한 도시 포르투의 또다른 모습이 펼쳐졌는데, 여러분의 특파원의 펜으로는 이를 적절히 묘사할 수가 없다. 사회학자나 인류학자가 필요하리라. 여러분의 기자는 당연히 그런 사람이 아니다. 이 눈부신 히베이라는 도시에서 가장 서민적인 구역으로 직공, 통 만드는 사람, 과거 수세기 동안 도우루 강가에 정착한 가난한 서민 들이 살고 있었다. 몇몇 피상적인 관광안내서는 이 지역을 도시에서 가장 고풍스러운 곳으로 다루려고 애쓴다. 그런데 이 히베이라는 실제로 어떤 곳일까? 특파원은 값싼 미사여구를 늘어놓고 싶지 않다. 유명한 문학적 인용문에 기대고 싶지도 않다. 그래서 판단을 유보한다. 그저 피해자의 가족, 몬테이루가의 집을 묘사하는 데 그치려 한다. 히베이라에 수없이 많은 거주지와 똑같은 그곳을 집이라고 부를 수 있다면 말이다. 부엌으로도 사용하는 입구에는 낡은 가스 오븐과 수도꼭지가 있었다. 입구와 다마세누 몬테이루의 부모가 침실로 쓰는 방은 판지 벽으로 나뉘어 있었다. 다마세누의 방은 건물 계단 밑에 있어서 고개를 숙여야만 안으로 들어갈 수 있었다. 방에는 매트리스와 멕시코 스타일의 이불과 벽에 붙은 다코타 인디언 포스터가 있을 뿐이었다. 마당에 있는 화장실은 그 건물에 사는 사람들이 모두 같이 썼다.

끔찍한 소식을 가지고 온 여러분의 특파원은 자신이 리스본의 기자로 머리가 잘린 시체 사건을 취재하고 있다고 더듬더듬 말했다. 다마세누의 어머니가 그를 맞았다. 쉰 살가량의 여인이었는데 병색이 완연했다. 그녀는 포르투의 몇몇 가정에서 세탁을 해주고 월급을 받았지만 내출혈이 있어서 지금은 일을 그만두었다고 말했다. 의사는 섬유종이라는 진단을 내렸고 그녀는 히베이라의 여자 민간치료사에게 치료를 받았다. 치료사는 탕약을 조제해주었지만 아무 효과가 없었을 뿐만 아니라 내출혈이 더 심해졌다. 병원에 입원해야 하지만 병실이 없어서 기다려야 한다고 했다. 남편인 도밍고스 씨는 한때는 바구니 만드는 일을 했지만 일을 그만둔 뒤로는 매일 밤 선술집에 드나들었다. 지금은 알코올중독으로 안타부스*를 먹고 있다. 하지만 의사의 처방대로 안타부스를 먹으면서도 싸구려 브랜디를 마시기 때문에, 그럴 때면 하루종일 구토를 한다. 지금도 방 저쪽에

---

* 알코올의존증 치료제.

서 토하는 중이었다. 다마세누는 외아들이라고 어머니인 마리아 드 로르드스가 말했다. 스물한 살짜리 딸도 하나 있는데 바에서 종업원으로 일하러 브뤼셀로 갔지만 오래전부터 소식을 듣지 못했다고.

그런데 여러분의 특파원은 이 가여운 여인에게 아들의 머리가 법의학연구소 영안실에 있으니 확인할 필요가 있다는 소식을 전해야만 했다. 불행한 어머니는 방으로 달려 들어갔다가 잠시 후 굽이 높은 검정 샌들을 신고 레이스가 달린 숄을 두르고 나왔다. 그녀는 이 샌들과 숄이, 아들 다마세누가 자잘한 전기 수리를 해주던 포르투의 나이트클럽 '보르볼레타 녹투르나'의 여가수가 선물한 것이라고 말했다. 지금 그녀에게 쓸 만한 옷이라고는 그것밖에 없었다.

여러분의 특파원과 가여운 어머니가 교통수단을 찾아보았지만 헛수고였고, 겨우 법의학연구소에 도착했을 땐 의사가 막 장갑을 벗고 샌드위치를 먹으려던 참이었다. 의사는 운동선수처럼 활달한 분위기에 호감 가는 젊은이였다. 그는 머리를 확인하러 왔느냐고 묻더니 자신은 서둘러 가봐야 한다고 말했다. 저녁에 '인빅토스' 컵 롤러스케이트 하키 시합이 있는데 그가 팀의 골키퍼이기 때문이다. 그는 우리를 옆방으로 안내했다. 그리고……

그 불쌍한 어머니의 반응은 설명하지 않아도 여러분 모두 상상할 수 있을 것이다. 어머니는 비명소리도 제대로 내지 못했다. 다마세누! 내 아들 다마세누! 흐느낌 같은, 거의 숨을 헐떡거리는 소리가 들리더니 바닥에서 쿵 하는 소리가 났다. 가여운 여인은 부축하기도 전에 바닥에 쓰러졌다. 머리, 그 무시무시한 머리가 대리석 테이블 위에, 마치 아마존 원주민의 숭배물처럼 놓여 있었다. 목은 전기톱으로 자른 것처럼 깨끗하고 정확하게 잘려 있었다. 얼굴은 며칠 동안 강물 속에 있었던 탓인지 통통 붓고 보라색이었지만 윤곽은 알아볼 수 있었다. 서민적이면서 고귀한 풍모가 드러나는 강하고 반듯한 젊은이 얼굴이었다. 까만 머리에 윤곽이 또렷한 코, 강인한 턱. 다마세누 몬테이루였다.

신문을 읽던 도나 호자가 눈을 들어 피르미누를 보며 말했다.

"당신 기사를 읽고 소름이 끼쳤어요. 너무나 사실적이면서도 고전적인 방식으로 기사를 써서요."

"절대 제 스타일이 아니랍니다." 피르미누는 설명해보려다가 그만두었다.

"그렇지만 당신네 사장은 굉장히 좋아하던걸요." 도나 호자가 크게 말했다. "호외가 날개 달린 듯 팔렸대요."

"휴우." 피르미누가 말했다.

"용감해요." 도나 호자가 감탄하며 말했다. "난 이 신문이 좋아요. 용기 있는 신문이죠. 우아한 연회 소식만 전하는 『불토스』와는 달라요."

"저희 사장님이, 몬테이루 가족이 민사 절차를 진행할 수 있게 우리 신문이 지원할 거니까 변호사가 필요하다고 하셨습니다." 피르미누가 말했다. "다만 돈이 그리 많지 않으니 수임료를 맞춰줄 변호사가 필요하다고요. 사장님이 부인께 의논해보라시더군요, 도나 호자. 부인께서 우리 사건에 딱 맞는 변호사를 틀림없이 알고 계실 거라고."

"물론 알고 있지요." 도나 호자가 단언했다. "언제 만나고 싶나요?"

"내일이면 딱 좋겠습니다." 피르미누가 말했다.

"몇시에?"

"잘 모르겠는데요." 피르미누는 생각해보았다. "혹시 제가 그분께 점심식사를 대접하면 어떨까요? 그런데 어떤 분을 생각하고 계신가요?"

"페르난두 디오구 마리아 드 제주스 드 멜루 세퀘이라예요." 그녀가 말했다.

"세상에, 이름이 굉장하군요." 피르미누가 외쳤다.

"하지만 그렇게 부르면 아무도 모를 거예요." 도나 호자가 덧붙였다. "로톤 변호사라고 해야 해요. 포르투 사람들은 모두 이렇게 부르죠."

"별명인가요?" 피르미누가 물었다.

"별명이에요." 도나 호자가 대답했다. "항상 변호사 역을 맡는 뚱뚱한 영국 배우하고 비슷하거든요."

"찰스 로턴 말씀이신가요?" 피르미누가 물었다.

"포르투에서는 로톤이라고 해요." 도나 호자가 짧게 말하고는 덧붙였다.

"지난 수세기 동안 이 지역의 땅을 대부분 소유하고 있던 유서 깊은 귀족 가문 출신이랍니다. 하지만 지금은 땅을 거의 다 잃었지요. 천재랍니다. 옷 입고 있는 꼴을 보면 한푼도 주고 싶지 않을 거예요. 그렇지만 천재예요. 외국에서 공부한 분이죠."

"실례지만 도나 호자." 피르미누가 물었다. "그런데 왜 로톤 씨가 다마세누 몬테이루 가족을 변호해주기로 한 겁니까?"

"불행한 사람들의 변호사니까요." 도나 호자가 대답했다. "평생 가난한 사람들만을 변호했답니다. 그분의 소명이지요."

"그렇다면 언제, 어디서 그분을 만날 수 있을까요?" 피르미누가 물었다.

도나 호자가 종이 한 장을 집어서 거기에 주소를 적고는 말했다.

"약속은 내가 잡아놓을게요. 기자님은 걱정할 거 없어요. 정오에 만나러 가세요."

그때 전화벨이 울렸다. 전화를 받으러 간 도나 호자가 피르미누를 보면서 늘 그랬듯이 집게손가락으로 그를 불렀다.

"여보세요." 피르미누가 말했다.

"신원 확인이 되었소." 귀에 익은 목소리가 말했다. "보다시피 내 말이 맞았죠."

"저기요." 피르미누가 재빨리 기회를 잡아 말했다. "전화 끊지 마세요. 당신은 반드시 말해야 해요. 전 압니다, 당신에겐 해야만 하는 중요한 말들이 있고 그 말을 하고 싶어한다는 걸요. 저도 꼭 듣고 싶습니다."

"전화로는 안 됩니다." 그가 말했다.

"물론 전화로는 안 되죠." 피르미누가 말했다. "장소와 시간을 말씀해주십시오."

수화기 너머에서 침묵이 이어졌다.

"내일 아침 어때요?" 피르미누가 물었다. "아침 9시 어떻습니까?"

"좋아요." 상대방이 말했다.

"어디가 편하시죠?" 피르미누가 물었다.

"상 라자루." 그가 대답했다.

"어디라고요?" 피르미누가 물었다. "전 포르투 출신이 아닙니다."

"공원이오." 사내가 대답했다.

"당신을 어떻게 알아볼 수 있을까요?" 피르미누가 물었다.

"내가 선생을 찾죠. 한적한 벤치를 골라서 무릎에 신문을 올려놓고 있어요. 누군가와 같이 있으면 그냥 지나가버릴 겁니다."

전화기에서 딸각 소리가 났다.

10

피르미누 앞쪽의 잘 다듬어진 영국식 잔디밭에서 트레이닝복을 입은 회색 머리의 신사 한 명이 체조를 하고 있었다. 그는 종종 다리를 땅에서 약간씩만 들며 소심하게 속보로 걷다가 웅크리고 앉아 있는 도베르만 옆으로 다시 돌아오곤 했다. 그럴 때마다 개는 주인을 반갑게 맞았다. 남자는 세상에서 가장 중요한 일을 하고 있는 양 만족스러워 보였다.

피르미누는 무릎에 펼쳐놓은 신문을 보았다. 호외라는 표제가 붙은 〈아콘테시멘투〉였다. 피르미누는 신문을 접어서 제목만 눈에 띄게 해두었다. 주머니에서 캐러멜을 하나 꺼낸 뒤 기다렸다. 평소 이 시간에는 담배를 피우고 싶은 생각이 전혀 나지 않는데 왜 담배에 불을 붙였는지 알 수 없었다. 장바구니를 든 할머니와 엄마 손을 잡은 아이가 앞으로 지나갔다. 그는 체조를 하는 신사를 조용히 지켜보았다. 침착함을 잃지 않으려 애쓰고 있을 때 벤치 반대쪽 귀퉁이에 젊은 남자가 앉았다. 피르미누는 그를 흘깃 보았다. 스물다섯 살가량의 청년으로 파란색 작업복을 입고 있었다. 청년은 침착하게 앞쪽을 보고 있었다. 그가 담배에 불을 붙였고 피르미누는 자기 담배를 밟아 껐다.

"다마세누는 그 사람들을 속이려고 했어요." 청년이 소곤거렸다. "하지만 도리어 그들에게 속았죠."

그러고는 입을 다물었다. 피르미누는 아무 말 없이 가만히 있었다. 긴 침묵이 이어졌다. 회색 머리의 신사가 자신 있게 빠른 걸음으로 지나갔다.

"언제 일어난 일입니까?" 피르미누가 물었다.

"엿새 전 밤중에요." 젊은이가 말했다.

"좀 가까이 와주세요." 피르미누가 말했다. "잘 안 들려요."

젊은이가 벤치에서 몸을 끌며 옆으로 다가왔다.

"차근차근 얘기를 좀 해주세요." 피르미누가 부탁했다. "특히 사건 순서대로 말이에요. 저는 아무것도 모른다는 점을 유의해주시고, 이해할 수 있게 얘기해주세요."

앞쪽 잔디밭에서 회색 머리의 신사가 다시 체조를 시작했다. 청년은 아무 말 없이 다시 담배에 불을 붙였다. 피르미누는 캐러멜을 하나 더 먹었다.

"전부 다 야간 경비원 때문이에요." 젊은이가 우물거렸다. "그 사람이 초록 귀뚜라미하고 합의를 했거든요."

"제발 부탁입니다." 피르미누가 다시 말했다. "차근차근, 알아듣게 이야기를 좀 해주세요."

청년은 잔디에 시선을 고정시킨 채 낮은 목소리로 말했다.

"다마세누가 일했던 스톤스 오브 포르투갈에는 야간 경비원이 있었는데, 뇌졸중으로 갑자기 죽었어요. 컨테이너에 숨겨온 마약을 받아 초록 귀뚜라미에게 전해주던 사람입니다. 초록 귀뚜라미는 그 약을 나비부인, 그러니까 '보르볼레타 녹투르나'에서 팔았고요. 이렇게 연결된 겁니다."

"초록 귀뚜라미가 누굽니까?" 피르미누가 물었다.

"국가방위대의 경위입니다." 청년이 대답했다.

"그럼 '보르볼레타 녹투르나'는?"

"'푸치니의 나비부인'입니다. 해변에 있는 디스코텍이죠. 초록 귀뚜라미 것이지만 형수 명의로 되어 있어요. 초록 귀뚜라미는 교활한 자예요. 포르투 해변에서 거래되는 마약은 전부 다 거기서 나옵니다."

"계속하세요." 피르미누가 말했다.

"야간 경비원과 결탁한 홍콩의 중국인들이 첨단 장비를 실은 컨테이너에 마약을 몰래 집어넣었지요. 회사는 아무것도 몰라요. 야간 경비원만 압니다. 물론 초록 귀뚜라미도 알지요. 매달 한 번씩 한밤중에 꾸러미를 가지러 들렀으니까요. 그런데 다마세누가 그 거래를 알게 된 겁니다. 어쩌다 알게 되었는지는 모르겠어요. 야간 경비원이 뇌졸중으로 사망한 그날 다마세누가 제 작업장에 들러서 말하더군요. 국가방위대가 그 빌어먹을 약을 전부 챙기다니 불공평해. 오늘밤 우리가 먼저 챙기자고. 어쨌든 초록 귀뚜라미는 내일이나 들를 거야. 그가 오는 날은 내일이니까. 제가 말했습니다. 다마세누, 너 미쳤구나. 그런 사람들을 속이면 안 돼. 나중에 보복할 거야. 난 안 가. 잊어줘. 그런데 다마세누가 밤 11시에 우리집에 와서는 자동차가 없으니까 내 차로 데려다달라고 부탁하는 겁니다. 자기를 데려다주기만 하면 된다고 했어요. 내가 문 안으로 들어가길 원치 않으면 자기 혼자 다 할 거라고요. 다마세누는 우리의 우정에 호소했고, 그래서 그를 데려다줬습니다. 우리가 도착했을 때, 정말 자기 혼자 들어가게 내버려두고 싶냐고 내게 묻더군요. 전 친구를 따라갔습니다. 그 친구는 주인이라도 되는 양, 안으로 들어갔죠. 아무 일도 아닌 것처럼 말입니다. 다마세누는 사무실 열쇠를 가지고 들어가 불을 전부 다 켠 다음 컨테이너의 비밀번호를 알아내려고 서랍을 뒤졌습니다. 컨테이너에는 전부 비밀번호가 있거든요. 그걸 찾는 건 식은 죽 먹기였죠. 다마세누는 컨테이너를 열러 갔고, 물론 물건이 어디 있는지 정확히 알고 있었을 겁니다. 5분 후에 돌아왔으니까요. 가루가 가득 든 커다란 비닐 봉투 세 개를 들고 있었는데 헤로인 같더군요. 전자 의료 장비 두 개도 있었고요. 기왕에 이것도 손에 넣었으니, 친구가 말했죠, 가져가서 이게 필요한 이스토릴의 개인 병원에 팔자. 바로 그때 자동차 소리가 들렸습니다."

체조를 하던 회색 머리의 신사가 누군가와 마주쳤다. 단발머리의 부인이었다. 부인은 그를 보고 친근하게 인사했다. 두 사람은 함께 잔디밭을 가로질러 좁은 길 가장자리, 피르미누가 앉아 있는 벤치 바로 앞으로 왔다. 단발머리의 중년 부인이 공원에서 운동하고 있는 그를 만나다니 정말 뜻밖이라고 말하자 회색 머리의 신사가 자신처럼 은행 관리자로 일하면 목 관절이 아주 나빠진다고 대답했다. 청년은 말을 멈추고 땅을 보았다.

"계속 말씀하세요." 피르미누가 말했다.

"여긴 사람들이 너무 많아요." 청년이 대답했다.

"다른 벤치로 갑시다." 피르미누가 제안했다.

"전 가봐야 해요." 청년이 고집했다.

"그다음에 무슨 일이 일어났는지 간단히라도 말해주세요." 피르미누가 그를 격려했다.

청년이 조그맣게 이야기를 시작했다. 피르미누는 이야기의 일부만 알아들을 수 있었다. 자동차 소리가 들리자마자 청년이 작은 방으로 급히 들어갔다는 말은 들었다. 초록 귀뚜라미라는 남자가 지휘하는 국가방위대의 순찰대였다. 초록 귀뚜라미가 다마세누의 멱살을 잡고 따귀를 네다섯 대 때리면서 자신들과 같이 가자고 윽박질렀다. 다마세누는 거절했고 초록 귀뚜라미를 마약 밀매인으로 고발해 파멸시킬 거라고 대답했다. 그 순간 두 명의 순찰대원이 다마세누에게 주먹질을 하고는 그를 차에 태워 떠났다.

"전 가야 해요." 청년이 초조하게 말했다. "이제 가야겠어요."

"잠깐만요, 제발." 피르미누가 말했다.

청년이 기다렸다.

"증언을 하실 의향이 있습니까?" 피르미누가 조심스레 물었다.

청년은 생각에 잠겼다.

"하고는 싶어요." 잠시 후 그가 대답했다. "하지만 누가 절 지켜준답니까?"

"변호사요." 피르미누가 대답했다. "저희에게 훌륭한 변호사가 있습니다." 그런 다음 확신을 주기 위해 말을 이었다.

"그리고 포르투갈의 모든 신문이 있죠. 신문을 믿어요."

청년이 처음으로 피르미누를 보았다. 검은 두 눈은 깊었고 표정은 온순했다.

"연락처를 알려주십시오." 피르미누가 요청했다.

"파이스카 자동차 정비소로 전화하세요." 청년이 말했다. "레오넬을 바꿔달라고 하시면 됩니다."

"레오넬, 성은요?" 피르미누가 물었다.

"레오넬 토흐스요." 청년이 대답했다. "전 양심의 가책에서 벗어나고 싶어서 이 이야기를 한 겁니다. 누가 다마세누를 죽였는지 알고 있으니까요. 하지만 지금은 기사를 쓰지 마십시오. 아마 나중에 잘했다고 생각할 겁니다."

청년은 좋은 하루 보내라고 인사를 한 뒤 떠났다. 피르미누는 멀어져가는 청년을 보았다. 약간 작은 키에, 상체는 아주 길고 다리는 너무 짧았다. 대체 무엇 때문에 또다른 토흐스가 떠올랐는지 알 수 없었다. 하지만 그 토흐스는 한 번도 만난 적 없고, 그저 텔레비전에서 방영되는 흑백 영상에서 가끔 보았을 뿐이다. 아버지의 우상이었던 키다리 토흐스, 60년대 벤피카 팀에서 뛰었던 센터포워드. 토흐스는 축구를 할 줄 몰라, 아버지는 이렇게 말하곤 했다. 그렇지만 고개를 들기만 하면 돼, 툭, 공이 기적처럼 골로 이어진다니까.

11

 12시 15분이었다. 피르미누는 조금 늦는 편이 더 좋다고 생각했다. 지나칠 정도로 정확히 약속 시간을 지키는 사람으로 보이고 싶지는 않았다. 그는 플로르스 거리로 내려갔다. 아름다운 거리였다. 세련되었으면서도 서민적이었다. 창가에 활짝 핀 제라늄이 서민적인 분위기를 만들었다. 이 꽃들에서 거리 이름이 유래한 듯했다.* 호화로운 진열장을 둔 보석상들은 세련된 분위기를 자아내는 데 일조했다. 피르미누는 가이드북을 잊어버리고 가져오지 않아 기분이 좋지 않았다. 어쩌겠는가, 나중에 읽으면 되겠지. 대문은 웅장했다. 물론 한창때 모습보다는 못하지만. 못이 박힌 참나무 문이었는데 아마도 18세기에 만들어진 듯

---

* 플로르는 포르투갈어로 '꽃'이라는 뜻이다.

했다. 작은 뜰 안쪽에 주차 공간이 있고 차가 지나갈 수 있게 문을 활짝 열어놓았다. 피르미누는 문패에서 멜루 세퀘이라 변호사의 이름을 찾아보았지만 찾을 수 없었다. 그는 당황해 현관으로 들어갔다. 건물 관리인 여자가 유리창이 달린 수위실에 앉아서 뜨개질을 하고 있었다. 포르투에서나 볼 수 있는, 어쩌면 파리에도 있을 수는 있겠지만 분명 일부 지역에만 있을 법한 건물관리인이었다. 살집 있고 가슴이 풍만한 관리인은 의심 가득한 표정을 짓고 있었다. 나름대로 우아하게 옷을 입었고 큰 장식 방울이 달린 슬리퍼를 신고 있었다.

"멜루 세퀘이라 변호사님을 찾아왔습니다." 피르미누가 말했다.

"신문기자신가요?" 관리인이 물었다.

피르미누가 그렇다고 말했다.

"변호사님이 기다리고 계세요. 1층이에요. 문이 네 갠데 아무 문이나 두드리세요. 전부 변호사님 댁이거든요."

피르미누는 낡은 건물의 복도로 들어가서 첫번째 문을 두드렸다. 복도에는 빛이 들어오지 않았다. 문이 딸깍 소리를 내며 열렸고, 피르미누는 안으로 들어가서 등으로 문을 닫았다. 천장이 둥근 넓은 방은 어둑어둑했으며 책으로 도배되어 있었다. 바닥에도 발 디딜 틈 없이 책들이 위태롭게 균형을 유지하며 여기저기 쌓여 있었고 신문더미와 여러 서류도 보였다. 방 한편에 한 남자가 소파에 몸을 묻고 있었다. 피르미누는 인사하며 그쪽으로 갔다. 남자는 뚱뚱했다. 아니 지나칠 정도로 비만이었다. 육중한 몸이 소파의 반을 차지하고 있었다. 얼핏 예순 살 정도 돼 보였는데 몇 살 더 많을지도 모른다. 대머리에 수염이 없고 볼살은 축 늘어졌으며 입술은 두툼했다. 머리를 뒤로 젖힌 채 천장을 뚫어지게 보고 있는 모습이 정말 찰스 로턴과 비슷했다.

"만나서 반갑습니다." 피르미누가 말했다. "저는 리스본에서 온 기자입니다."

뚱뚱한 남자가 건성으로 고개를 끄덕이며 의자를 가리켰다. 피르미누는 의자에 앉았다. 남자 옆, 소파 위에 〈아콘테시멘투〉 최신호가 있었다.

"당신이 쓴 글인가요?" 상대가 중성적인 목소리로 물었다.

"그렇습니다." 피르미누가 약간 당황하며 대답했다. "하지만 정확히 말하면 제 스타일은 아닙니다. 저희 신문사 스타일에 맞춰야 했거든요."

"당신 스타일이 뭔지 물어봐도 되겠소?" 뚱뚱한 남자가 역시 중성적인 목소리로 물었다.

"저는 제 스타일을 가지려고 애씁니다." 피르미누가 더욱 당황하며 대답했다. "그런데 변호사님도 아시겠지만 스타일이란 다른 책을 통해서 나오기도 하죠."

"어떤 책 말인가요? 괜찮다면 예를 들어주실 수 있소?" 뚱뚱한 남자가 물었다.

피르미누는 무슨 말을 해야 할지 알 수 없었지만 일단 대답했다.

"루카치요. 죄르지 루카치를 예로 들 수 있습니다."

뚱뚱한 남자가 기침을 했다. 천장에서 눈을 떼고 처음으로 피르미누를 보았다.

"흥미롭군요." 그가 말했다. "왜죠? 루카치가 특정 스타일을 가지고 있소?"

"아," 피르미누가 말했다. "그럴 거라고 생각합니다. 적어도 자기 식으로 말이지요."

"그게 어떤 걸까요?" 뚱뚱한 남자는 계속 중성적인 톤으로 물었다.

"변증법적 유물론 스타일이죠." 피르미누가 허둥지둥 대답했다. "평론 스타일이라고도 말할 수 있을까요."

뚱뚱한 남자가 다시 기침했다. 피르미누가 보기에 잦은 기침은 숨죽인 웃음 같았다.

"그 말인즉슨, 변증법적 유물론이 하나의 스타일이라고 생각한다는 거요?" 뚱뚱한 남자가 감정을 드러내지 않고 물었다.

피르미누는 당황스러웠다. 약간 화가 나기도 했다. 처음 만나는 자리에서 이 변호사는 대학 시험 출제관이라도 되는 양 스타일에 대한 질문을 하고 있지 않은가. 이건 너무 지나쳤다.

"제 말은," 그가 설명했다. "루카치의 방법론이 지금 제가 하고 있는 연구, 제가 쓰고 싶은 논문에 유용하다는 겁니다."

"『역사와 계급의식』 읽어봤소?" 뚱뚱한 남자가 물었다.

"물론입니다. 기본적인 책인걸요." 피르미누가 대답했다.

"1923년에 쓴 책이지요. 그때 유럽에서 어떤 일이 일어나고 있었는지 압니까?" 뚱뚱한 남자가 말했다.

"대충." 피르미누는 간단하게 말했다.

"비엔나 서클."* 뚱뚱한 남자가 중얼거렸다. "카르나프, 형식논리학의 기본, 시스템 내에 모순이 없을 수는 없다, 뭐 그런 종류의 시시한

---

* 빈 학파. 1920년대 오스트리아에서 모리스 슐리크가 이끈 모임으로, 신실증주의를 주장했다. 주요 멤버로 카르나프, 라이헨바흐, 노이라트 등이 있다.

이야기들이지요. 그리고 루카치 스타일 문제는, 기자님이 스타일을 신경쓰고 있으니 그에 대해서는 말하지 않는 편이 낫겠군요, 안 그렇소? 내가 보기에 루카치 스타일은 푸스터* 말과 친숙한 헝가리 농부 스타일이라 할 수 있지."

피르미누는 자기는 스타일을 이야기하러 여기 온 게 아니라고 반박하고 싶었지만 그냥 내버려두고는 단언했다.

"포르투갈의 네오리얼리즘을 연구하는 데 도움이 됩니다."

"아." 뚱뚱한 남자가 하품을 했다. "포르투갈의 네오리얼리즘이라, 누군가 그걸 연구할 필요가 있고말고요."

"초기 네오리얼리즘이 아닙니다." 피르미누가 계속해서 설명했다. "40년대의 네오리얼리즘이 아니라는 거죠. 저는 다음 시기, 그러니까 뒤늦은 초현실주의가 지나간 뒤인 50년대의 네오리얼리즘에 관심이 있거든요. 관례상 이걸 네오리얼리즘이라고 말하긴 하지만 분명 전혀 다른 겁니다."

"그쪽이 더 흥미로워 보이는군요." 뚱뚱한 남자가 중얼거렸다. "훨씬 흥미로워 보여요. 하지만 나라면 연구 도구로 루카치를 선택하지는 않을 것 같은데."

뚱뚱한 남자는 피르미누를 빤히 보더니 나무 상자를 내밀었다. 시가를 한 대 피우겠느냐고 물어서 피르미누는 거절했다. 뚱뚱한 남자가 커다란 시가에 불을 붙였다. 아바나산 같았는데 냄새가 아주 좋았다. 남자는 아무 말도 없이 조용히 담배를 피우기 시작했다. 피르미누는

---

* 헝가리 남부 지방.

당황한 눈으로 주위를 둘러보며 책이 넘치는 넓은 방을 자세히 살폈다. 사방이 책이었다. 벽에도, 의자에도, 바닥에도 책이 있었고 서류와 신문 뭉치가 가득했다.

"카프카적 상황에 빠졌다고 생각하지 마시오." 뚱뚱한 남자가 피르미누의 생각을 읽기라도 한 듯 말했다. "기자님은 당연히 카프카를 읽었겠지요. 아니면 오슨 웰스의 〈심판〉*을 보았거나. 이 굴속 같은 방이 낡은 종이로 꽉 차 있기는 해도 난 오슨 웰스가 아니오. 날 영화 속 인물로 착각하지 마요. 포르투에서는 날 로톤이라고 부르지만 말이오."

"저도 그 이야기는 들었습니다." 피르미누가 대답했다.

"현실적인 문제로 가봅시다." 뚱뚱한 남자가 말했다. "정확히 내게 뭘 원하는지 말해보시오."

"도나 호자가 이미 다 이야기했을 거라고 생각했습니다." 피르미누가 투덜댔다.

"부분적으로." 뚱뚱한 남자가 중얼거렸다.

"알겠습니다." 피르미누가 말했다. "변호사님이 저희 신문에서 읽으신 바로 그 사건입니다. 비록 변호사님이 좋아하시는 스타일로 쓰이진 않았지만 말입니다. 저희 신문은 변호사님에게 한 가지 제안을 하고 싶습니다. 다마세누 몬테이루의 가족은 변호사 비용을 댈 돈이 없어서 저희 신문사에서 돕기로 했죠. 저희는 변호사가 필요하고, 그래서 변호사님을 생각하고 있습니다."

"글쎄요." 뚱뚱한 남자가 투덜댔다. "난 지금 안젤라 사건을 맡고 있

---

* 카프카의 『소송』을 원작으로 한 영화.

어요. 기자님도 그 사건을 알고 있으리라 생각하는데. 지역 신문에 기사가 났으니까."

피르미누는 당황한 얼굴로 그를 보고 솔직히 털어놓았다.

"아니요, 솔직히 말하면 모릅니다."

"매춘부인데 강간을 당하고 결국 살해당했소." 뚱뚱한 남자가 말했다. "포르투의 신문마다 실린 사건이지. 내가 변호인이오. 신문사에서 일하는 기자님이 신문을 별로 읽지 않는다니 안타깝군요. 안젤라는 포르투의 매춘부였는데, '즐거운' 저녁을 위해 교외로 나가게 됐어요. 포주가 기마랑이스 근처의 어떤 저택으로 데려갔소. 그 저택에 있던 부유한 청년이 깡패 둘을 시켜 안젤라의 손발을 묶고 폭력을 휘둘렀지. 그자는 내키는 대로 주먹질을 해보고 싶지만 누구한테 해야 할지 몰라 찾다가 안젤라에게 그 짓을 한 거요. 상대가 창녀니까."

"끔찍하군요." 피르미누가 말했다. "변호사님이 변호를 맡으신 겁니까?"

"물론이죠." 변호사가 확인해주었다. "왠지 알겠소?"

"모르겠습니다." 피르미누는 대답했다. "정의감 때문일 것 같은데."

"그럼 그렇게 불러봅시다." 뚱뚱한 남자가 중얼거렸다. "이것도 어떤 면에서는 정의일 테니. 다만 이 사디스트가 지방 지주의 아들이라는 것만 알아둬요. 지주는 무일푼으로 시작해서 최근에 들어선 몇몇 정부 시절에 부자가 됐지. 최근 20년 동안 포르투갈에서 탄생한 최악의 부르주아요. 돈이 있고 무식하고 너무나 거만한, 끔찍한 사람들이지. 조심해야 할 사람들이오. 우리 가문은 수세기 동안 안젤라 같은 여자들을 이용했고 어떤 의미에서는 그들에게 폭력을 행사했소. 내가 말한 그 젊은이처럼은 아니었겠지만, 좀더 세련된 방식이었다고 해둡시다. 기자님이 원한다면, 내가 하고 있는 일은 역사에 대한 일종의 뒤늦은 참회라고 봐도 되겠지요. 계급의식의 역설적인 전복이라고. 당신이 좋아하는 루카치의 기본 원리가 아니라 다른 차원에서 이야기하지요. 하지만 이건 내 일이고, 기자님에게 설명하고 싶지는 않소."

"저희는 이 민사소송에서 선생님을 변호사로 모시고 싶습니다." 피르미누가 집요하게 말했다. "수임료에 동의해주신다면 말입니다."

뚱뚱한 남자가 웃음소리처럼 들리는 기침을 여러 번 했다. 재떨이에 담뱃재를 떠는 그는 즐거워 보였다. 애매하게 고개를 까딱거리며 방을 가리켰다.

"이 건물은 내 소유요." 그가 말했다. "우리 가족 소유지. 그리고 근처의 도로도 내 소유, 우리 가족 소유요. 난 자식이 없으니까, 유산이 있는 한은 재미있게 살 수 있어요."

"이 사건이 재미있으십니까?" 피르미누가 물었다.

"꼭 그런 뜻으로 한 말은 아니오." 변호사가 침착하게 대답했다. "그렇지만 난 기자님이 알고 있는 정보를 좀더 정확히 말해줬으면 좋겠소."

"증인이 있습니다." 피르미누가 말했다. "오늘 아침에 공원에서 만났죠."

"당신의 정보원은 재판정에 나올 준비가 되어 있다는 얘기요?" 변호사가 물었다.

"제가 요청하면 그럴 겁니다." 피르미누가 대답했다.

"요점을 말해봐요." 변호사가 말했다.

"국가방위대 사무실에서 다마세누 몬테이루가 살해된 것 같습니다." 피르미누는 단도직입적으로 말했다.

"국가방위대라." 변호사가 중얼거렸다. 그는 시가를 한 모금 빨더니 킬킬거렸다. "그럼 근본규범Grundnorm*이군요."

피르미누는 어리둥절한 표정으로 그를 보았고, 변호사는 상대의 얼굴에서 당황스러움을 읽었다.

"기자님은 근본규범이 뭔지 모를 수 있겠군요." 변호사가 말을 이었다. "우리 법조계 사람들은 종종 법률 용어로 말하지요."

"설명을 좀 부탁드립니다." 피르미누가 욱해서 대꾸했다. "제가 문학만 공부했던 사람이라서요."

"한스 켈젠이라고 아시오?" 변호사는 마치 혼잣말을 하듯 조그맣게 말했다.

"한스 켈젠요?" 피르미누는 빈약한 법학 지식을 떠올리려 애쓰며 대답했다. "들어본 것 같습니다. 법철학자라고 기억합니다. 그래도 변호사님이 좀더 자세히 설명해주시지요."

변호사가 어찌나 깊게 한숨을 쉬던지 피르미누는 한숨의 메아리를 들은 것 같았다.

"버클리, 캘리포니아, 1952년." 그가 소곤거렸다. "기자 양반은 이 시대에 포르투 같은 지방 도시, 또 포르투갈 같은 억압적인 나라의 귀족 집안에서 태어난 젊은이에게 캘리포니아가 어떤 곳이었을지 아마 상상도 할 수 없을 거요. 한마디로 자유라고 정의할 수 있지. 그 시대 미국 영화에서 그리던 판에 박힌 자유가 아니오. 당시 미국에서도 검열

---

* 오스트리아의 법학자 한스 켈젠이 제시한 개념. 법의 타당성의 근거로서 가설적으로 설정된 궁극적인 최고의 규범.

이 어마어마했으니까요. 그러나 거기에는 진실하고 내적이고 완벽한 자유가 있었다오. 생각해봐요, 그때 내게는 사귀는 여자가 있었소. 우린 스쿼시 시합까지 했어요. 당시 유럽에는 전혀 알려져 있지 않던 운동이었지요. 나는 버클리 남쪽, 바다가 보이는 목조 주택에서 살았는데, 미국에 사는 먼 친척 소유의 집이었소. 우리 집안은 모계 쪽이 미국 혈통이거든요. 기자님은 왜 버클리 대학에 갔느냐고 묻겠지요. 그거야 우리 집안이 부자였으니까요, 이건 두말할 필요도 없는 얘기요. 그렇지만 무엇보다 인간이 법전을 만들게 되는 이유를 연구하고 싶었소. 이제는 유명한 변호사가 된 내 동료들이 연구하던 법전이 아니라 밑에 감춰진 이유들, 어쩌면 아주 추상적일 수 있겠지만, 그걸 공부하고 싶었던 거요. 내 말 이해됩니까? 이해를 못했어도 상관은 없소만."

뚱뚱한 남자는 잠시 말을 멈추고 다시 시가를 한 모금 빨았다. 피르미누는 무거운 담배 연기가 넓은 방을 짓누르고 있음을 알아차렸다.

"그래요." 변호사가 계속 말했다. "난 학창 시절 포르투에서 공부하면서 한 남자에게 초점을 맞췄소. 한스 켈젠은 1881년 프라하에서 태어난 중부 유럽의 유대인으로, 20년대에 「공법公法에서의 주요 문제」라는 논문을 썼지요. 난 학생 때 이 논문을 읽었소. 독일어도 할 수 있었으니까. 그거 압니까. 내 가정교사들이 다 독일인이었지. 사실 독일어가 내 모어요. 그래서 난 버클리 대학에서 그의 강좌에 등록했소. 켈젠은 키가 크고 마르고 대머리인데다 사교성도 없어서, 얼핏 보고는 누구도 위대한 법철학자라는 것을 알 수 없었을 거요. 공무원으로 착각했겠지. 그는 나치즘을 피해 처음에는 빈에서, 나중에는 쾰른에서 도망쳤소. 스위스에서 학생들을 가르치다가 미국에 간 거지. 나도 그를 따라 미국으로 갔어요. 1년 뒤 다시 제네바 대학으로 옮기자 나도 제네바로 갔고. 근본규범에 관한 그의 이론이 내게는 일종의 강박관념이 된 거요."

변호사가 입을 다물고는 시가를 끄고 산소가 부족한 사람처럼 다시 숨을 들이쉬었다.

"근본규범." 그런 다음 다시 말했다. "개념을 파악했소?"

"기본 규범이지요." 피르미누는 자신이 아는 얼마 안 되는 독일어 지식을 활용하려고 애쓰면서 말했다.

"그거요, 말 그대로 기본 규범." 뚱뚱한 남자가 단언했다. "다만 켈젠에게는 피라미드의 정점에 있는 규범이지. 전도된 기본 규범 말이오. 피라미드 구성 이론, 즉 그가 Stufenbautheorie*라고 묘사하는 정의 이론의 정점에 있어요."

변호사가 말을 멈추었다. 다시 한숨을 쉬었지만 이번에는 아주 약했다.

"규범 명제로," 그는 계속 말했다. "소위 법의 피라미드 정점에 위치하고 있소. 하지만 학자적 상상력의 산물이오. 순수한 가정이지."

피르미누는 상대가 가르치고 싶어하는지 관조적인지 아니면 단순히 우울한지를 표정으로는 알아낼 수 없었다.

"원한다면 형이상학적 가정이라고 해두죠." 변호사가 말했다. "완전히 형이상학적이오. 정말로 카프카적이라고도 할 수 있지. 우리 모두를 잡아끄는 규범이오. 이상하게 들릴 수도 있지만, 창녀에게 가혹 행

---

* '계단 구조 이론'이라는 뜻의 독일어.

위를 할 권리가 있다고 믿은 부자 청년의 오만함이 거기서 유래했을 수 있소. 근본규범의 길은 무한하니까."

"오늘 아침 저와 이야기를 나눈 증인은," 피르미누가 화제를 바꿨다. "다마세누가 국가방위대에 살해당했다고 확신하고 있었습니다."

변호사가 피곤한 듯 미소를 짓고 시계를 보았다.

"아," 그는 말했다. "국가방위대는 군사기관입니다. 근본규범이 진짜 멋지게 구체화된 거죠. 이 일에 흥미가 생기기 시작했소. 기자님이 우리의 친근한 경찰서에서 최근 얼마나 많은 사람들이 살해되고 가혹 행위를 당했는지 모르는 듯해서 말이지요."

"변호사님만큼은 알고 있다고 생각하는데요." 피르미누가 지적했다. "최근 저희 신문의 취재 건수만 해도 넷입니다."

"그래요." 변호사가 중얼거렸다. "모두가 완벽한 범죄 책임자들이오. 조용히들 복무하고 있지요. 이 사건이 정말 흥미로워지기 시작하는군요. 그런데 점심식사 어떻소? 1시 반이군요. 꽤 시장한데. 이 근처에 내가 자주 가는 식당이 있소. 그건 그렇고 소 내장 요리 좋아하나요?"

"그냥저냥요." 피르미누가 걱정스레 대답했다.

12

"안타깝지만 이 젊은 양반은 소 내장 요리를 좋아하지 않는다네." 변호사가 주인에게 말했다. "젊은이에게 이 레스토랑의 다른 특선 요리를 보여주게, 마누엘."

주인은 주먹을 쥔 채 팔을 옆구리에 늘어뜨리고 있다가 피르미누를 흘긋 보았다. 피르미누는 당황스러워서 눈을 내리깔았다.

"돈 페르난두," 주인이 침착하게 대답했다. "제가 이 손님의 입맛에 맞추지 못한다면, 점심값을 받지 않겠습니다. 외국인이십니까?"

"거의 그런 셈이라네." 변호사가 대답했다. "그렇지만 이 도시의 풍습에 적응해가고 있는 중이야."

"팥을 넣은 쌀 요리와 농어튀김을 권해드리고 싶은데요." 주인이 설명했다. "아니면 오븐에 구운 대구 롤라드*도 괜찮습니다."

피르미누는 어떤 요리든 상관없다고 알려주기라도 하듯이, 당황한 표정으로 뚱뚱한 남자를 보았다.

"둘 다 주게나." 변호사가 결정했다. "조금씩 맛보지. 물론 나는 소 내장 요리를 주고."

레스토랑은, 사실 진짜 레스토랑이라기보다는 포도주 통으로 꽉 찬 지하 포도주 창고 같은 곳으로, 플로르스 거리 옆 좁은 골목 끝에 있는 데, 바깥쪽에서 보면 간판이 없었다. 피르미누는 문 위에 걸린, '여기 는 눈眼의 포도주 창고'라고 적힌 나무 간판을 발견했다. 조잡하게 페 인트칠이 되어 있었다.

"이제 어떻게 진행해야 한다고 생각하십니까?" 피르미누가 물었다.

"증인 이름은?" 변호사가 물었다.

"토흐스입니다." 피르미누가 대답했다. "파이스카 자동차 정비소에 서 일하고 있죠."

"오후에 내가 그를 데리러 가겠소. 예심판사에게 데리고 갈 거요." 변호사가 말했다.

"그러다 토흐스가 증언을 거부하면요?" 피르미누가 반박했다.

"내가 데리고 예심판사에게 가겠다고 말하지 않았소?" 변호사가 침 착하게 대답했다.

그는 초록색 잔에 와인을 따랐다. 그리고 건배의 뜻으로 잔을 들었다.

"이건 시판되지 않는 알바리뉴 와인이라오." 변호사가 말했다. "시중 에 없어요. 애피타이저로만 마시도록 해요. 곧 레드 와인을 마실 테니."

---

* 고기나 생선을 둥글게 말아 만든 요리.

"저는 와인에 그리 익숙하지 않아서요." 피르미누가 변명했다.

"이제부터 익숙해지면 되겠군요." 변호사가 대답했다.

그때 주인이 쟁반을 들고 와, 피르미누를 아예 자리에 없는 사람 취급하면서 변호사에게 말했다.

"여기 있습니다, 돈 페르난두." 주인이 만족스러워하며 큰 소리로 말했다. "그리고 이 손님께서 마음에 들어하지 않으면 아까 말씀드린 대로 점심은 제가 대접하겠습니다. 그렇지만 손님께서는 이 도시를 떠나시는 편이 좋을 것입니다."

밤색 소스에 푹 적신 팥을 넣은 쌀 요리는 별로 먹음직스러워 보이지 않았다. 피르미누는 농어튀김 두 개를 집고 대구 룰라드 한 조각을 잘랐다. 변호사가 신문하는 듯한 눈으로 그를 보았다.

"먹어요, 젊은이." 변호사가 말했다. "기운을 차려야 할 테니까. 길고 복잡한 사건이 될 거요."

"이제 저는 어떻게 해야 합니까?" 피르미누가 물었다.

"기자님은 내일 토흐스에게 가서 멋진 인터뷰를 해요." 변호사가 말했다. "가능한 한 길고 자세하게. 그리고 당신네 신문에 기사를 싣는 거죠."

"만일 토흐스가 원치 않으면요?" 피르미누가 물었다.

"물론 원할 거요." 변호사가 침착하게 말했다. "그는 선택의 여지가 없어요. 이유는 간단하지요. 토흐스는 금방 그걸 알아차릴 거요. 멍청한 사람 같지는 않으니까요."

변호사가 턱으로 흘러내리는 소 내장 요리의 소스를 냅킨으로 닦았다. 그리고 아주 기본적인 사항을 설명하듯, 계속 무심한 목소리로 말했다.

"토흐스는 끝장난 사람이기 때문이오. 오늘 오후 내가 지켜보는 가운데 판사 앞에서 증언하게 될 거요. 이건 기자님에게 분명히 말할 수 있어요. 하지만 알다시피, 수사관들 손에 들린 진술서는 떠다니는 기뢰요. 믿지 않는 게 좋아요. 그 진술서를 누군가 마음에 안 들어할 수도 있지. 요즘 매일 일어나는 교통사고를 생각해봅시다. 그건 그렇고 포르투갈이 교통사고 통계에서 유럽 1위라는 사실 알고 있소? 포르투갈인들은 무책임하게 운전하는 것 같아요."

피르미누는 자신을 계속 자극하는 변호사를 당황스러운 눈으로 쳐다보았다.

"그런데 우리 신문에 인터뷰가 실린다고 토흐스에게 무슨 도움이 될까요?" 피르미누가 물었다.

변호사는 작게 조각난 소 내장 한 조각을 고집스레 포크에 감아서 먹으려 하더니 기어코 들어 맛있게 삼켰다.

"젊은이," 변호사가 한숨을 쉬었다. "당신 아주 놀랍구려. 당신이 찾아왔을 때부터 나는 계속 놀라고 있소. 당신은 발행부수가 아주 많은 신문에 기사를 쓰고 있는데도 여론이 무엇을 뜻하는지조차 모르는 것 같군요. 비난받을 만한 일이오. 잠깐만 내 말을 잘 들어보도록 해요. 만일 토흐스가 사법 당국에서 증언한 뒤 당신 신문에서 모든 진상을 확실히 밝히면 그는 조용히 지낼 수 있어요. 여론이 온통 그의 편이 될 테니까. 예를 들어봅시다. 방심한 운전사가, 여론의 집중적 관심을 받는 어떤 사람을 자동차로 칠 때 다시 생각해보지 않겠소? 이 개념을 이해했나요?"

"이해했습니다." 피르미누가 대답했다.

"그리고," 변호사가 계속 말했다. "이건 기자인 당신하고 아주 깊은 관련이 있는데, 주앙도가 뭐라고 했는지 아시오?"

피르미누는 모른다는 말 대신 고개를 저었다. 변호사가 포도주를 한 잔 마시고 두툼한 입술을 닦았다.

"이렇게 말했지요. 문학이 본질적으로 추구하는 대상은 인간의 인식이고 법정이야말로 그 인식을 가장 잘 공부할 수 있는 곳이기 때문에, 배심원에 반드시 작가를 포함하도록 법으로 규정해야 하지 않겠는가? 작가의 존재는 모두에게 좀더 생각해보라고 권유하는 말과 같다. 인용 끝."

변호사가 잠시 말을 멈추고 다시 포도주를 한 모금 마셨다.

"뭐," 그런 다음 계속 말했다. "당신은 주앙도 씨가 원한 것처럼 재판정의 배심원 사이에 앉을 수는 없을 거요. 아니, 예비 조사에 질문자로도 참석할 수 없겠지. 법이 허용하지 않으니까. 사실 엄격히 말해서 당신은 작가가 아니죠. 그렇지만 신문에 글을 쓰고 있으니, 작가라고 생각해볼 수는 있소. 당신을 사실상의 배심원이라고 합시다. 이게 당신의 역할이오, 사실상의 배심원, 개념을 이해하겠소?"

"이해할 것 같습니다." 피르미누가 대답했다.

그리고 솔직하고 싶었기 때문에 물었다.

"주앙도라는 사람이 누굽니까? 전 한 번도 들어본 적이 없는 이름이라서요."

"마르셀 주앙도." 변호사가 대답했다. "스캔들 일으키는 걸 아주 좋아했던 짜증나는 프랑스 신학자요. 이렇게 표현해도 된다면, 비열함을, 그리고 일종의 형이상학적 타락을 찬양한 사람이기도 하지. 그 사람은 그게 형이상학적이라 믿었소. 알겠소? 그는 프랑스에서 초현실주의자들이 반란을 찬양할 때, 그리고 지드가 무상無償의 범죄 이론을 세운 뒤에 글을 썼다오. 물론 지드처럼 위대하지는 않아요. 정의에 대해 정곡을 찌르는 말을 하기는 했지만 사실 수준이 낮지."

"기본적인 문제를 다시 정해야 할 것 같습니다." 피르미누가 말했다. "당연히 저희 신문이 변호사님의 수임료를 지불할 책임이 있으니까요."

"그게 무슨 뜻이오?" 변호사가 신문하는 듯한 눈으로 그를 보며 물었다.

"변호사님이 적절한 보상을 받으실 거란 뜻입니다." 피르미누가 말했다.

"그래서요?" 변호사가 다시 말했다. "얼마를 말하는 거요?"

피르미누는 약간 당황스러웠다.

"잘 모르겠습니다." 그가 대답했다. "저희 사장님이 변호사님께 말씀드릴 겁니다."

"페하스 거리에 집이 한 채 있어요." 변호사가 뜬금없이 말했다. "내가 어린 시절을 보낸 집인데 바로 플로르스 거리 위쪽에 있소. 18세기 저택이지. 내 할머니인 후작 부인이 그곳에 살았소."

변호사는 향수에 젖어 한숨을 쉬었다.

"기자님은 어디서 어린 시절을 보냈소? 어떤 집에서?" 그는 한참 후에 물었다.

"카스카이스 해안입니다." 피르미누가 대답했다. "아버지가 해안경비대에서 일하셔서, 바닷가에 있는 집 한 채를 사용할 수 있었지요. 저와 형제들은 그곳에서 어린 시절을 거의 보냈습니다."

"아, 그렇군요." 변호사가 말했다. "카스카이스 해안이라, 새하얗게 빛나는 정오의 햇살이 저녁녘에는 붉게 물들지요. 쪽빛 대양, 긴슈 해변의 소나무숲. 기자님과는 달리, 내 기억은 어두운 저택과 차를 마시던 차가운 할머니라오. 할머니는 주름진 목에 리본을 매고 있었는데, 늘 검은색 실크 리본이기는 했지만 모양이 매일 바뀌었소. 어떤 날은 소박한 리본, 어떤 날은 가장자리에 얇게 레이스가 달린 리본이었지. 나에게 절대 손을 대지 않았고, 가끔 차가운 손으로 내 손을 살짝 건드리기만 했어요. 그리고 이 가문의 어린아이인 내가 배워야 할 덕목은 조상을 존경하는 것뿐이라고도 말했지. 할머니가 조상이라고 부르는 사람들을 보았는데, 남을 무시하는 듯한 얼굴에 나처럼 입술이 두툼하고 거만한 남자들의 오래된 유화 초상화였다오. 이 입술은 조상이 남긴 유산이지."

대구 요리를 조금 맛본 뒤 그가 말했다.

"난 이 요리가 탁월한 것 같군요. 어디 들어봅시다. 기자님 생각은 어떻소?"

"맛있습니다." 피르미누가 대답했다. "그런데 지금 변호사님 어린 시절 얘기를 하던 중이었는데요."

"좋아요." 변호사가 계속 말했다. "그 집은 텅 비어 있다오. 자기만의 방식대로 내게 할머니 노릇을 했던 후작 부인의 기억을 모두 간직한 채 말이지. 할머니의 초상화, 가구, 카스텔루 브랑쿠에서 만든 모포와 가계도 들이 그대로 있소. 내 어린 시절은 금고에 갇혀 있듯, 그 안에 갇혀 있었다고 할 수 있어요. 몇 년 전까지는 집안의 기록을 참조하려고 그 집에 가곤 했지. 기자님은 페하스 거리에 가봤는지 모르겠군요. 그 거리로 올라가려면 케이블카가 필요할 거요. 나처럼 육중한 몸으로는 걸어갈 수 없어서, 불과 5백 미터를 가기 위해 택시를 불러야 한단 말이지. 그래서 그 집에 발을 디디지 않은 지 7년이 됐소. 집을 팔기로 결심하고 부동산 중개소에 집을 맡겼지. 부동산이 내 어린 시절을 삼켜버리길 바라면서. 그 집에서 해방되는 가장 무해한 방법인 셈이지. 당신은 돈 많은 부르주아들, 그러니까 최근 유럽공동체의 후원으로 벼락부자가 된 사람들이 그 집을 얼마나 사고 싶어했는지 상상도 못할 거요. 그거 압니까? 그들의 사고방식에 따르면, 그 집은 부자 양반들이 필사적으로 찾던 사회적 지위를 부여해줄 수 있는 장소요. 주택가에 수영장이 딸린 현대적인 저택이야 지을 수 있겠지만 옛 포르투의 18세기 저택은 그보다 훨씬 더 높은 단계에 있지. 개념을 이해하겠소?"

"개념을 이해했습니다." 피르미누가 인정했다.

"그래서 그 집을 팔기로 결심했어요." 변호사가 말했다. "그 집을 몹시 사고 싶어하는 구매자가 지방에서 왔소. 지금 우리가 살고 있는 사회를 전형적으로 대표하는 사람이었지. 그의 아버지는 소규모 목축을 하는 사람이었다는군. 본인은 살라자르*가 권력을 잡고 있을 때 작은 구두 사업을 시작해, 직공 두 명을 데리고 오일클로스 신발을 주로 만들었어요. 그러다가 74년에 혁명이 일어났고, 그는 협동조합의 편에

---

* 포르투갈 정치인. 1932년부터 36년간이나 총리로 재임하며 독재 체제를 구축했다.

섰지. 심지어 흥분한 일간지에 혁명적인 인터뷰까지 했다는군요. 그러다 혁명의 환상이 무너지고 나서 고삐 풀린 신자유주의가 시작되자, 그는 자신이 서야 할 편에 가서 섰소. 간단히 말해 처세를 할 줄 아는 사람이었던 거요. 그는 벤츠를 네 대나 가지고 있고 알가르브에는 골프장을 가지고 있다더군요. 알렌테주 건물 공사에도 참여하는 것 같았소. 트로이아반도에서까지 공사에 참여했는지도 모를 일이지. 그는 공산당에서부터 우익까지 법이 용납하는 범위 내에 있는 모든 정당과 결탁하는 사람이오. 물론 그의 구두 공장도 번성했는데 특히 미국으로 물건을 수출하지요. 기자님은 어떻게 생각하시오? 파는 게 잘하는 일일까요?"

"집 말씀입니까?" 피르미누가 물었다.

"그럼요, 집이지요." 변호사가 대답했다. "아마 그에게 팔 거요. 며칠 전 그 사람 부인이 나를 찾아왔소. 그 집안에서 유일하게 글을 읽을 줄 아는 사람 같더군. 짙은 화장을 한 부인을 자세히 묘사하지는 않겠소. 하지만 난 집과 함께 고가구와 귀족들의 초상화도 같이 팔겠다고 하면서 값을 올렸소. 그리고 그녀에게 물었지. 부인, 당신네 가족 같은 분들이 고가구도 귀족들의 초상화도 없으면 이런 집을 어떻게 장식할 겁니까? 당신 생각은 어떤가요, 젊은 양반. 내가 잘한 것 같소?"

"굉장히 잘하신 것 같군요." 피르미누가 대답했다. "제 의견을 물으시니 굉장히 잘하셨다고 말씀드리고 싶습니다."

"그러면," 변호사가 결론을 내렸다. "다마세누 몬테이루의 변호 비용은 페하스 거리의 내 집에 있는 18세기 그림 두 점 값으로 충분히 충당할 수 있으니, 당신네 사장에게 전해요. 제발 내 수임료에 대한 걱정은 하지 말라고 말이오."

피르미누는 대답하지 않고 계속 식사를 했다. 팥을 넣은 쌀 요리를 조심스럽게 맛보고는 아주 맛있다는 것을 알게 되었고, 그래서 한 번 더 먹었다. 뭐라고 말하고 싶었지만 어떻게 말해야 할지 알 수 없었고, 어떻게든 그 말을 해보려고 애를 썼다.

"저희 신문사는," 피르미누는 더듬거리며 말했다. "아, 저희 신문사는 그렇습니다, 제 말은 변호사님께서 저희 신문사 스타일을 잘 알고 계시다는 겁니다. 간단히 말하자면 저희 신문사가 독자들을 사로잡는 스타일 말입니다. 저희 신문은 대중을 위해 기사를 씁니다. 용기 있는 신문이라고 말할 수도 있겠지만 어쨌든 대중을 위해서 기사를 쓴다는 겁니다. 간단히 말해서 인정할 건 인정하는 거지요. 판매 부수를 늘리려고 말입니다. 제가 설명을 잘 드렸는지 모르겠습니다."

변호사는 음식을 먹는 데 열중해서 아무 말도 하지 않았다. 지금은 대구 먹는 일에 완전히 몰두해 있었다.

"개념을 이해하셨는지 잘 모르겠습니다." 피르미누가 변호사가 상투적으로 쓰는 말을 빌려 말했다.

"이해하지 못했소." 변호사가 대답했다.

"간단히 말씀드리자면," 피르미누가 계속 말했다. "저는 저희 신문이 변호사님도 아시는 신문이라고 말씀드린 겁니다. 그러니까, 변호사님은, 선생님은 중요한 변호사이십니다. 이름이 있고요. 간단히 말해 제가 말씀드리고 싶은 건 변호사님께는 지켜야 할 명성이 있다는 겁니다. 제가 제대로 설명을 했는지 모르겠습니다."

"당신은 계속 나를 실망시키는군요, 젊은이." 변호사가 대답했다.

"어떻게 해서든 스스로를 수준 이하의 사람으로 만들려고 애쓰고 있어요. 우리는 자신의 수준을 낮추면 안 되는 거요. 나에 대해서 뭐라고 했소?"

"지켜야 할 명성이 있다고요." 피르미누가 대답했다.

"잘 들어요." 변호사가 중얼거렸다. "우리는 서로를 이해하지 못하고 있는 것 같소. 분명히 말할 테니 귀를 열고 잘 들어요. 나는 불행한 사람들을 변호하고 있소. 이유는 내가 그들처럼 불행하기 때문이오. 이건 순수하고 단순한 진실이지. 귀족 혈통을 물려받았지만 내가 가져다 쓰는 것은 물리적인 유산뿐이오. 하지만 나는 내가 변호하는 불행한 사람들처럼 인생의 비참함을 알고, 이해하고, 나 스스로 받아들이기도 한다오. 인생의 비참함을 이해하기 위해서는 똥물에 손을 담글 필요가 있으니까, 이런 표현을 써서 미안합니다, 그리고 특히 그것을 인식할 필요가 있으니까. 그리고 나에게 미사여구를 강요하지 마시오. 그런 미사여구는 싸구려에 불과하니까."

"그러면 변호사님은 뭘 믿으십니까?" 피르미누가 충동적으로 물었다.

그때 왜 그런 순진한 질문을 했는지 모를 일이었다. 심지어 질문을 한 바로 그 순간, 학교에서 짝에게 던졌던 질문, 한 사람이나 받은 사람이나 얼굴이 빨개지는 질문 같다는 생각이 들었다. 변호사가 요리에서 머리를 들고 신문하는 듯한 눈으로 그를 보았다.

"지금 개인적인 질문을 하는 거요?" 변호사는 짜증스러운 심기를 노골적으로 드러내며 물었다.

"개인적인 질문이라고 하지요." 피르미누가 용기를 내서 대답했다.

"왜 이런 질문을 하는 거요?" 변호사가 계속 말했다.

"변호사님이 아무것도 믿지 않으시니까요." 피르미누가 큰 소리로 말했다. "저는 변호사님이 아무것도 믿지 않는다는 인상을 받았습니다."

변호사가 미소 지었다. 피르미누의 눈에는 그가 난처해하는 것처럼 보였다.

"예를 들어 당신이 보기에는 무의미할 수도 있는 무언가를 믿을 수도 있지요." 변호사가 대답했다.

"예를 들어서 설명해주십시오." 피르미누는 고집을 부렸다. "납득할 수 있을 만한 것으로요."

이미 빼도 박도 못할 상황에 빠진데다 피르미누는 자신의 역할을 고집하고 싶었다.

"예를 들면 시가 있지요." 변호사가 대답했다. "불과 몇 줄짜리이고 대수롭지 않아 보일 수 있지만, 아주 중요할 수도 있소. 예를 들면 '내가 알던 모든 것을/ 내게 일깨워주네/ 당신의 편지가, 그러므로 나 역시/ 내 과거를 모두 말해주리다' 같은."

변호사가 입을 다물었다. 그는 접시를 밀어놓고 한 손으로 냅킨을 만지작거렸다.

그가 계속 말했다. "횔덜린의 시요. 「먼 곳으로부터」라는 시인데, 만년의 작품 중 하나죠. 과거로부터 올 편지를 기다리는 사람이 있을 수 있다고 합시다. 믿을 수 있는, 납득이 갈 만한 일이오?"

"어쩌면." 피르미누가 대답했다. "그럴 수 있을 것 같습니다. 좀더 이해할 수 있다면 좋겠습니다만."

"간단한 거요." 변호사가 중얼거렸다. "과거로부터 온 편지는 결코 이해하지 못했던 삶의 어떤 시간들을 설명해주지. 지나간 수많은 시간들의 의미, 당시 우리가 놓쳤던 의미를 포착할 수 있게 해줘요. 당신은 젊으니 미래로부터의 편지를 기다리겠지요. 하지만 과거로부터의 편지를 기다리는 사람이 있다고 상상해보시오. 내가 아마 그런 사람들 중 하나일 거요. 어쩌면 어느 날엔가 그런 편지가 올 거라고 상상하겠지요."

변호사는 잠시 아무 말도 하지 않았고, 시가에 불을 붙인 다음 물었다.

"그런 편지들이 내게 어떻게 올 거라고 상상하는지 알겠소? 한번 상상해봐요."

"전혀 짐작도 못하겠는데요." 피르미누가 대답했다.

"자," 변호사가 말했다. "그 편지 꾸러미는 분홍 리본에 묶여서 제비꽃 향기와 함께 도착할 거요. 최악의 연애소설 부록처럼 말이오. 나는 그날 이 못생긴 끔찍한 코를 소포에 가까이 갖다댈 거고, 분홍 리본을 풀고 편지를 열어보며 예전에는 결코 이해하지 못했던 이야기를 분명히 이해하게 될 거요. 유일하면서도 중요한 이야기이지. 다시 말하지만, 유일하고 중요해요. 인생에서 단 한 번 일어날 수 있는 일, 신들이 우리 인생에서 딱 한 번만 일어나게 허용한 일인데 우리는 당시 당연히 기울였어야 할 관심을 기울이지 않았소. 오만한 바보들이기 때문이오."

변호사가 또다시 입을 다물었다. 이번에는 침묵이 길었다. 피르미누는 말없이 그를 보았다. 살이 쪄서 축 늘어진 뺨과 거의 혐오감을 불러일으키는 두툼한 입술, 그리고 추억에 빠진 그 표정을.

"왜냐하면," 변호사는 낮은 목소리로 말을 이었다. "'que faites-vous des anciennes amours?(당신은 그 오래된 사랑을 어떻게 할 건가요?)'인데, 나 자신에게도 물어야겠군요. 'que faites-vous des anciennes amours?' 루이즈 콜레*가 쓴 시의 한 구절이오. 이렇게 계속되지요. 'les chassez-vous comme des ombres vaines? Ils ont été, ces fantômes glacés, coeur contre coeur, une part de vous même(헛된 그림자처럼 쫓아버릴 건가요? 그것은 얼어붙은 환영이었고, 심장과 맞닿은 심장이었으며, 당신의 일부였어요).' 물론 플로베르에게 쓴 시지. 콜레의 시는 비통하지요. 가여운 여인, 자신이 위대한 시인이라고 생각했고 파리의 문학 살롱에서 성공하고 싶어했지만 그녀가 남긴 시는 정말 평범하지. 말할 것도 없소. 하지만 이 몇 구절은 심금을 울리는군요. 지나간 사랑을 어떻게 할 수 있겠소? 구멍난 양말들과 함께 서랍에 넣어두어야 할까요?"

변호사가 확답을 기다리듯 피르미누를 보았지만 피르미누는 아무 말도 하지 않았다.

"무슨 얘기냐 하면," 변호사가 계속 말했다. "플로베르가 그녀를 이해하지 못했다면 그자는 정말 바보요. 이런 경우는 거만한 사르트르의 말이 맞다고 할 수 있겠지요. 혹시 플로베르가 이해했는지도 모르지, 당신은 어떻게 생각하시오? 플로베르가 이해했을까, 아닐까?"

"아마 이해했을 겁니다." 피르미누가 대답했다. "지금 이 자리에서 단언할 수는 없지만 아마 이해했을 거라 봅니다. 그렇지만 확신할 수는 없네요."

"실례하오만, 젊은이." 변호사가 말했다. "당신은 문학을 공부한다

---

* 프랑스의 시인, 소설가. 화려한 남성편력으로 유명했으며, 플로베르가 젊었을 때 10년 가까이 연인으로 지냈다.

고 했고, 문학에 대한 논문을 쓰고 싶다고 말했어요. 그런데 이런 기본적인 사실, 플로베르가 루이즈 콜레의 메시지를 이해했을지 아닐지에 대해서도 분명히 말할 수 없다고, 모르겠다고 고백하는군요."

"저는 50년대 포르투갈 문학을 공부하고 있는데요." 피르미누가 변명했다. "50년대 포르투갈 문학과 플로베르가 무슨 상관이 있습니까?"

"겉으로 보기엔 전혀 상관없지요." 변호사가 다시 말했다. "하지만 그건 언뜻 보아 그럴 뿐이오. 문학에서는 모두가 서로서로 관련 있기 때문이지. 이봐요, 젊은이, 거미줄처럼 말이오. 거미줄 알죠? 그러니까 거미가 짜놓은 복잡한 그물망을 생각해보란 얘기요. 모든 길은 중앙으로 이어지지. 바깥쪽에서 보면 전혀 그럴 것 같지 않지만 모두 중앙으로 이어져 있다오. 예를 들어보지요. 당신이 제2제정*, 끔찍한 취향이 난무하던 시기에 쓰인 무미건조하고 조잡한 소설들을 모른다면, 『감정교육』을 어떻게 이해할 수 있겠소? 당신의 루카치가 세운 기준에 따르면 소름 끼칠 정도로 반동적이기 때문에, 끔찍할 정도로 비관적인 동시에 반동적인 이 소설을 말이오. 이런 모든 것들과 함께, 적절히 연결했을 때, 플로베르의 우울을 무시할 수 있겠소? 아시다시피 크루아세에 있는 자신의 집에 틀어박혀서 창문 너머로 세상을 훔쳐보던 플로베르는 무서울 정도로 우울에 빠져 있었소. 그리고 이 모든 것이, 당신에게는 달리 보일 수도 있는데, 거미줄, 그러니까 은밀하게 연결되고 비현실적으로 결합되고 이해할 수 없는 우연의 일치들로 이루어진 체계

---

* 제2공화정 후 나폴레옹 3세가 수립한 제정.

를 만들어내는 거요. 당신이 문학을 공부하고 싶다면 적어도 이 우연의 일치를 공부하는 법을 배워야겠지요."

피르미누는 그를 보며 뭐라고 대답해보려 했다. 이상하게도, 식당 주인이 메뉴를 소개했을 때처럼 터무니없는 죄책감이 다시 느껴졌다.

"저는 소박하게 50년대 포르투갈 문학에 전념하려고 합니다." 그가 대답했다. "오만해지지 않도록 말입니다."

"맞소." 변호사가 대답했다. "오만해지면 안 되지요. 그렇지만 그 시대를 철저히 탐구할 필요가 있고, 그러기 위해서는 당시 포르투갈 신문에 실린 일기예보를 알아야 할 거요. 일기예보를 이용해서 정치 경찰의 검열을 묘사해낼 수 있었던 우리 작가의 놀라운 소설에서 배울 수 있듯이 말이오, 아시겠소?"

피르미누는 대답하지 않고 애매하게 고개를 끄덕였다.

"좋아요." 변호사가 말했다. "연구 가능성의 단서로 그걸 알려드린 거요. 잘 기억해요. 일기예보도, 문학사회학으로 빠지지 않고 은유이자 단서로 받아들인다면 도움이 된다는 걸 말이오. 내 말 이해했소?"

"그런 것 같습니다." 피르미누가 말했다.

"문학사회학이라니." 변호사가 혐오스럽다는 말투로 다시 말했다. "우리는 야만의 시대에 살고 있다니까."

그가 일어서려고 해서 피르미누는 먼저 벌떡 일어났다.

"전부 다 내가 계산하겠네, 마누엘." 변호사가 주인을 보고 소리쳤다. "우리 손님이 점심을 맛있게 드셨어."

그들은 문 쪽으로 갔다. 문 앞에서 변호사가 걸음을 멈췄다.

"오늘밤에 토호스의 상황에 대해서 알려주도록 하지요." 변호사가 말했다. "도나 호자 하숙집으로 메시지를 보내겠소. 그런데 기자님이 내일 당장 인터뷰를 하고 당신네 신문사가 다시 호외를 발행하는 게 중요해요. 이 잘려나간 머리를 두고 수도 없이 호외가 나오고 있으니 까요, 아시겠소?"

"알겠습니다. 믿으셔도 됩니다." 피르미누가 대답했다.

그들은 오후의 햇살이 비치는 포르투로 나왔다. 거리는 활기로 넘쳤 고, 옅은 안개가 덥고 습한 도시를 덮고 있었다. 변호사가 손수건으로 이마를 닦고는 피르미누에게 짧게 손인사를 했다.

"너무 많이 먹었어요." 그가 투덜거렸다. "늘 과식을 한다니까. 그건 그렇고 횔덜린이 어떻게 죽었는지 아시오?"

피르미누는 대답하지 못한 채 그를 쳐다보았다. 횔덜린이 어떻게 죽었는지 정말 기억나지 않았다.

"미쳐서 죽었지요." 변호사가 말했다. "깊이 생각해봐야 할 일이오."

그는 거대한 몸으로 불안정하게 걸음을 떼며 멀어졌다.

13

레오넬 토흐스, 26세, 전과 없음, 기혼, 9개월 된 아들이 하나 있음, 브라가 출신, 포르투 거주, 다마세누 몬테이루의 친구. 살인 사건이 나던 날 밤 두 사람은 함께 있었다. 그는 이미 예심판사에게 증언했고, 우리 신문과의 독점 인터뷰 기사도 허락했다. 그의 증언은 이 불투명한 사건의 역사에 새로운 장을 열 테고, 우리 경찰의 수사에 불안과 동요를 일으킬 것이다.

포르투에서 여러분의 특파원이.

―다마세누 몬테이루를 어떻게 알게 됐습니까?
―우리 가족이 포르투로 이주했을 때 알게 되었습니다. 제가 열두 살 때인데, 당시 몬테이루의 부모님은 히베이라에 살고 있었지만 집

은 지금 사는 데가 아니었어요. 그의 아버지는 바구니 짜는 일을 했는데 수입이 괜찮았죠.

—최근 몇 달 동안 두 분이 아주 가깝게 지냈다고 알고 있는데요.

—그 친구가 어려운 상황이었어요. 그래서 우리집에 점심이나 저녁을 먹으러 자주 왔죠. 거의 빈털터리나 다름없었습니다.

—그렇지만 얼마 전 일자리를 찾지 않았습니까?

—가이아의 수출입 무역 회사인 스톤스 오브 포르투갈에 사환으로 취직했습니다. 주로 컨테이너를 담당했죠.

—그런데 몬테이루 씨가 자신의 업무에서 뭔가, 말하자면 비정상적인 것을 발견했다고요?

—아, 전자제품을 두는 컨테이너 속에 마약이 들어 있었습니다. 스테아린*으로 위장해 비닐로 포장한 꾸러미들이 전자제품과 같이 온 겁니다.

—그러니까 다마세누 몬테이루가 너무 많은 것을 알아버렸다고 생각하시는 겁니까?

—그렇게 생각하는 게 아니라, 실제로 그렇습니다.

—좀더 자세히 설명해주시겠습니까?

—다마세누는 야간 관리인이 그 마약의 수취인이라는 사실을 알게 되었습니다. 며칠 전 죽은 그 노인이지요. 물론 회사는 그런 거래를 전혀 몰랐죠. 그러나 관리인은 컨테이너를 발송하는 홍콩의 상인들과 결탁했습니다. 꾸러미를 받아서 포르투에서 판 겁니다.

---

* 지방 성분의 고체 물질로, 양초 등을 만드는 데 쓴다.

―어떤 마약이었나요?

―희석되지 않은 헤로인이었습니다.

―그것들은 어디로 갔습니까?

―초록 귀뚜라미가 물건을 가지러 들렀습니다.

―잠시만요. 초록 귀뚜라미가 누구입니까?

―이 지역 국가방위대의 경위입니다.

―이름은?

―티타니우 실바인데 초록 귀뚜라미라는 별명으로 불립니다.

―왜 초록 귀뚜라미라고 부르는 겁니까?

―화를 낼 때 말을 더듬거리고 귀뚜라미처럼 팔딱팔딱 뛰니까요. 피부도 황록색이고요.

―그뒤에 무슨 일이 벌어졌습니까?

―몇 달 전에 다마세누가 '보르볼레타 녹투르나'에서 전기기사로 일했습니다. 초록 귀뚜라미의 나이트클럽이지만 초록 귀뚜라미는 이곳을 자신의 형수 명의로 등록해놨죠. 바로 이 클럽에서 포르투의 모든 마약이 거래됩니다. 도매상들이 약을 사가서 노새들에게 분배하는 겁니다.

―노새요?

―마약 소매상을 그렇게 부릅니다. 거리에서 마약중독자에게 열심히 물건을 파는 작자들이지요.

―그런데 몬테이루 씨가 뭘 알아냈습니까?

―특별한 건 아니고, 초록 귀뚜라미가 무역 회사를 통해 홍콩에서 헤로인을 받는다는 것을 알았습니다. 어쩌면 뒤를 밟았는지도 모르

고요, 누가 알겠습니까, 정말로 얼마 있다가 아시아에서 마약이 밀수되는 컨테이너를 취급하는 스톤스 오브 포르투갈의 사환으로 취직이 됐으니까요. 그리고 친구는 마약 수령인이 야간 경비원이라는 것을 알게 되었습니다.

　—경비원은 뇌졸중으로 사망한 것 같던데요.

　—그렇습니다. 그 노인은 갑자기 뇌졸중으로 사망했어요. 정말이지 다시없을 기회였지요. 회사 사장은 해외 출장중이었고 비서는 휴가를 갔으니까요. 회계원은 멍텅구리고요.

　—그래서요?

　—그래서 그날 밤, 그러니까 야간 경비원이 쓰러진 날 밤 다마세누가 우리집에 왔습니다. 그리고 절호의 기회가 찾아왔다고 말했어요. 한마디로 대박을 터뜨릴 기회이고, 한밑천 잡아 리우데자네이루로 떠버리면 그만이라고 했습니다.

　—어떤 의미지요?

　—다마세누 몬테이루가 알고 있는 바로는 물건을 잔뜩 실은 컨테이너들이 막 도착했다는 얘기였습니다. 초록 귀뚜라미와 그 일당은 다음날 들르기로 야간 경비원과 약속했으니, 우리가 그들을 속이고 물건을 전부 차지할 수 있다고요.

　—그래서 어떻게 하셨습니까?

　—저는 친구에게 미친 짓이라고 말했습니다. 초록 귀뚜라미를 속이면 그가 우리를 죽일 거라고요. 게다가 그 많은 약을 대체 어디에다 판단 말입니까?

　—그러자 몬테이루가 뭐라고 했습니까?

—판매는 자기가 알아서 하겠다고 말했습니다. 알가르브에서 괜찮은 조직을 알고 있다더군요. 스페인과 프랑스로 물건을 보내기만 하면 수백만을 챙길 거라고 말입니다.

—그래서요?

—그날 밤 저는 가지 않겠다고 말했습니다. 아내와 갓난아기가 있고 지금 정비소에서 받는 월급으로도 충분하다고 했더니, 자기는 지금 진흙탕에 빠져 있다고 하더군요. 아버지는 안타부스를 먹고 밤새 토하는데 자기는 더이상 그런 생활을 못 견디겠고, 떠나서 코파카바나에 가서 살고 싶다고요. 친구는 자동차가 없어 제 차로 데려다줄 수밖에 없었습니다.

—그래서 같이 가주셨군요.

—그렇습니다. 같이 갔고, 솔직히 말하면 저도 친구와 같이 뜰에 들어갔습니다. 다마세누가 어떤 식으로든 강요한 게 아니라, 제가 스스로 그런 겁니다. 친구가 혼자서 위험한 일을 하러 간 사이 문 밖에 남아 있고 싶지 않아서요.

—잠시만요, 그렇게 말씀하시니, 당신이 굉장히 관대한 분 같습니다. 그 순간 절도로 챙길 수백만을 아예 생각 안 하신 건 아니겠죠?

—아마 생각했겠지요. 숨길 마음은 없습니다. 저는 하루종일 정비사로 일하면서 형편없는 봉급을 받습니다. 우리집은 지하라서 아내는 꽃무늬 커튼으로라도 집을 예쁘게 꾸며보려고 애쓰지요. 그렇지만 겨울에는 습기가 너무 많아 벽에서 물이 배어나옵니다. 건강에 아주 좋지 않은 환경이지요. 그런데 태어난 지 몇 달 안 된 아기까지 있습니다.

─당신 친구 몬테이루는 어떻게 했습니까?

─친구는 마치 주인이라도 되는 양 사무실 불을 켜고는 제게 움직이지 말라고 말했습니다. 나머지는 자기가 다 알아서 하더군요. 그래서 저는 꼼짝도 하지 않았고 절도에도 가담하지 않았습니다. 친구가 컨테이너를 열 수 있는 비밀번호를 서랍에서 찾아낸 다음 뜰로 나갔습니다. 저는 책상에 앉아 친구를 기다렸죠. 무슨 일을 해야 할지 몰라서 글래스고*에 공짜로 전화를 한 통 걸어야겠다고 생각했습니다.

─잠깐만요. 스톤스 오브 포르투갈 사무실에서 글래스고에 전화를 했다는 겁니까?

─그렇습니다. 누나가 글래스고로 이민을 갔는데 다섯 달 전부터 통화를 못했거든요. 아시겠지만, 글래스고에 전화 한 통 하는 데 돈이 너무 많이 들고, 누나 딸이 다운증후군 환자여서 누나도 무척 힘들어하거든요.

─계속 말씀해주십시오.

─전화를 걸고 있는데 자동차 소리가 들렸습니다. 그래서 전화를 끊고 청소기를 넣어두는, 접이식 문이 달린 작은 창고로 재빨리 들어갔습니다. 그 순간 뜰 쪽 문에서 다마세누가 들어왔고, 정문으로 초록 귀뚜라미가 자기 패거리를 거느리고서 들어왔습니다.

─'자기 패거리'라니요?

─항상 초록 귀뚜라미를 따라다니는 국가방위대 소속 대원 둘입

---

* 스코틀랜드 최대의 도시.

니다.

—그 사람들이 누군지 알아봤습니까?

—한 사람은요. 이름이 코스타인데, 간경변증이 있어서 배가 어마어마하게 불룩하지요. 다른 한 명은 모르는 사람이었습니다. 젊은 사람이었는데 신입대원 같았습니다.

—그래서 어떻게 됐습니까?

—다마세누는 비닐 포장된 마약 네 봉지를 들고 있었어요. 그는 제가 사라졌다는 것을 알아차리고는 초록 귀뚜라미와 맞섰습니다.

—경위는 어떻게 했습니까?

—평소에 화가 났을 때 그렇듯이 양쪽 발을 번갈아 구르면서 말을 더듬기 시작했습니다. 말씀드렸듯이 그 사람은 화가 나면 말을 더듬거든요. 그럴 때면 정말이지 아무도 그 말을 알아들을 수가 없습니다.

—그래서요?

—말을 더듬으면서 이렇게 말하는 것 같았습니다. '개새끼, 이건 내 거야.' 저는 창고문 좁은 틈 사이로 그 광경을 훔쳐보았습니다. 초록 귀뚜라미가 꾸러미를 집어들더니 상상도 못한 일을 하더군요.

—어떻게 했습니까?

—주머니칼로 비닐 꾸러미 하나를 찢었어요. 말 그대로 쫙 갈라버린 겁니다. 그러더니 내용물을 다마세누의 머리에 뿌렸습니다. 그가 말했죠. 개새끼, 이제 너한테 세례를 해주마. 아시겠습니까? 몇백만은 하는 마약이었습니다. 말 그대로 몇백만이요.

—그다음에는요?

―다마세누는 하얗게 눈을 맞은 것처럼 마약을 뒤집어썼고, 초록 귀뚜라미는 정말 화가 나서 악마처럼 이리저리 펄쩍펄쩍 뛰어다녔 습니다. 제가 보기에는 한 것 같더군요.

―뭘 했다는 겁니까?

―마약을 했다는 거죠. 귀뚜라미는 마약을 팔기만 하는 게 아니라 이따금 복용하기도 했거든요. 술버릇이 나쁜 사람처럼, 약을 하면 나쁜 버릇이 나오곤 했죠. 그는 당장 다마세누를 요절내고 싶어했습 니다.

―좀더 자세히 설명해주십시오. 다마세누 몬테이루를 요절내고 싶어했다는 게 무슨 뜻입니까?

―귀뚜라미가 권총을 꺼냈습니다. 아주 신경질적으로 굴면서, 권 총을 다마세누의 관자놀이에 갖다댔다가 배를 겨눴어요. 그러면서 고함을 쳤죠. '죽여버리겠다, 개새끼'라고요.

―그래서 총을 쏘았습니까?

―쐈습니다. 그렇지만 총알이 허공으로 날아가서 천장에 박혀버 렸습니다. 스톤스 오브 포르투갈 사무실 천장에서 그 구멍을 발견할 수 있을 겁니다. 다마세누를 죽이지는 않았습니다. 동료들이 끼어들 어 제대로 겨냥하지 못하게 만들었거든요. 그러자 귀뚜라미가 권총 을 권총집에 다시 넣었습니다.

―그러고 어떻게 됐습니까?

―귀뚜라미는 그 자리에서 다마세누를 죽일 수 없다는 사실을 납 득했습니다. 그렇다고 마음을 가라앉힌 건 절대 아니었어요. 그가 다마세누의 급소를 발로 찼고 다마세누는 허리를 푹 꺾으며 고꾸라

졌지요. 이어 무릎으로 다마세누의 얼굴을 쳤습니다. 꼭 영화에서처럼 말입니다. 그리고 몇 번이나 발로 걷어찼지요. 그러더니 자기 패거리에게 다마세누를 자동차로 데려가라고 했습니다. 경찰서에 가서 처리할 것 같았어요.

　―그럼 마약 꾸러미들은요?

　―상의에 찔러 넣었습니다. 그런 다음 다마세누를 차에 태우고 포르투 쪽으로 떠났어요. 그들은 모두 피 냄새를 맡은 짐승처럼 잔인했습니다.

　―더 하시고 싶은 말씀 있습니까?

　―나머지는 기자님이 아시는 대로입니다. 다음날 아침 쓰레기로 뒤덮인 수풀 속에서 집시가 다마세누의 시신을 발견했죠. 우리가 잘 알다시피 목이 잘린 채로 말입니다. 이제 제가 기자님에게 한 가지 묻고 싶습니다. 기자님은 여기서 어떤 결론을 끌어내실 수 있겠습니까?

　이건 여러분의 특파원이 독자 모두에게 드리는 질문이기도 합니다.

14

그 무렵 도나 호자 하숙집은 조용했다. 몇 안 되는 숙박인들이 아직 돌아오기 전이었다. 소리를 죽여놓은 텔레비전에서는 뉴스 앞에 편성된 가십 프로그램이 방송되고 있었다.

"뉴스에 나오는지 어디 봅시다." 변호사가 웅얼거렸다.

거대한 몸집 때문에 도나 호자의 거실에 있는 푹신한 안락의자에서 살이 삐져나왔다. 변호사는 물을 마시고 손수건으로 이마를 닦았다. 그는 막 도착해 아무 말 없이 응접실에 앉았고, 도나 호자는 아무것도 묻지 않고 조심스럽게 탄산수 한 병을 가져다주었다.

"검찰청에서 오는 길이오. 첫번째 심문이 있었지." 그가 말했다.

피르미누는 아무 말도 하지 않았다. 도나 호자가 까치발로 걸으며 소파 위의 레이스 장식을 하나하나 정돈했다.

"텔레비전 뉴스에서 다룰 거라고 생각하시오?" 변호사가 다시 물었다.

"그럴 것 같습니다." 피르미누가 대답했다. "그렇지만 어떻게 다룰지는 두고 봐야죠."

텔레비전 뉴스에서는 첫번째 뉴스로 다루었다. 그러나 신문에 나온 정보, 특히 〈아콘테시멘투〉와 토흐스의 인터뷰를 요약하는 데 그쳤고, 수사와 관련된 비밀이 있어서 더이상은 보도할 수 없다고 밝혔다. 스튜디오에는 고정 패널인 유럽에서의 폭력을 분석하는 사회학자가 나와 있었다. 그는 머리 잘린 남자가 등장하는 미국 영화를 언급했고 정신분석학적인 결론에까지 도달했다.

"저런 게 이 사건하고 무슨 상관이 있는 겁니까?" 피르미누가 물었다.

"잡담이지요." 변호사가 간결하게 말했다. "아, 그래요, 저 사람들은 수사와 관련해서 비밀을 유지해야 한다는 점을 호소하는 거요. 저녁을 좀 먹어야겠군요. 난 정말 휴식이 필요해요."

그가 도나 호자를 돌아보았다.

"도나 호자, 오늘 저녁 요리는 뭔가요?"

도나 호자가 메뉴를 보여주었다. 변호사는 아무 말도 하지 않았지만, 자리에서 일어나 피르미누에게 따라오라고 한 걸로 보아 만족스러운 모양이었다. 식당은 아직 깜깜했지만 변호사는 자기 집이라도 되는 양 불을 켜고 좋아하는 자리를 골랐다.

"혹시 점심에 먹다 남겨둔 포도주가 있으면," 변호사가 피르미누에게 말했다. "도나 호자에게 얘기해서 버리도록 해요. 어떤 하숙집에서는 안 버리고 다시 두던데, 먹다 남은 포도주는 정말이지 참기 어려워요. 우울해진다니까."

그날 저녁 도나 호자의 요리사는 토마토소스를 듬뿍 끼얹은 미트볼을 준비했다. 첫번째 요리로 양배추 수프가 나왔다. 콧수염이 조금 난 여종업원이 김이 모락모락 나는 수프 그릇을 가져왔고, 변호사가 혹시 모르니까 그릇을 식탁에 두고 가라고 했다.

"아까 수사와 관련된 비밀 이야기를 하셨죠." 피르미누는 무슨 이야기라도 해야 할 것 같아 입을 열었다.

"그래요." 변호사가 말했다. "수사상의 비밀. 기자님과 이른바 수사상의 비밀 이야기를 하고 싶지만, 그러면 불가피하게 아주 무거운 주제로 이어질 테고 너무 지루해질 수도 있소. 난 당신을 지루하게 만들고 싶지 않아요."

"조금도 지루하지 않습니다." 피르미누가 대답했다.

"수프가 너무 묽은 것 같지 않소?" 변호사가 말했다. "난 진한 수프가 훨씬 좋은데. 감자와 양파가 맛있는 양배추 수프의 비밀이죠."

"어쨌거나 전 전혀 지루하지 않습니다." 피르미누가 대답했다. "말씀하시고 싶으면 하십시오. 집중해서 듣겠습니다."

"무슨 얘기였죠." 변호사가 말했다.

"수사상의 비밀 이야기는 어쩔 수 없이 몹시 따분한 주제로 이어질 거라고 하셨습니다." 피르미누가 요약했다.

"아, 그렇지." 변호사가 투덜댔다.

여종업원이 미트볼이 담긴 쟁반을 가지고 와서 음식을 나눠주기 시작했다. 변호사는 자기 미트볼에 토마토소스를 듬뿍 뿌리라고 했다.

"윤리요." 변호사가 미트볼을 소스에 굴리며 말했다.

"윤리 말입니까?" 피르미누가 물었다.

"수사상의 비밀과 직업 윤리는," 변호사가 대답했다. "적어도 표면적으로는 불가분의 관계요."

그가 나이프로 자르려던 미트볼이 접시 밖으로 튀어나가 셔츠에 떨어졌다. 그 광경을 보고 종업원이 급히 달려왔지만 변호사가 손짓으로 단호하게 제지했다.

"미트볼과 셔츠." 그가 말했다. "이것도 한 짝이죠. 적어도 나와 관련해서는. 이 세계가 선로라는 것을 알고 있는지 모르겠군요. 자연은 이분법적 구조 위를 달린다오. 아니, 적어도 우리 서양 문명은 그렇소. 그리고 이 문명이 모든 것을 분류했지. 18세기 자연주의자들을 생각해봐요. 아, 그리고 린네*도. 그렇지만 그들이 틀렸다는 말은 아니오. 사실 공간 속에서 돌고 있고 우리가 여행중인 이 보잘것없는 둥근 구는 이원론이라는 기본적인 체계에 복종한다. 어떻게 생각하시오?"

"맞습니다." 피르미누가 말했다. "단순하게 말하자면 남성이냐 여성이냐, 변호사님이 말씀하신 이원론이란 이런 것 아닙니까?"

"일반적인 의미는 그렇지요." 변호사가 동의했다. "예를 들면 거기에서 진실이냐 거짓이냐가 유래되고, 이 대목에서는 정말로 따분한 대화를 늘어놓게 된다오. 아까 말했듯이 난 기자 양반을 따분하게 만들고 싶지 않소. 진실이든 거짓이든 말이오. 이렇게 중구난방으로 말하는 걸 용서해요. 이건 논리의 문제이고 명백하게도 법에 대한 문제이지. 그렇지만 복잡한 논문들 이야기는 하지 않을 거요. 그럴 가치가 없어요."

---

* 스웨덴 생물학자. 1735년 발표한 『자연의 체계』에서 동식물을 분류해 생물분류학의 기초를 놓는 데 결정적인 기여를 했다.

그는 콧김을 세게 내뿜었는데 무엇보다 자기 자신에게 짜증이 난 것 같았다.

"당신은 우주도 이원론으로 이루어져 있다고 생각하시오?" 그가 갑자기 낮게 말했다.

피르미누가 깜짝 놀라 그를 보고 물었다.

"어떤 의미에서 말입니까?"

"지구처럼 이원론을 따를까요?" 변호사가 다시 물었다. "당신 생각에는 지구처럼 이원론을 따를 것 같소?"

피르미누는 어떻게 대답해야 할지 알 수 없어, 질문을 돌려야겠다고 생각했다.

"변호사님은 어떻게 생각하십니까?"

"나는 그렇게 생각 안 해요." 변호사가 대답했다. "아닌 것 같소. 아니길 바란다고 해야겠지요."

그가 종업원에게 눈짓으로 잔이 비었다고 알리고는 계속했다.

"희망일 뿐이오. 우리 인류를 위한 희망이지. 하지만 결국 우리와는 직접 관계가 없는 희망이기도 해요. 나도 당신도, 예를 들면 안드로메다가 어떻게 생겼는지, 그쪽에서는 무슨 일이 벌어지는지 알 수 있을 때까지 살지는 않을 테니까. 나사나 다른 곳의 과학자들이, 1세기나 2세기 후에 후손들이 우리 태양계의 경계라고 부르는 곳에 갈 수 있게 하려고 그토록 열심히 몰두하는 일들을 생각해봐요. 그리고 너무나 길고 긴 여행 끝에 어느 멋진 날 드디어 그곳에 도착해 우주비행선에서 내렸는데 굉장한 이원론으로 되어 있는 세계를 발견하게 될 우리 가여운 후손들의 얼굴을 상상해봐요. 남성이든 여성이든, 진실이든 거짓이든,

그리고 어쩌면 죄악이든 미덕이든, 아 그렇지, 이원론에는 후손들이 기대하지 않았다 해도 가톨릭이나 아니면 뭐 다른 종교의 사제도 있군. 사제는 이렇게 말하겠지요. 이건 죄이고 저건 선이오. 아, 후손들이 어떤 표정을 지을지 상상이 되시오?"

피르미누는 크게 웃고 싶었지만 그냥 미소만 짓고 말았다.

"변호사님," 그가 말했다. "그런 가정을 하는 과학소설은 아직 나온 적 없는 것 같네요. 저는 과학소설을 많이 읽었는데 그런 문제를 제기하는 책은 아직 읽어보지 못했습니다."

"아," 변호사가 말했다. "당신이 과학소설을 좋아할 거라고는 생각 못했군요."

"아주 좋아합니다." 피르미누가 대답했다. "제일 좋아하는 책이죠."

변호사가 조그맣게 가르랑 소리를 내며 기침을 했는데 꼭 웃는 소리처럼 들렸다.

"좋아요, 좋아요." 그가 중얼거렸다. "그런 독서하고 루카치하고 무슨 관련이 있소?"

피르미누는 얼굴이 빨개지는 것을 느꼈다. 마치 함정에라도 빠진 것같아 약간 거만하게 대답했다.

"루카치는 제 전후 포르투갈 문학 연구에 도움이 됩니다. 과학은 환상에 속하는 거고요."

"그게 바로 내가 원하는 거요." 변호사가 대답했다. "환상, 정말 멋진 말이지, 깊이 생각해봐야 할 개념이기도 하고. 시간이 있으면 잘 생각해봐요. 나로 말할 것 같으면 도나 호자가 오늘 저녁 준비한 케이크를 생각하고 있었소. 캐러멜 푸딩이지. 그런데 포기하는 편이 낫겠어요. 와인 한 모금만 더 마시고 자러 가야겠소. 오늘 내 일과는 끝났으니까. 그렇지만 아마 기자님은 일과를 연장해서 아주 도움이 될 만한 어떤 일을 할 수 있을 것 같은데."

"제가 할 수 있는 일이라면 뭐든지요. 예를 들면?" 피르미누가 말했다.

"예를 들면 '푸치니의 나비부인'에 잠깐 들러보는 거지요. 흥미로운 정보를 얻을 수 있을 거요. 그러니 잠깐 가서 둘러봐요."

변호사가 자기 잔을 비우고 거대한 시가에 불을 붙였다.

"조심스럽게 잠깐만 살펴보고 와요." 성냥불이 손가락 사이에서 계속 타들어가는데도 그는 계속 말했다. "예를 들어 거기 있는 사람들, 종업원을 주시해요. 초록 귀뚜라미가 그쪽에 있는지도 살펴보고. 내가 듣기로는 거기에 초록 귀뚜라미의 사무실이 있다는군요. 그자하고 몇 마디 대화를 나눠보면 흥미로울 거요. 원래는 경찰이 해야 할 일이긴 한데. '푸치니의 나비부인'에서 경찰을 볼 수 있을 것 같소?"

"못 보겠지요." 피르미누가 확답했다.

"바로 그거요." 변호사가 설명했다. "난 당신이 필립 말로*가 됐다고 생각하지는 않길 바라지만, 초록 귀뚜라미에 대해 사소한 거라도 알아내려고 애쓸 수는 있소. 사소한 범죄 같은 것들 말이오. 드 퀸시**가 뭐라고 했는지 알 텐데요, 안 그렇소?"

"뭐라고 했습니까?" 피르미누가 물었다.

---

* 레이먼드 챈들러의 소설에 등장하는 탐정.
** 영국 소설가, 수필가. 대표작으로 『어느 영국인 아편쟁이의 고백』 『예술 분과로서의 살인』 등이 있다.

"이렇게 말했어요. 어떤 사람이 한번 살인을 저지르게 되면 곧 절도 따위는 대수롭지 않게 생각한다고. 그래서 술을 마시고 안식일도 지키지 않으며, 천박한 인간처럼 굴고 약속도 지키지 않을 거라고 말이오. 한번 내리막길을 걷기 시작하면 어디까지 굴러떨어질지 아무도 알 수 없다. 그리고 대부분의 사람들은 이런 살인 혹은 저런 살인 탓에 파멸해간다. 인용 끝."

변호사가 혼자 즐거워하면서 이렇게 덧붙였다.

"젊은 기자 양반, 아까 말했듯이 난 당신을 따분하게 만들고 싶지 않소. 그러나 조금 전 당신에게 직업윤리에 대해 말했던 건, 내가 이른바 무지의 베일*을 찢어버려야 했기에 도움이 필요했다고 해두죠. 길게 말하지 않겠소. 이건 미국 법학자가 한 말이고 순전히 이론적인 논의요. 플라톤이 말한 동굴** 같은 곳에나 존재하지. 그런데 내가 뛰어난 표현력을 이용해 이런 개념을 전적으로 실제적인, 그러니까 현실의 차원이라고 하죠, 그 차원으로 내려놓는다고 가정합시다. 어떤 법학자도 나를 용서하지 않을 일이지만 나는 그걸 대수롭지 않게 생각한다고도요. 당신은 어떻게 생각하시오?"

"목적이 수단을 정당화한다는 거군요." 피르미누가 즉시 대답했다.

"내 결론은 절대 그게 아니오." 변호사가 대답했다. "다시는 그런 말을 입에 올리지 마시오. 난 그 말을 정말 싫어해요. 인류는 그런 말로

* 미국 정치철학자 존 롤스가 만든 가설적 상황. 이해 당사자들이 제시된 대안이 자신의 특정한 이해관계에 미칠 결과에 대해 전혀 모르는 상황을 말한다.
** 플라톤이 이데아론을 설명하기 위해 사용한 비유. 동굴에 갇힌 사람들은 실체의 그림자만을 볼 수 있지만 그것을 실체라고 믿는다.

끔찍하고 잔인한 짓을 저질러왔지. 내가 뻔뻔하게 당신을, 그러니까 당신 신문사를 이용한다고만 해둡시다. 내 말 잘 알겠소?"

"잘 알겠습니다." 피르미누가 대답했다.

"그리고 항상 나는 법률이론을 통해 자기정당화를 할 수 있고 약간의 냉소주의에 젖어 내 주장을 내세운다고 해둡시다. 이건 소위 직관론적 개념을 추구하는 사람들의 학파에 속한 것이지요. 아니, 그냥 자의적 환상에 젖은 행위라고 부를까요. 이런 정의가 마음에 드시오?"

"마음에 듭니다." 피르미누가 동의했다.

"그러면," 변호사가 말했다. "자의적 환상 행위로 우리는 드 퀸시의 역설을 거슬러올라가볼 수 있겠군요. 내 직감인데 초록 귀뚜라미가 전기칼로 다른 사람의 목을 베었다는 걸 증명하기란 쉽지 않을 거요. 우리는 그자가 반사회적 행동을 했다는 것을 증명해야 해요. 예를 들어 자기 아내 머리에 접시를 던져 깼다든가, 내 말 알아들었소?"

"확실히 알아들었습니다." 피르미누가 대답했다.

변호사는 만족한 것 같았다. 의자에 등을 기댄 그의 작은 눈이 꿈에 잠긴 듯했다.

"아마 이쯤에서 당신의 루카치를 끌어들일 수 있을 것 같군요."

"루카치요?" 피르미누가 물었다.

"현실원칙." 변호사가 대답했다. "현실원칙. 상황이 이렇긴 해도 오늘밤 이 원칙이 당신에게 도움을 준다면 난 놀라지 않을 거요. 그런데 지금 가는 게 좋을지도 모르겠군요. 젊은이, 지금이 '푸치니의 나비부인' 같은 데 가기 딱 적당한 시간 같소. 나중에 상세히 얘기해주시오. 그런데 부탁이니 현실원칙에 주의를 기울여요. 당신에게 도움이 될 것 같으니."

15

브라질 대로와 연결되는 몬테비데우 대로는 아주 긴 해안길이었는데, 피르미누가 상상한 것보다 훨씬 더 길었다. 그는 클럽이 어디쯤 있는지 몰랐기 때문에 도착할 때까지 그 길을 따라 걸어갈 수밖에 없었다. 대서양에서 시원한 바람이 불어와 큰 호텔에 걸린 깃발들이 펄럭였다. 해안길 초입은 사람으로 북적였다. 특히 가족들이 아이스크림 가게 테라스에 가득 들어앉았고 어린아이들은 끄덕끄덕 졸면서 피곤에 지쳐 아이스크림을 핥았다. 피르미누는 이 나라 사람들이 아이를 너무 늦게 재운다고 생각했다. 어쩌면 아이를 너무 많이 낳는 건지도 모른다. 그러다가 바보 같은 생각이라고 혼자 중얼거렸다. 그는 주변이 사람들로 북적이는 서민적인 길 초입에서 서서히 한적하고 고급스러운 지역으로 바뀌어가는 것을 눈여겨보았다. 소박한 별장과 쇠난간이 달린 발코니에 벽토를 바르고 장식한 20세기 초엽의 건물이 서 있는 구역이었다. 성난 대양의 거센 파도가 절벽에 와서 산산이 부서졌다.

'푸치니의 나비부인'은 건물 하나를 전부 차지하고 있었는데, 피르미누는 건물을 보자마자 1920년대에 지어진 아르누보 스타일의 아름다운 건물이라고 생각했다. 건물 가장자리는 초록 타일로 장식되어 있었고 포르투갈의 후기 고딕 양식을 흉내내서 작은 팀판*을 붙인 테라스들이 딸려 있었다. 2층 발코니에서는 로코코 양식으로 보랏빛 네온사인이 장식된 글씨가 '푸치니의 나비부인'이라고 알려주었다. 세 개의 출입문 위에는 훨씬 더 수수한 간판이 붙어 있어서 각각 나비부인 레스토랑, 나비부인 나이트클럽, 나비부인 디스코텍임을 알 수 있었다. 디스코텍 입구에만 유일하게 빨간 카펫이 깔려 있지 않았다. 다른 두 곳의 출입구에는 빨간 카펫이 깔려 있었고 상당히 세련된 차림의 문지기가 입구를 지키고 있었다. 피르미누는 어쩌면 디스코텍은 딱히 갈 필요가 없겠다고 생각했다. 분명 현란한 조명과 귀가 먹먹해지는 음악 때문에 대화를 할 수 없을 터였다. 그렇다고 레스토랑에서 뭔가를 더 먹을 마음도 없었다. 그날 밤에는 미트볼로 충분했다. 남은 건 나이트클럽뿐이었다. 문지기가 문을 열어주면서 보일락 말락 하게 인사를 했다. 불빛은 파란색이었다. 현관 로비에는 육중한 목재 계산대와, 가죽 의자가 놓인 영국식 작은 바가 길게 자리잡고 있었다. 로비는 텅 비어 있었다. 피르미누는 그곳을 지나 벨벳 커튼을 들어올리고 홀로 들어갔다. 홀의 불빛도 푸르스름했다. 배우를 기다리고 있는 극단 스태프처

---

* 팀파눔. 고전 양식 건축물에서 지붕 윗부분이나 출입문 위에 아치형 또는 삼각형으로 얹은 장식벽.

럼 친절하지만 목소리는 왠지 차가운 어떤 사람이 바로 뒤에서 조그맣게 속삭였다.

"어서 오세요, 선생님. 예약하셨나요?"

지배인이었다. 오십대가량으로 흠잡을 데 없이 깨끗한 연미복을 입었고 회색 머리카락은 푸르스름한 불빛 때문에 푸르스름하게 보였다. 업계 사람 특유의 빤한 미소를 짓고 있었다.

"아니요." 피르미누가 대답했다. "예약을 깜빡 잊었습니다."

"상관없습니다." 지배인이 작게 말했다. "선생님께서 앉으실 만한 좋은 테이블이 있습니다. 저를 따라오십시오."

피르미누는 그를 따라갔다. 좌석을 세어보니 테이블이 서른여 개 있었는데 거의 중년 손님이 자리를 차지하고 있었다. 부인들은 아주 세련돼 보였고, 그녀의 기사騎士들은 리넨 재킷이나 티셔츠처럼 그리 격식을 차리지 않은 차림이었다. 클럽 제일 안쪽에 바로크 스타일의 프로시니엄*이 딸린 작은 단이 있었다. 무대는 비어 있었다. 휴식 시간 같았다. 파란색으로 칠한 홀에 흐르는 음악은 귀에 익었다. 피르미누가 의문의 표시로 한 손가락을 귀에 가져가자 지배인이 조그맣게 말했다.

"푸치니입니다, 선생님. 이 테이블은 마음에 드십니까?"

무대에 너무 가깝지 않은, 약간 측면에 있는 테이블이어서 홀 전체를 관찰할 수 있었다.

"선생님, 저녁식사는 하셨습니까? 아니면 메뉴판을 가져다드릴까요?" 지배인이 물었다.

---

* 무대와 객석을 분리하는 액자 모양의 건축 구조물.

"여기서 저녁식사도 할 수 있나요?" 피르미누가 되물었다. "레스토 랑은 옆쪽인 줄 알았습니다."

"가벼운 식사가 준비되어 있습니다." 지배인이 대답했다. "간단한 요리들이지요."

"뭐가 있죠?"

"황새치구이," 지배인이 설명했다. "차가운 바닷가재 같은 것들입니 다. 메뉴판을 갖다드릴까요? 아니면 그냥 음료만 드시겠습니까?"

"아, 뭐가 좋을까요?" 피르미누가 건성으로 물었다.

"샴페인으로 시작하시면 무난할 것 같습니다." 지배인이 대답했다.

피르미누는 사장에게 긴급 전화로 전신환을 보내달라고 해야겠다고 생각했다. 이미 미리 받은 비용이 바닥나서 도나 호자에게 돈을 빌려 살고 있었다.

"좋습니다." 피르미누가 건성으로 대답했다. "샴페인으로 갖다주세 요, 제일 좋은 걸로."

지배인이 까치발로 걸어갔다. 푸치니 음악이 멈추고 불빛이 어두워 지더니, 스포트라이트가 무대를 환하게 밝혔다. 물론 파란색 원뿔 모 양으로. 머리를 뒤로 틀어올린 젊고 아름다운 여자가 빛의 원뿔 속으 로 나오더니 노래를 부르기 시작했다. 반주 없는 독창이었고, 가사는 포르투갈어였지만 멜로디는 일종의 블루스였다. 잠시 후에야 피르미 누는 젊은 여자가 재즈처럼 부르는 그 노래가 코임브라의 오래된 파두* 라는 것을 알아차렸다. 떠들썩한 박수갈채가 쏟아졌고 불빛이 다시 환

---

* 포르투갈의 대표적 대중 가곡.

해졌다. 종업원이 샴페인 한 잔을 가져와 테이블에 내려놓았다. 피르미누는 샴페인을 한 모금 마셨다. 샴페인에 대해서는 잘 몰랐지만, 들척지근한 맛이 나는 끔찍한 샴페인이었다. 주위를 둘러보았다. 부드럽고 조용한, 충만한 분위기였다. 종업원들은 발소리를 내지 않고 테이블 사이로 조용히 돌아다녔다. 스피커에서는 세자리아 에보라*의 모르나**가 낮게 흘러나왔고, 손님들은 작은 소리로 이야기를 나누었다. 피르미누의 옆 테이블에는 신사 혼자 앉아 있었는데, 자기 앞에 놓인, 샴페인 병이 담긴 얼음통을 뚫어지게 바라보며 줄담배를 피워댔다. 저건 진짜 샴페인인데. 피르미누는 유명한 프랑스 브랜드인 샴페인 상표를 보고 알아차렸다. 피르미누가 자신을 보고 있음을 눈치채고 신사도 피르미누를 보았다. 남자는 오십대가량으로, 뿔테 안경을 쓰고 있었고 곱슬곱슬한 콧수염에 빨간 머리였다. 일부러 스포티하게 꾸민 차림으로, 구김이 많은 리넨 재킷에 연한 자줏빛 티셔츠를 입고 있었다. 남자가 피르미누를 향해 불안정하게 잔을 들어올려 건배를 했다. 피르미누도 잔을 들었지만 마시지는 않았다. 남자가 의아한 얼굴로 그를 보더니 의자를 가까이 가져왔다.

"왜 안 마십니까?" 그가 물었다.

"맛이 별로예요." 피르미누가 말했다. "그렇지만 선생님과 기분좋게 건배를 하고 싶었습니다."

"비법이 뭔지 아십니까?" 남자가 한쪽 눈을 찡긋하며 물었다. "한 병을 다 주문하는 겁니다. 병으로 주문하면 믿을 수 있어요. 잔으로 주문하

_____

* 카보베르데 출신의 가수.
** 카보베르데의 음악.

154

면 국산 샴페인을 갖다주고 눈이 튀어나오게 비싼 값을 받는 겁니다."

그가 다시 샴페인을 한 잔 따라 단숨에 마셔버렸다.

"난 아주 울적해요." 그러고는 허물없는 목소리로 중얼거렸다. "친구, 난 정말 울적하답니다."

한숨을 푹 쉬더니 한 손으로 얼굴을 받쳤다. 남자는 절망한 얼굴이었다. 그가 중얼거렸다.

"그 여자가 이러더군요. 세워요. 그것도 커브길이 계속 이어지는 기마랑이스 거리에서요. 나는 속도를 늦추고 그녀를 봤죠. 그러자 그녀가 말하더군요. 차 세우라고 했잖아요. 자동차 문을 열고 내가 선물했던 진주 목걸이를 낚아채서 내 얼굴에 던지더니 차에서 내렸어요. 아무 말도 하지 않고 말입니다. 단 한 마디도. 그러더니 문을 쾅 닫았어요. 울적할 만하죠?"

피르미누는 아무 말 없이, 동의를 표하듯 가볍게 고개를 끄덕였다.

"스물다섯 살 차이가 나요." 남자가 털어놓았다. "이해하셨는지 모르겠군요. 내가 우울할 만하지 않습니까?"

피르미누가 뭐라고 말하려 했지만 남자는 자기 할말만 계속했다. 그를 막을 수 있는 것은 이미 없었다.

"그래서 푸치니에 온 겁니다. 기분이 울적할 때 올 수 있는 딱 맞는 곳이지요, 안 그래요? 기분전환하러 오기에 딱 맞는 곳이에요. 나보다 더 잘 알고 계시겠지만 말이에요."

"그럼요." 피르미누가 대답했다. "잘 이해합니다. 정말 딱 맞는 곳이죠."

남자가 샴페인 병을 가볍게 한 번 치더니 코를 만졌다.

"이겁니다." 그가 말했다. "이게 필요해요. 분명하죠. 그렇지만 더 좋은 건 저쪽에, 작은 방에 있어요."

그가 막연하게 홀 끝 쪽을 가리켰다.

"아하," 피르미누가 중얼거렸다. "작은 방, 그렇지요. 바로 저게 필요하죠."

남자가 다시 검지로 코를 건드렸다.

"제일 좋지요. 가격도 적당하고 비밀이 보장되니까. 그렇지만 당신 차례는 나 다음입니다."

"사실은," 피르미누가 말했다. "오늘밤 저도 약간 우울합니다. 물론 전 제 차례를 기다릴 거고요."

우울한 오십대 남자가 바로 무대 옆에 있는 벨벳 커튼을 가리켰다.

"필요한 건 바로 라 보엠이죠." 그가 킬킬거렸다. "기분을 띄우는 데 딱 맞는 음악이라니까요." 그러더니 검지로 다시 자기 코를 톡톡 쳤다.

피르미누는 별 의도는 없는 양 훌쩍 자리에서 일어나, 벽을 따라 홀을 한 바퀴 돌았다. 우울한 오십대 남자가 가리킨 커튼 옆에 또다른 커튼이 있었는데, 이 지역 전통 의상을 입은 농부와 아낙이 그려진 팻말에 '화장실'이라 적혀 있었다. 피르미누는 화장실로 들어가 손을 씻고 거울을 보았다. 필립 말로가 되었다고 착각하지 말라는 변호사의 조언이 생각났다. 그런 건 정말로 자기 역할이 아니었다. 하지만 우울한 오십대가 알려준 사실에는 흥미를 느끼고 있었다. 그는 화장실에서 나와, 계속 태연한 척하며 옆에 있는 커튼을 젖히고 안으로 들어갔다. 바닥과 벽에 양탄자를 댄 복도가 나타났다. 피르미누는 조용히 앞으로 걸어갔다. 오른쪽에 '라 보엠'이라는 은색 명패가 달린, 푹신하게 솜을

댄 문이 하나 있었다. 피르미누는 문을 벌컥 열고 안으로 머리를 밀어넣었다. 파란색 카펫을 깔고 파란색으로 벽지를 바른 작은 내실에는 은은한 불빛 아래 소파가 하나 놓여 있었다. 소파에 한 남자가 누워 있었고, 흐르는 음악은 어떤 오페라에 나오는 곡인지는 모르겠지만 푸치니 같았다. 피르미누는 소파에 등을 대고 누워 있는 인물에게 다가가서 어깨를 툭 쳐보았다. 남자는 움직이지 않았다. 팔을 흔들어보았다. 남자는 혼수상태에 빠진 것 같았다. 피르미누는 재빨리 밖으로 나와 문을 닫았다.

자기 테이블로 다시 돌아왔을 때도 우울한 오십대 남자는 계속 샴페인 병을 뚫어지게 바라보고 있었다.

"조금 기다리셔야 할 것 같습니다." 피르미누가 그에게 조그맣게 말했다. "내실에 사람이 있어요."

"정말요?" 남자가 초조하게 물었다.

"확실합니다." 피르미누가 대답했다. "신사 한 분이 꿈의 세계에 빠져 있더군요."

우울한 오십대 남자는 절망적인 표정이 되었다.

"그런데 난 아주 급하단 말입니다." 그가 말했다. "아무리 길어도 2분 이상은 기다릴 수 없어요. 사무실로 가서 사장과 얘기를 좀 해보는 게 나을지도 모르겠군요."

"아, 물론이죠." 피르미누가 대답했다.

남자가 지배인에게 눈짓을 하고는 짧게 대화를 나눈 뒤, 둘이서 홀의 벽을 따라 멀어지더니 벨벳 커튼 뒤로 사라졌다. 불빛이 약해지며 아까 블루스를 불렀던 아가씨가 무대에 나타났고 두어 마디 농담으로 청중을 즐겁게 해주었다. 그리고 30년대 파두를 부르겠다고 약속하면서 비올라 연주자에게 약간 문제가 생겼으니 10분만 더 참아달라고 부탁했다. 피르미누는 복도 쪽 커튼에서 눈을 떼지 않았다. 우울한 오십대가 커튼 밖으로 나와 민첩한 걸음으로 테이블 사이를 지나 홀을 가로질렀다. 자리에 앉으면서 피르미누를 보았다. 그는 이제 우울하지 않았다. 눈이 반짝였고 얼굴은 활력이 넘쳤다. 피르미누를 향해 오케이 사인을 보내는 조종사처럼 엄지손가락을 높이 치켜들었다.

"좋아지셨습니까?" 피르미누가 물었다.

"25년은 젊어졌어요." 남자가 소곤거렸다. "그 여자는 그냥 닳아빠진 년이에요. 다만 그 사실을 알아차리는 데 시간이 좀 필요했던 거죠."

"약간 비싼 시간이었군요." 피르미누가 소곤거렸다.

"2백 달러 썼습니다." 남자가 말했다. "비밀이 보장된다고 생각하면 정말 싼값이지요."

"실제로 아주 비싼 건 아닙니다." 피르미누가 대답했다. "안타깝게도 저는 집에 달러를 놓고 와서요."

"티타니우는 달러만 받는답니다." 오십대 남자가 말했다. "친구, 당신이라면 모든 위험을 감수하고 포르투갈 에스쿠도를 받겠어요?"

"물론 아니지요." 피르미누가 단언했다.

"라 보엠에 예약했습니까?" 남자가 물었다. "안됐군요."

피르미누는 영수증을 보고 잔돈까지 정확히 계산했다. 다행히 에스쿠도로 지불할 수 있었다. 해안길을 걸어가고 싶었다. 시원한 바람을 조금 쐬면 틀림없이 기분이 좋아질 것이다.

16

피르미누는 플로르스 거리에 있는 아담한 저택의 안뜰로 들어가서 관리인이 있는 작은 관리실 앞을 지나갔다. 관리인이 재빨리 한번 쳐다보았다가 뜨개질거리로 다시 눈길을 돌렸다. 피르미누는 복도를 가로질러가서 초인종을 눌렀다. 처음 왔던 날처럼 문이 벌컥 열렸다.

돈 페르난두는 초록색 천이 덮인 테이블 앞에 앉아 있었는데, 너무 작은 의자에 거대한 몸집을 겨우 의지하고 있었다. 앞에는 카드가 놓여 있었다. 불붙은 시가는 테이블 위의 재떨이에 놓여 서서히 타들어가는 중이었다. 방에서는 곰팡이 냄새와 퀴퀴한 담배 냄새가 났다.

"지금 스파이트 앤드 맬리스* 게임을 하는 중이오." 돈 페르난두가

---

* 처음 받은 카드를 룰에 따라 제일 먼저 모두 내려놓는 사람이 이기는 카드 게임. 고양이와 쥐 게임이라고도 부른다.

말했다. "잘 안 되는구려. 오늘은 영 아니에요. 스파이트 앤드 맬리스 게임 할 줄 아시오?"

피르미누는 겨드랑이에 신문을 낀 채 변호사 앞에 말뚝처럼 서서 아무 말 없이 그를 보았다.

"사람들은 이걸 인내심 게임이라고 부르지." 돈 페르난두가 말했다. "하지만 정확한 말은 아니오. 운은 말할 것도 없고 직감과 논리도 필요하지. 이건 밀리건 게임의 변형인데, 밀리건 게임도 모르시오?"

"솔직히 말씀드리면 모릅니다." 피르미누가 말했다.

"밀리건은 여러 명이 하는 게임이오." 돈 페르난두가 설명했다. "쉰두 장짜리 카드 두 벌과 점수표를 가지고 하지요. 에이스나 퀸으로 시작하는데 에이스부터 하면 오름차순이 되고 퀸부터 하면 내림차순이 돼요. 그런데 이 게임에서 무엇보다 멋진 건 바로 장애물이오."

변호사는 족히 2센티미터 정도는 재가 되어버린 시가를 집어서 탐욕스럽게 한 모금 빨았다.

"소위 인내심 게임이라는 것들을 좀 공부해야 할 거요." 변호사가 말을 이었다. "몇몇 게임에는 우리 삶을 제약하는 참을 수 없는 논리와 유사한 메커니즘이 있지. 예를 들어 밀리건 같은 게임 말이오. 그나저나 앉아요, 젊은 양반, 그 의자에 앉아요."

피르미누는 자리에 앉아서 바닥에 신문 뭉치를 내려놓았다.

"밀리건은 아주 흥미롭죠." 변호사가 말했다. "기본은 게임을 하는 사람들이 다음 차례인 상대의 선택 폭을 제한하기 위해 함정을 파놓으려고 카드를 움직이는 거요. 그런 과정이 이어지지. 마치 제네바 국제 회의에서처럼 말이오."

변호사를 바라보는 피르미누의 얼굴에 당혹스러움이 묻어났다. 그는 변호사가 하려는 말을 재빨리 짐작해내려 했지만 성공하지 못했다.

"제네바 국제회의요?" 피르미누가 물었다.

"그래요." 변호사가 말했다. "몇 년 전 제네바 유엔 본부에서 열린 핵군축회의에 참관인 신청을 했소. 거기서 한 부인, 그러니까 비핵화를 제안한 나라의 대사와 친구가 되었지요. 그 부인의 나라는 핵실험을 하고 있으면서도 전 세계의 핵무기 폐기를 위해 애쓰고 있다는 것을 알게 되었소. 개념을 이해했나요?"

"이해했습니다. 모순이군요." 피르미누가 대답했다.

"그렇죠." 변호사가 계속 말했다. "부인은 최고의 교양과 학식을 갖추고, 당신도 짐작하겠지만 특히 카드 게임을 몹시 좋아하는 사람이었다오. 그래서 어느 날 나는 부인에게 협상 메커니즘을 설명해달라고 부탁했어요. 내 논리로는 이해할 수가 없었으니까. 뭐라고 대답했는지 아시오?"

"모르겠습니다." 피르미누가 대답했다.

"내가 밀리건을 공부해야 한다더군요." 돈 페르난두가 말했다. "논리가 똑같기 때문이라고요. 그러니까 게임을 하는 사람은 다른 게임 참가자와 협력을 주장하지만 사실은 상대의 선택 폭을 제한하기 위해 함정을 만들 궁리를 하면서 카드를 차례로 늘어놓는다는 거요. 어떻소?"

"멋진 게임인데요." 피르미누가 대답했다.

"아, 그렇죠." 돈 페르난두가 말했다. "우리 지구의 핵 균형이 바로 이 위에서, 그러니까 밀리건 위에서 유지되는 거요."

그가 카드 더미를 살짝 쳤다.

"그렇지만 나는 그 게임을 변형시킨 스파이트 앤드 맬리스 게임을 혼자서 하지. 이게 더 적절해요."

"무슨 뜻입니까?" 피르미누가 물었다.

"내가 나 자신과 상대방 역할을 동시에 맡으면서 혼자 게임을 한다는 거요. 내 생각으로는, 이 상황이 그걸 요구하는 듯해요. 미사일을 쏘고 피하는 것처럼 말이오."

"우리는 미사일을 하나 가지고 있습니다." 피르미누가 만족스럽게 말했다. "핵탄두 미사일은 아니지만 그보다 더 굉장한 거죠."

돈 페르난두가 카드를 흩었다가 한 장씩 다시 모으기 시작했다.

"흥미롭군요. 젊은이." 그가 말했다.

"'푸치니의 나비부인'에서 마약을 거래하고 있습니다." 피르미누가 말했다. "거기서 직접 투약할 수도 있고요. 복도 뒤쪽에 방들이 있는데, 오페라 아리아를 틀어놓고 편안한 소파도 됐더군요. 제 생각에는 주로 코카인을 파는 것 같지만 다른 종류일 수도 있습니다. 한번 흡입하는 데 2백 달러예요. 그곳을 경영하는 사람은 티타니우 실바가 틀림없습니다. 저희 신문에 그 사람 기사를 쓸까요?"

변호사가 일어나서 불안정한 걸음으로 방안을 가로질렀고, 이윽고 제국 스타일의 콘솔 테이블 근처에서 걸음을 멈췄다. 콘솔 위에는 피르미누가 미처 보지 못했던 사진이 든 액자가 놓여 있었다. 변호사가 콘솔의 대리석 상판에 팔꿈치를 기댔다. 피르미누의 눈에 그런 행동은 연극적으로 보였는데, 변호사는 마치 법정에 서서 말하는 듯했다.

"당신은 정말 훌륭한 기자로군요. 젊은이." 그가 크게 말했다. "물론 약간의 한계가 있기는 해요. 하지만 내게 돈키호테식으로 행동하지 마시오. 티타니우 실바는 굉장히 위험한 풍차니까. 잘 알다시피 우리의 용감한 돈키호테는 풍차 날개에 끌려들어가 호된 일을 당하잖소. 난 멍이 든 가여운 몸에 향유를 발라주는 산초 판사는 되고 싶지 않으니 당신에게 딱 한 가지만 말하지요. 귀를 열고 잘 들어요. 밀리건 게임에서의 동작처럼 중요한 거니까 귀를 열고 잘 들어야 해요. 이제 뉴스통신사*로 보낼 상세한 공식 발표문을 작성하시오. 아늑한 내실에, 오페라 아리아, 여러 종류의 마약이 든 봉투들, 철저하게 달러로만 셈하는 노련한 회계원 티타니우 실바 등, '푸치니의 나비부인'을 자세히 묘사한 이 상세한 공식 발표문이 포르투갈 언론, 상상 가능한 모든 신문에 일제히 보도될 거요. 인류의 숭고하고도 진보적인 운명을 중요하게 생각하는 신문과, 역시 인류의 숭고하고도 진보적인 운명을 인식하는 또다른 방법인데, 북부 기업가들의 스포츠카를 중요하게 생각하는 신문에 말이오. 간단히 말해서 각자 자기 식으로 뉴스를 전할 거란 얘기요. 어떤 신문은 분개하며 어떤 신문은 자극적으로 어떤 신문은 신중하게. 그러나 모두들 아마도, 다시 말하지만, 명백한 증언에도 불구하고 아까 말한 클럽에서 처벌을 받지 않고 마약을 판매하고 있다고 쓸 거요. 국가방위대가 수상하게도 너무 태평해서 처벌을 받지 않는다는 말에 더욱 힘이 실리는 거지. 국가방위대는 한 번도 그곳을 수사한 적이 없다, 앞서 말한 클럽에서는 몽상에 빠지게 하는 가루를 판매한다, 이 표현 마음에 드시오? 한 봉지에 2백 달러, 말하자면 포르투갈 평범한 직

---

* 독자적인 취재원을 두고 정보를 모아 신문, 잡지, 방송 등에 뉴스를 제공하는 언론사.

장인의 한 달 월급의 3분의 1에 해당하는, 소위 적당한 가격에 말이다. 이런 식으로 우리는 분명 '푸치니의 나비부인'과 티타니우 씨를 사법 당국의 손에 넘길 수 있을 거요."

변호사는 심호흡을 하려는 듯 말을 멈췄다. 물에 빠진 사람처럼 공기를 들이마셨는데, 숨쉬는 소리가 낡은 풀무에서 나는 소리 같았다.

"이게 전부 '푸로스' 때문이오." 변호사가 말했다. "이제 아바나를 구할 수 없어서 스페인산 '푸로스'를 사고 있지. 이제 아바나 시가는 추억이 돼버렸소. 어쩌면 쿠바란 섬도 이제는 추억으로만 남았는지 모르겠군요." 그러더니 이어서 말했다.

"이야기가 딴 데로 흘렀군요. 사실 샛길로 빠진 건 바로 나지. 미안해요. 오늘은 머릿속이 너무 복잡해서요."

변호사는 얼굴을 받치고 있던 한 손으로 축 늘어진 뺨을 만지고는 덧붙였다.

"게다가 잠도 잘 못 잤소. 불면증이 너무 심해서. 불면증 때문에 환영을 보는 탓에 시간이 뒷걸음질치게 돼요. 무슨 뜻인지 아시겠소?"

그가 답을 기다리는 얼굴로 피르미누를 보았다. 피르미누는 당혹스럽고 짜증이 났다. 돈 페르난두가 그를 대하는 태도, 혹은 다른 사람에게도 그러는지 모르겠지만, 마치 피르미누가 공범이라도 되듯, 자신이 의구심을 품고 있는 일을 확인해주길 바라는, 위협적으로까지 보이는 그런 태도가 마음에 들지 않았다.

"무슨 뜻인지 모르겠습니다." 피르미누는 아주 모호하게 말했다. "변호사님은 너무 애매하게 말씀하시는군요. 시간이 뒷걸음질친다는 게 무슨 말인지 이해가 가지 않습니다."

"시간." 변호사가 웅얼거리듯 말했다. "당신은 이 문제를 이야기하기에 적합한 상대가 아니라는 것을 알게 됐소. 물론 그렇지요. 당신은 젊으니까. 당신에게 시간은 앞으로 펼쳐지는 끈이겠지. 미지의 도로를 달려가면서 다음 굽잇길을 지나면 뭐가 나타날지에만 관심이 쏠려 있는 자동차 운전자처럼 말이오. 그런데 내가 하고 싶은 말은 그게 아니오. 나는 이론적인 개념을 말한 거요. 젠장, 내가 왜 이렇게 이론에 얽매이게 되었는지 누가 알겠소. 법에 종사하기 때문인지도 모르지요. 법 역시 거대한 이론이니까. 법이란 우리가 천문관의 의자에 앉아서 관찰할 수 있는 하늘 같은 무한한 돔이 천장 위로 펼쳐져 있는 불안한 건물이지. 예전에 물리 현상에 대한 논문이 우연히 내 손에 들어온 적이 있어요. 대학의 편안한 연구실에 틀어박혀 있는 몇몇 천문학자들이 연구한 노작 중 하나로 시간에 대한 것이었지. 나는 그중 한 문장에 대해 깊이 생각하게 되었어요. 갑자기 우주에서 시간이 존재하게 되었다고 말한 문장이었소. 논문의 저자는 심술궂게도 이런 개념을 우리 정신의 범주로는 이해하기 어렵다고 덧붙였더군요."

그가 탐색하는 눈초리로 피르미누를 보았다. 그러고는 자세를 바꾸어, 누군가를 자극하는 불량소년 같은 태도로 두 손을 주머니에 찔러 넣었다.

"오만해 보이고 싶지는 않소." 그가 도전적인 분위기로 말했다. "하지만 이렇게 추상적인 개념은 친절하게 번역해주어야 해요, 이해하시겠소?"

"최선을 다해 이해해보겠습니다." 피르미누가 대답했다.

"꿈이오." 변호사가 말을 이었다. "꿈속에서나 인간의 차원을 이론

물리학으로 번역할 수 있어요. 사실 이런 개념의 번역은 단순히 여기, 바로 이 안에서 일어나는 거요."

그는 집게손가락으로 자신의 관자놀이를 톡톡 쳤다.

"우리의 이 작은 머릿속에서 말이오." 그가 말을 계속했다. "하지만 잠을 자는 동안에만, 프로이트 박사에 따르면 무의식이 자유로운 상태가 된 통제할 수 없는 공간에서만 가능하지. 사실 그 대단한 탐정은 이론물리학의 정리定理와 꿈을 연결할 수는 없었소. 그렇지만 앞으로 누군가 그렇게 할 수 있다면 정말 흥미롭지 않을까요? 담배 한 대 피워도 되겠소?"

변호사가 불안한 걸음으로 작은 테이블까지 걸어가서 시가에 불을 붙였다. 담배를 한 모금 빨았지만 연기를 삼키지 않고 뱉어 공중에 원을 그렸다.

"가끔 할머니 꿈을 꿔요." 그가 생각에 잠긴 듯한 말투로 말했다. "할머니 꿈을 너무 자주 꾼다오. 그래요, 할머니는 내 어린 시절에 아주 중요한 분이었지. 나는 할머니 곁에서 성장했으니까. 실질적으로 나를 돌본 건 가정교사들이긴 했지만 말이오. 가끔은 어린 소녀인 할머니 꿈을 꾸기도 해요. 할머니도 당연히 어린 소녀였던 적이 있으니까. 잔인하고 나처럼 뚱뚱했던 노파, 머리를 뒤로 틀어올리고 목에 벨벳 리본을 매고, 검은색 비단옷을 입은 노파, 자신의 방에서 나와 차를 마시면서 조용히 나를 훑어보던 노파, 깨어 있을 때도 내겐 악몽 같았던 무시무시한 여인이 내 꿈속으로 찾아오는 거요. 그런데 어린 소녀가 들어와요. 이상하죠. 난 그 마녀 같은 노파에게 어린 소녀였던 시절이 있었을 거라고는 상상조차 할 수 없는데. 그런데 내 꿈속에서는 어린 소녀요. 구름처럼 가벼운 파란 원피스를 입고 맨발로 걸어다녀요. 곱슬곱슬한 머리가 어깨 위로 흘러내리고. 곱슬머리는 금발이더군요. 나는 개울의 이쪽 편에 있고, 소녀는 장밋빛이 감도는 작은 발로 흐르는 물 속의 돌을 밟으면서 내가 있는 곳으로 오려고 애써요. 나는 그 아이가 할머니라는 것을 알고 있지만 동시에 나처럼 어리다는 것도 알고 있지요. 내가 잘 설명했는지 모르겠군요. 이해하겠소?"

"잘 모르겠는데요." 피르미누가 조심스럽게 대답했다.

"내가 설명을 제대로 못한 것 같군요." 변호사가 계속 말했다. "꿈은 잘 설명할 수 없으니까. 꿈은 프로이트 박사가 우리에게 납득시키고 싶어했듯이 표현 가능한 지평 위에서 일어나지 않소. 나는 다만 이런 식으로 시간이 우리 꿈속에서 시작될 수는 있지만 그걸 말로 표현할 수는 없음을 말하고 싶었던 거요."

변호사가 재떨이에 시가를 눌러 껐다. 그리고 풀무가 돌아가는 것 같은 그 한숨을 다시 한번 깊게 내쉬었다.

"난 피곤해요." 그가 말했다. "기분 전환을 좀 해야 할 것 같군요. 당신에게 좀더 구체적인 것들을 이야기하고 싶지만 우린 지금 나가야 하오."

"전 걸어서 왔습니다." 피르미누가 말했다. "아시다시피 차가 없어서요."

"걸어서는 못 가요." 돈 페르난두가 말했다. "이 몸집으로는 걸어가기 너무 힘들어서. 오늘밤 식당 일로 별로 바쁘지 않다면 마누엘이 우리를 데려다줄 수 있을지도 모르겠군요. 아주 드문 일이지만, 마누엘이 내 운전수가 되어주기도 해요. 마누엘은 선친의 자동차를 관리하고 있지. 48년산 쉐보레인데 아주 잘 나간다오. 엔진이 기름처럼 매끄럽지. 우리를 태워다줄 수 있는지 한번 물어보도록 하죠."

피르미누는 변호사가 자신이 동의해주길 바라고 있음을 알아차리고 서둘러 고개를 끄덕였다. 돈 페르난두는 전화기를 들고 마누엘 씨에게 전화를 했다.

"포르투에서 도망치기는 쉽지 않소." 변호사가 말했다. "그러나 진짜 문제는 우리 자신으로부터 도망치기가 쉽지 않다는 것이지. 너무 빤한 말을 해서 미안하오."

자동차가 해안 도로를 달렸다. 마누엘 씨는 아주 조심스럽게 운전했다. 어둠이 내렸고, 도시의 불빛은 왼쪽으로 멀어져갔다. 거대한 슬레이트 건물 앞을 지날 때, 변호사가 애매한 손짓으로 건물을 가리키며 말했다.

"전력 회사의 구 본사요. 음산한 건물이지, 안 그렇소? 지금은 도시의 유물을 보관하는 창고로 쓰이고 있어요. 하지만 어린 시절 어른들을 따라 목장에 가곤 했는데 시골에는 그때까지 전기가 들어오지 않았소. 사람들은 석유램프를 썼지요."

"가축들의 집 말입니까?" 마누엘 씨가 살짝 몸을 돌리며 물었다.

"가축들의 집." 변호사가 대답했다.

변호사가 창문을 열자, 시원한 바람이 들어왔다.

"가축들의 집은 내가 유년 시절을 보낸 곳이오." 변호사가 중얼거렸다. "내 생애 처음 몇 년을 그곳에서 보냈지요. 독일인 여자 가정교사가 일요일이면 나를 도시로 데려왔는데, 할머니와 차를 마시기 위해서였다오. 그 목장에 사는 여인이 어머니 역할을 대신해주었어요. 이름은 메나였지."

자동차가 다리를 건너 오른쪽으로 접어들어 차가 별로 다니지 않는 길로 갔다. 피르미누는 전조등 불빛으로 두 개의 이정표를 읽을 수 있었다. 아레이뉴와 마사렐루스. 피르미누는 한 번도 들어본 적 없는 지명이었다.

"내가 어렸을 때 전성기를 누리던 농장이오." 변호사가 말했다. "가축들의 집이라고 불렀지요. 주로 말을 키웠고 노새와 돼지도 있었소. 젖소는 없었어요. 젖소는 북쪽에, 아마란트 근처의 농장에서 키웠지. 여기는 주로 말이 있었소."

그가 한숨을 쉬었다. 하지만 거의 감지할 수도 없을 정도였다.

"내 유모 이름은 메나였소." 그가 속삭이듯 계속 말했다. "줄여서 부른 이름인데 난 항상 메나, 메나 엄마라고 불렀어요. 자식 열 명도 먹여 키울 수 있을 정도로 가슴이 풍만한 여인이었지. 난 그 가슴에, 메나 엄마의 가슴에 안겨 위안을 얻곤 했다오."

"아름다운 추억이네요." 피르미누가 말했다.

"안타깝게도 메나는 너무 일찍 세상을 떠났지." 변호사는 피르미누의 말에는 신경쓰지 않은 채 계속 말했다. "난 메나의 아들에게 목장을 선물로 주면서 말 몇 마리를 계속 데리고 있겠다는 약속을 받았소. 그래서 그는 지금도 말을 서너 마리 기르고 있어요. 손해를 보긴 해도, 그냥 내 변덕에 맞춰주려고 기르는 거지. 내가 어린 시절의 집에 온 기분을 느끼도록 말이오. 난 위로가 필요하거나 깊게 생각할 일이 있을 때 그곳으로 쉬러 간다오. 메나 엄마의 아들 조르즈는 내게 남아 있는 유일한 친지요. 내 젖형제지. 나는 원할 때면 언제든 그의 집에 갈 수 있소. 알아둬요. 오늘밤 기자님은 굉장한 특권을 누리는 거요."

"잘 알고 있습니다." 피르미누는 대답했다.

마누엘 씨가 좁은 비포장도로로 들어서자 자동차 뒤로 먼지구름이 일었다. 좁은 길 끝에 목장 앞마당이 있고 옛날식 농가가 자리잡고 있었다. 현관 주랑 아래에서 나이 많은 노인이 기다리고 있었다. 변호사가 차에서 내려 그를 포옹했다. 피르미누가 악수를 하자, 남자가 우물우물 환영 인사 몇 마디를 했다. 그가 돈 페르난두의 젖형제라는 것을 알 수 있었다. 그들은 나무 대들보가 드러나 있는 소박한 응접실로 들어갔다. 식탁에는 5인분의 식사가 준비되어 있었다. 피르미누에게 앉으라고 권한 다음, 변호사는 조르즈 씨를 따라 부엌으로 사라졌다. 그들은 둘 다 백포도주 잔을 들고 돌아왔다. 뒤따라온 아가씨가 모두의 잔에 포도주를 가득 따라주었다.

"이 목장에서 빚은 포도주요." 변호사가 설명했다. "우리 형은 포도주를 해외 시장에 수출하는데 이 포도주는 시장에서는 구할 수 없어요. 집에서만 마시는 거지."

그들은 건배를 하고 자리에 앉았다.

"형수도 나오라고 하지." 변호사가 조르즈 씨에게 말했다.

"수줍음 많은 거 잘 알지 않나." 조르즈 씨가 대답했다. "저 아이하고 부엌에서 먹겠다는군. 대화는 남자들끼리 나누는 거라고."

"형수도 나오라고 해." 돈 페르난두가 권위적인 목소리로 말했다. "우리하고 같이 식사를 했으면 좋겠어."

노인의 아내가 도자기 쟁반을 들고 들어와서 인사를 하고 조용히 자

170

리에 앉았다.

"돼지갈비구이야." 조르즈 씨가 변명하듯 변호사에게 설명했다. "항상 출발하기 바로 전에 전화를 주니까, 우리가 준비할 수 있는 요리가 이정도뿐이잖나. 돼지는 우리가 기른 게 아니지만 믿어도 돼."

저녁식사를 하는 동안 사람들은 거의 말을 하지 않았다. 습하고 무더운 날씨라든가 참을 수 없는 교통 체증, 뭐 그런 이야기뿐이었다. 마누엘 씨가 농담을 해보려고 이렇게 말했다.

"아, 있잖아요, 조르즈 씨, 우리 레스토랑에도 당신 같은 요리사가 있으면 좋겠어요!"

"우리집 요리사는 내 아내라네." 조르즈 씨는 짧게 대답했다.

대화는 거기서 끝났다. 포도주를 따랐던 젊은 처녀가 부엌으로 들어가서 커피를 가져왔다.

"조아킹의 손녀라네." 조르즈 씨가 돈 페르난두에게 말했다. "조아킹네 집보다 우리집에서 더 많이 지내지. 조아킹 기억나지? 죽기 전에 정말 고통스러워했는데."

변호사는 아무 대답 없이 고개만 끄덕였다. 조르즈 씨가 그라파* 병의 마개를 따서 모두의 잔에 따랐다.

"페르난두," 조르즈 씨가 말했다. "나하고 마누엘은 여기 앉아서 이야기를 좀 나누겠네. 옛날 자동차에 대해 할말이 많아서. 손님에게 말을 보여주고 싶으면 나갔다 와도 돼."

변호사가 한 손에 그라파 잔을 들고 일어섰다. 피르미누는 그를 따

---

* 포도주를 짜고 남은 찌꺼기로 만든 증류주.

라 집밖으로 나갔다. 별이 총총 뜬 밤이었고, 하늘은 이상하리만큼 밝게 빛났다. 언덕 너머로는 포르투 시내의 불빛이 반사되어 보였다. 변호사는 피르미누와 나란히 안뜰 쪽으로 몇 걸음 걸어갔다. 그가 한 팔을 들어 농가 마당을 따라 둥글게 원을 그렸다.

"마르멜루나무들이오." 변호사가 말했다. "옛날에는 이 주위가 전부 마르멜루나무 천지였어요. 열매가 셀 수도 없이 땅에 떨어져서 돼지들이 나무 밑에서 열매를 정신없이 먹었지. 메나는 검게 그을린 큰 냄비에 마르멜루 잼을 만들었소. 화덕에서 끓였지요."

마당 저편에 마구간과 건초저장고의 시커먼 윤곽이 드러났다. 변호사는 변함없이 불안정한 걸음으로 그쪽으로 걸어갔다.

"아르투르 론돈이라는 이름을 들으면 무슨 생각이 나시오?" 그가 웅얼거렸다.

피르미누는 잠시 생각해보았다. 그는 변호사가 느닷없이 던지는 질문에 대답할 때면 실수를 할까봐 늘 두려웠다.

"체코슬로바키아 공산주의자들에게 고문당했던 체코슬로바키아 정치지도자 아닙니까?" 그가 생각해냈다.

"거짓 고백을 했기 때문이지요." 변호사가 덧붙였다. "나중에 그 사건에 대한 책을 썼고요. 책 제목은 『고백』이오."

"영화를 봤습니다." 피르미누가 말했다.

"책이나 영화나 똑같아요." 변호사가 웅얼거렸다. "제일 잔인하게 고문한 사람은 코호우테크와 스몰라였소. 이게 그들의 본명이오."

그가 마구간 문을 열고 안으로 들어갔다. 말 세 필이 있었는데 그중 한 마리가 놀란 듯 발로 땅을 긁었다. 문 위에는 보통 기차에서 쓰는 푸르스름한 둥근 전등이 달려 있었다. 변호사가 정육면체로 압축해놓은 짚더미에 육중한 몸을 앉혔고 피르미누도 따라 앉았다.

"난 이 냄새가 좋소." 돈 페르난두가 말했다. "우울할 때마다 여기 와서 이 냄새를 맡고 말을 보지요."

그러고는 두툼한 자기 배를 툭 쳤다.

"나 같은 사람, 이렇게 기형적이고 보기 흉한 몸을 가진 사람은 아름다운 말을 보면서 일종의 위안을 느끼고 자연에 대한 신뢰를 얻게 돼요. 그건 그렇고 앙리 알레그라는 이름을 들으면 어떤 생각이 나시오?"

피르미누는 다시 불시에 공격당한 기분이었다. 그는 어둑어둑한 마구간 안에서 고개를 저었다. 대답하고 싶지 않았다.

"안타깝군요." 변호사가 말했다. "당신 동료요. 기자이고, 『문제』라는 책을 썼지요. 유럽인, 프랑스인인데 공산주의자이자 친알제리파였기 때문에 1957년에 프랑스 무장군에게 고발당했소. 책에서 그는 다른 레지스탕스들 이름을 밝히라는 요구에 응하지 않았을 때 알제리에서 어떻게 고문당했는지 들려주었지요. 요약해보죠. 론돈은 공산주의자들에게 고문당했고 알레그는 공산주의자여서 고문당했소. 이를 통해 우리는 어떤 이유로든 도처에서 고문당할 수 있다는 것을 확인할 수 있어요. 이게 진짜 문제지요."

피르미누는 대답하지 않았다. 갑자기 말이 비명을 지르며 울었는데, 피르미누의 눈에는 말이 불안해 보였다.

"알레그를 고문한 사람은 샤보니에르라는," 변호사가 조그맣게 말했다. "낙하산 부대의 중위였지. 알레그의 고환에 전기충격을 가한 사람이 바로 이 샤보니에르요. 난 고문한 사람들의 이름을 기억해야 한다는 강박관념이 있어요. 왠지 모르지만, 고문한 사람의 이름을 기억하는 것이 의미가 있으리라는 인상을 받아요. 왠지 알겠소? 고문은 개인의 책임이오. 상관의 명령에 복종했을 뿐이라고들 하지만 용납할 수는 없소. 너무나 많은 사람들이 상관의 명령이라는 초라한 변명 뒤에 몸을 숨기고 합법적으로 발뺌하며 자신을 지키지요. 이해하겠소? 근본규범 뒤에 숨는 거요."

그가 한숨을 크게 쉬었다. 그러자 말 한 마리가 이에 답하듯이 신경질적으로 땅을 긁어댔다.

"아주 오래전 열의에 넘치는 젊은이였을 때, 그래서 글쓰기가 뭔가에 도움이 될 거라고 믿었던 때에 고문에 대한 글을 써야겠다는 생각을 하게 됐소. 제네바에서 돌아온 참이었는데, 그때 포르투갈은 사람들에게서 어떻게 자백을 받아내야 하는지 잘 아는 정치경찰이 지배하던 독재국가였지. 내 말을 이해했는지 모르겠군요. 포르투갈에는 내가 마음껏 연구할 수 있을 만큼의 훌륭한 사례가 넘쳤소. 포르투갈 종교재판 말이오. 그래서 나는 토흐 두 톰부 국립도서관 자료실에 드나들기 시작했어요. 수세기 동안 사람들을 고문했던 자들의 치밀한 방법은 특히 흥미롭더군. 고문하는 사람들은 위대한 해부학자인 베살리우스*가 연구한 인체의 근육, 사지를 관통하는 주요 신경조직, 우리의 가여운 생식기 들이 보일 수 있는 반응을 훤히 알고 있었소. 완벽한 해부학 지식을 가지고 있었고 모든 일을 근본규범의 이름으로 행한 거요. 일반적인 근본규범보다 더 큰 근본규범, 완벽한 규범의 이름으로 말이

---

* 벨기에 의학자. 현대 해부학의 창시자.

오. 내 말 이해하겠소?"

"무슨 뜻입니까?" 피르미누가 물었다.

"하느님이오." 변호사가 대답했다. "부지런하고 너무나 치밀했던 그 고문기술자들은 하느님을 대신해서 일한 거요. 하느님으로부터 명령을 받았다는 거지요. 개념은 사실 똑같소. 나는 책임이 없다. 나는 보잘것없는 하사관일 뿐이다. 난 대위에게서 명령을 받았다. 난 장군 혹은 국가에게 명령을 받았다. 아니면 하느님에게. 하느님은 제일 거역할 수 없는 대상이죠."

"그런데 아무 글도 안 쓰셨습니까?" 피르미누가 물었다.

"포기했소."

"왜요?" 피르미누가 물었다. "이런 걸 여쭤보는 저를 용서하십시오."

"이유야 누가 알겠소." 돈 페르난두가 대답했다. "근본규범에 대항하는 글을 쓰는 게 의미 없는 일 같았는지도. 특히 아주 거만한 독일인이 고문에 관해 쓴 논문을 읽고 마음을 정하게 되었지요."

"이런 질문 죄송합니다만," 피르미누가 말했다. "변호사님은 독일인의 글만 읽으십니까?"

"거의 그렇지요." 돈 페르난두가 대답했다. "내가 포르투갈에서 자라긴 했지만 문화적으로는 독일에 속해 있기 때문일 수도 있소. 나를 표현하기 위해 제일 처음 배운 말이 독일어니까. 그 논문의 저자는 알렉산더 미체를리히요. 정신분석가지. 불행히도 정신분석가들이 고문 문제까지 다루기 시작한 거요. 그래, 그는 십자가상의 이미지를 끌어내 그게 우리 문화와 결합되어 있다고 확언하더군요. 그리고 이렇게 주장했소. 무의식 속에서 죽음 자체가 충분한 형벌이 되지 않는다면,

이렇게 결론 내릴 수 있다고, 우리는 환상을 갖지 말아야 한다. 인간의 파괴 충동을 누를 수 없기 때문에 고문은 결코 사라지지 않을 것이다. 간단히 말하면 L'homme est méchant(인간은 사악하다)이기 때문에 체념해야 한다는 거요. 그가 프로이트의 이론을 통해 말하고 싶었던 것은 이게 전부였소. L'homme est méchant. 그래서 나는 다른 선택을 했지."

"말하자면?" 피르미누가 물었다.

"실제 행동으로 옮기는 거요." 돈 페르난두가 대답했다. "고문당하는 사람들을 변호하기 위해 법원에 가는 것이 훨씬 더 겸손한 행동이니까. 농업 논문을 쓰는 일하고 곡괭이로 흙을 파는 일 중에 어느 쪽이 더 유용하다고 말할 수는 없지만, 난 농부처럼 곡괭이로 흙덩이를 부수는 쪽을 선택했어요. 겸손에 대해 말했지만, 내 말을 곧이곧대로 믿지는 마시오. 결국 나는 오만함 때문에 이런 태도를 취한다고 할 수 있으니."

"왜 이런 이야기를 제게 하시는 겁니까?" 피르미누가 물었다.

"다마세누 몬테이루는 고문을 당했소." 변호사가 웅얼거렸다. "온몸에 담뱃불로 지진 자국이 있어요."

"그걸 어떻게 아셨습니까?" 피르미누가 물었다.

"내가 두번째 부검을 요청했소." 돈 페르난두가 말했다. "첫번째 부검 보고서에는 이런 세부 사항이 적혀 있지 않더군요."

천식 환자처럼 그르렁거리는 소리를 내며 그는 숨을 깊이 들이쉬었다.

"나가죠." 그가 말했다. "시원한 공기가 필요해요. 그런데 이 내용을 당신 신문에 쓰시오. 물론 제보자는 익명으로. 하지만 당신이 당장 대중에게 알려야 해요. 이삼일 뒤에는 수사상의 비밀과 진행중인 수사에 대해 알리게 될 거요. 그렇지만 일단은 한 번에 하나씩 하죠."

그들은 농장 마당으로 나왔다. 돈 페르난두가 고개를 들어 하늘을 보았다.

"별이 참 많군요." 그가 말했다. "성운이 셀 수도 없이 많아요. 젠장, 성운이 셀 수도 없이 많은데, 우리는 여기서 사람 생식기에 끼워 고문할 때 쓰는 전극 같은 것에나 골몰하고 있다니."

17

　도나 호자가 응접실 안락의자에 앉아 커피를 마시고 있었다. 오전 10시였다. 피르미누는 잠을 깨려고 15분 동안 따뜻한 물로 샤워를 했으나 아직도 약간 멍한 얼굴이었다.

　"젊은이." 도나 호자가 친절하게 말했다. "이리 와서 나하고 커피 한잔해요. 얼굴 볼 틈이 없군요."

　"어제는 식물원에 갔습니다." 피르미누가 변명했다. "하루종일 거기 있었어요."

　"그럼 그저께는요?" 도나 호자가 물었다.

　"박물관에 갔다가 극장에 갔습니다." 피르미누가 대답했다. "리스본에서 보지 못한 영화를 상영하고 있어서요."

　"그럼 그전날에는요?" 도나 호자가 미소를 지은 채 집요하게 물었다.

"변호사님 댁에요." 피르미누가 말했다. "저녁에 변호사님이 교외에 있는 자기 목장으로 데려가주셔서 함께 저녁식사를 했습니다."

"이제 그분 소유가 아니에요." 도나 호자가 정정했다.

"들었습니다." 피르미누가 대답했다.

"그래, 식물원에서는," 도나 호자가 물었다. "뭐 흥미로운 거 좀 발견했나요? 난 한 번도 가본 적이 없어요. 집에만 틀어박혀 있지요."

"백 년 된 용혈수가 있었어요." 피르미누가 대답했다. "거대한 열대 나무인데 포르투갈에는 몇 그루 없답니다. 19세기에 살라베르라는 사람이 심었다는군요."

"정말 아는 게 많군요, 젊은이." 도나 호자가 감탄했다. "사실 이런 일을 하려면 교양이 필요하겠지요. 얘기 좀 해줘요. 나무를 심은 그 외국 신사는 어떤 사람인가요?"

"저도 많이 알지는 못합니다." 피르미누가 대답했다. "제 가이드북에서 읽었어요. 나폴레옹 침공 당시에 포르투에 온 프랑스인입니다. 제 생각에는 프랑스군 장교였던 것 같습니다. 식물을 아주 좋아했죠. 포르투에 식물원을 세운 사람이에요."

"프랑스인은 교양 있는 사람들이지요." 도나 호자가 말했다. "우리보다 훨씬 먼저 혁명으로 공화국을 세웠으니까요."

"우리는 1910년에야 공화국이 됐죠." 피르미누가 대답했다. "나라마다 사정이 있으니까요."

"어제 올라*에서 북유럽의 군주제에 대한 프로를 방송했어요." 도나

---

* 스페인의 TV 채널.

호자가 말했다. "그쪽 사람들은 정말 멋지던걸요. 스타일이 우리와 전혀 달라요."

"그 사람들은 나치에도 저항했죠." 피르미누가 말했다.

도나 호자가 깜짝 놀라 조그맣게 탄성을 질렀다.

"그건 몰랐어요." 그녀가 중얼거렸다. "멋진 사람들이 맞군요."

피르미누는 커피를 마저 마시고 일어나서 신문을 사러 가야 한다며 양해를 구했다. 도나 호자가 환한 얼굴로 소파 위에 놓인 신문 뭉치를 가리켰다.

"여기 다 있어요." 그녀가 말했다. "금방 나온 신문들이에요. 프란시스카가 8시에 가서 사왔죠. 끔찍한 사건이네요. 신문마다 대서특필했더라고요. 티타니우는 정말로 곤경에 빠졌지 뭐예요. 당신 같은 신문 기자들이 없었다면 아마 경찰은 그 클럽에 절대 가지 않았겠죠. 신문이 있어서 다행이라는 말이에요."

"자랑하려는 건 아닙니다만, 저희는 할 수 있는 일을 할 뿐이죠." 피르미누가 대답했다.

"변호사님이 9시에 전화하셨어요." 도나 호자가 알려주었다. "기자님하고 할 얘기가 있다던데요. 사실 모든 걸 내게 맡겼지만, 먼저 돈 페르난두하고 기자님이 이야기해보는 게 좋을 듯해요."

"당장 만나러 가겠습니다." 피르미누가 대답했다.

"그러지 않는 편이 좋겠어요." 도나 호자가 분명하게 말했다. "오늘은 변호사님이 기자 양반을 만날 수 없을 거예요. 위기가 찾아왔거든요."

"위기라뇨?" 피르미누가 물었다.

"우리 각자에겐 나름의 위기 상황이 있지요." 도나 호자가 부드럽게 말했다. "그러니까 오늘은 변호사님을 방해하지 않는 게 좋아요. 그렇지만 걱정은 하지 마세요. 다시 기자님에게 전화해서 전부 다 설명할 거라고 하셨으니까. 그냥 인내심을 갖고 조금만 기다리면 될 거예요."

"알겠습니다." 피르미누가 말했다. "인내심이라면 자신 있죠. 그런데 카페 센트랄르까지라도 산책을 좀 갔다 왔으면 좋겠군요."

"알았어요, 진한 커피가 필요한 거군요." 도나 호자가 자애롭게 말했다. "아침에 프란시스카가 타주는 이 커피에는 보리가 잔뜩 들어 있으니까요.* 진한 에스프레소가 필요한 거죠. 지금 한 잔 가져올게요. 여기 그냥 있으면서 그사이에 그 나이트클럽에 관해 대서특필한 저 많은 기사들을 읽어요. 그리고 조금 있다가 텔레비전에서 방영하는 자연 프로그램을 봅시다. 본 적 있는지 모르지만 내가 아주 좋아하는 프로예요. 리스본 대학의 훌륭한 과학자가 나오는데, 오늘은 알가르브의 카멜레온을 다룬대요. 알가르브는 유럽에서 카멜레온이 살아남아 있는 몇 안 되는 곳 중 하나래요. 프로그램 소개에서 읽었어요."

"카멜레온은 어디서나 살아남을 수 있을 것 같은데요." 피르미누가 장난스럽게 말했다. "색깔만 바꾸면 되니까요."

"나도 막 그 말을 하려던 참이었는데." 도나 호자가 살짝 웃으면서 말했다. "기자님은 당연히 직업상 이런 종류의 카멜레온을 훨씬 더 많이 알겠죠. 난 이 집에 틀어박혀 있으니까요. 그렇지만 나도 몇몇 카멜레온들은 잘 안답니다, 내 말 믿어요. 특히 이 도시에 있는 카멜레온들

---

* 이탈리아와 그 주변국에서 마시는 카페 도르초는 볶은 보리를 커피처럼 내려 마시는 음료다. 커피와 맛이 비슷하고 카페인이 없어 사람들이 즐겨 마신다.

이죠."

텔레비전 화면에 하얀 모래사장이 펼쳐진 석호潟湖와 고르지 않은
모래 언덕들이 나타났다. 피르미누는 타비라와 비슷하다고 생각했다.
어쩌면 타비라 근처일 수도 있다. 해변에 보이는 오두막은 식당으로
작은 플라스틱 테이블이 몇 개 있었고, 외국인 분위기를 풍기는 금발
손님들이 조개를 먹고 있었다. 텔레비전 카메라가 주근깨투성이 아가
씨를 화면에 잡고 여길 어떻게 생각하느냐고 물었다. 아가씨가 영어로
대답해서 화면에 자막이 흘렀다. 아가씨는 이 해변은 자기처럼 노르웨
이에서 온 사람에게는 진짜 낙원 같은 곳이라고 말했다. 생선 요리는
환상적이고 해산물 요리는 노르웨이에서 커피 두 잔 가격밖에 안 된다
고도 했다. 하지만 그 오두막에서 점심을 먹고 싶었던 가장 큰 이유는
페르난두 페소아* 때문이었다면서 아가씨는 레스토랑을 덮은 덩굴의
나뭇가지를 집게손가락으로 가리켰다. 카메라 렌즈가 나뭇가지에 초
점을 맞췄다. 그리고 꼼짝도 하지 않고 큰 눈을 이리저리 굴리는 커다
란 도마뱀을 클로즈업했다. 도마뱀은 마치 나무의 일부 같았다. 알가
르브에 생존해 있는 가여운 카멜레온 중 한 마리였다. 텔레비전 기자
는 노르웨이 아가씨에게 그 동물을 왜 페르난두 페소아라고 부르는지
물었다. 그러자 아가씨는 페르난두 페소아의 시는 한 편도 읽어보지
않았지만 그가 수천 가지 얼굴을 가진 사람이라는 사실은 알고 있다고
대답했다. 카멜레온처럼 온갖 모습으로 변장할 수 있다는 얘기였다.
주인이 식당 이름을 이렇게 지은 것도 바로 이 때문이었다. 카메라가

---

* 20세기 포르투갈을 대표하는 시인이자 작가. 대표작으로 『불안의 책』이 있다.

손으로 칠한 식당 간판 쪽으로 이동해서 '카멜레온 페소아'라고 적힌 간판을 비췄다.

바로 그때 전화벨이 울렸고 도나 호자가 피르미누에게 전화를 받으라는 눈짓을 했다.

"기자 양반에게 두 가지 할말이 있어요." 변호사가 말했다. "메모할 수 있소?"

"수첩을 가지고 있습니다." 피르미누가 대답했다.

"양측의 진술이 서로 모순돼요." 변호사가 말했다. "중요하니까 메모하도록 해요. 처음에 짜맞춰서 한 진술에서 그들은 다마세누를 경찰서에 데려갔다는 사실을 부인했소. 그런데 불행히도 증인이 나타나서 그들이 한 거짓말이 들통난 거요. 증인인 토흐스가 그때 자기 차로 그들의 뒤를 쫓은 거지. 그들은 다마세누를 길에 내려주었다고 했는데 거리를 유지하며 자기 차로 포르투까지 미행했던 토흐스는 다마세누가 경찰서에서 뺨을 맞고 주먹질당하는 것을 자기 눈으로 봤다고 주장하고 있소. 이제 두번째 모순이오. 그들은 그저 확인만 하려고 몬테이루를 경찰서에 데려갔다는 식으로 시인할 수밖에 없었소. 그리고 확인을 위해 길어봤자 30분 정도 잡아두었다고 했어요. 그들이 자정쯤 들어왔다고 가정한다면, 대략 밤 12시 30분에는 몬테이루가 제 발로 경찰서에서 걸어나왔어야 하지. 내 말 잘 듣고 있소?"

"잘 듣고 있습니다." 피르미누가 안심시켰다.

"다만 토흐스가," 변호사가 계속했다. "뚝심 있는 타입 같은데, 2시까지 자동차에 있었는데 밖으로 나오는 다마세누 몬테이루를 못 봤다고 주장한다는 거요. 내 말 잘 듣고 있소?"

"잘 듣고 있습니다." 피르미누가 확인했다.

"그러니까," 변호사가 말했다. "적어도 2시까지 몬테이루는 경찰서에 있었다는 뜻이오. 그후 토흐스는 집으로 돌아가는 게 좋겠다고 생각해 떠났소. 그런데 이 지점에서 일이 굉장히 복잡해져요. 예를 들어, 그때 경찰서에 출입하는 사람을 기록했어야 하는 당직자는 어린애처럼 뺨을 책상에 대고 잠을 자고 있었다는군요. 초록 귀뚜라미는 탕비실로 내려가 부하의 도움을 받아 커피를 준비했다고 하고. 이런 것들을 이용해 그들은 좀더 논리적인 진술을 만들어 최종 진술을 준비했고, 초록 귀뚜라미는 분명 그 진술을 재판에서 사용할 거요. 그러나 기자님은 이렇게 짜맞춘 이야기를 내게서 들을 게 아니오."

"그럼 누구에게 들어야 되나요?" 피르미누가 물었다.

"티타니우 실바에게서 직접 듣게 될 거요." 변호사가 대답했다. "이게 틀림없이 실바가 지어내는 마지막 이야기가 될 테고 분명 재판에서도 써먹을 테지. 어쨌든 이런 진술은 그의 입을 통해 직접 들어야 해요."

피르미누는 수화기를 타고 전해지는 가쁜 숨소리와 몇 차례의 기침소리를 들었다.

"천식이 발작했소." 변호사가 가쁘게 숨을 쉬며 설명했다. "내 천식은 심인성이오. 귀뚜라미들 날개 밑에 미세한 가루가 있는데 그 가루 때문에 천식이 생기는 거요."

"제가 어떻게 해야 합니까?" 피르미누가 물었다.

"직업윤리에 대해 함께 이야기하기로 약속했었지요." 변호사가 대답했다. "이 전화가 첫번째 실제 수업이라고 생각해요. 일단 이자들의 모순을 당신 신문에서 강조하시오. 여론을 만들어가야지요. 그리고 최종 진술에 대해, 당신이 초록 귀뚜라미를 찾아가 인터뷰를 하시오. 그 사람은 분명 인터뷰를 하면서 조심에 또 조심하고 있다고 생각할 거요. 하지만 우리도 조심에 또 조심하는 거지. 밀리건 게임을 할 때처럼 각자 자신의 게임을 하는 거요. 내 말 알겠소?"

18

　우리는 도우루 강 어귀의 유명한 아이스크림 가게 '안타르티쿠'에서 만났다. 아이스크림 집 앞으로는 포르투를 가로지르는 눈부신 강이 펼쳐져 있다. 여론의 관심이 집중된 한 인물이 우리와의 만남을 허락했다. 몇몇 증언에 따르면 다마세누 몬테이루의 죽음에 중요한 책임을 져야 할지도 모르는 인물, 바로 국가방위대의 티타니우 실바다. 그의 간략한 프로필은 다음과 같다. 55세, 펠게이라스 출신, 출신 배경 평범, 마프라 군사학교 졸업, 1970년부터 73년까지 앙골라 전투 참가, 아프리카 복무로 명예 훈장 받음, 10년 전부터 포르투 국가방위대 본부에서 경위로 근무.

　—경위님, 저희가 준비한 간략 프로필이 맞습니까? 아프리카 전

쟁*의 영웅이십니까?

—나는 영웅이라고 생각하지 않습니다. 조국과 국가를 위해 임무를 다했을 뿐입니다. 사실 앙골라에 갔을 때는 그 나라가 어디 붙어 있는지도 몰랐습니다. 해외에 있는 우리 영토에 가서야 애국심이 생겼다고 할 수 있죠.

—경위님에게 애국심이 무엇을 의미하는지 좀더 정확히 정의해주실 수 있습니까?

—우리 문화를 전복시키는 위험한 자들과 싸우고 있다는 점을 자각했다는 의미입니다.

—문화란 무엇을 가리킵니까?

—우리 문화가 포르투갈 문화니, 포르투갈 문화를 가리키지요.

—그럼 전복시키는 자란 말은?

—아밀카르 카브랄** 같은 자들의 명령에 따라 우리에게 총을 쏘는 흑인을 말합니다. 태곳적, 앙골라에 문화도 기독교도 없던 시절부터 우리 소유였던 땅을 지키고 있다는 사실을 나는 자각했습니다. 바로 우리가 그것들을 전해주었지요.

—그러면 훈장을 받고 포르투갈로 돌아와 포르투 경찰서에서 근무를 시작하신 거군요.

—정확히 말하면 그렇지는 않습니다. 처음에는 리스본 근교에 배

---

* 포르투갈 식민지 전쟁. 1960년대에서 70년대까지 포르투갈군과 앙골라, 기니비사우, 모잠비크 등 포르투갈령 아프리카 식민지 사이에 일어난 군사적 충돌이다.
** 기니비사우의 농업기술자, 작가, 혁명가. 포르투갈령 식민지 독립 운동의 주요인물이었으며, 그의 동생인 루이스 카브랄은 훗날 기니비사우의 초대 대통령이 되었다.

치되었습니다. 우리가 전쟁에서 패했기 때문에 아프리카에서 돌아오는 실업자들, 헤토르나두스* 문제를 해결해야 했지요.

—우리가 누굽니까? 누가 전쟁에 졌죠?

—우리, 포르투갈 말입니다.

—구식민지에서 돌아온 사람들은 어땠습니까?

—문제가 아주 많았습니다. 일류 호텔에 묵겠다고 주장했기 때문이죠. 경찰서에 돌을 던지며 시위를 하기도 했고요. 앙골라에 남아 총을 들고 그 땅을 지키긴커녕 리스본으로 와서 호화로운 대접을 요구한 겁니다.

—당신의 다음 근무지는 어디였습니까?

—포르투로 전근을 오게 됐습니다. 그렇지만 처음에는 빌라노바드가이아에 배치되어 거기서 근무했습니다.

—들리는 말로는 거기서 모종의 친교를 맺으셨다고 하더군요.

—무슨 뜻입니까?

—수출입 회사 사람들과 친구가 되셨다는 말을 들었습니다.

—중상모략 같군요. 비난하고 싶으면 솔직하게 말해요. 고소해주지. 당신네 기자들은 정말 법정으로 끌고 가야 할 인간들이라니까.

—아, 아닙니다. 경위님. 너무 흥분하지 마십시오. 그냥 떠도는 소문을 말씀드린 것뿐입니다. 그렇기는 하지만 우리는 경위님이 스톤스 오브 포르투갈을 알고 계신다는 사실은 확인했습니다. 혹시 이것도 중상모략이라고 생각하십니까? 단도직입적으로 묻겠습니다. 당

---

* 포르투갈어로 '귀환자'라는 뜻. 구식민지에서 돌아온 포르투갈인을 가리킨다.

신은 스톤스 오브 포르투갈을 알고 계십니까?

—포르투 근방의 회사는 모두 알고 있듯이 그 회사도 알고 있을 뿐입니다. 그리고 보호가 필요하다는 것도 알았습니다.

—왜죠? 위협이라도 받고 있었나요?

—그렇기도 하고 아니기도 합니다. 물론 사장이 대놓고 불평한 적은 한 번도 없습니다. 그렇지만 감시할 필요가 있다는 건 알고 있었습니다. 첨단 장비에 쓰이는, 수백만 에스쿠도어치 정교한 부품을 수입하고 있었으니까요.

—첨단 장비 부품 컨테이너에 다른 물품도 은밀히 섞여 들어왔다고 들었습니다. 경위님은 알고 계셨습니까?

—무슨 말인지 모르겠군요.

—마약, 순도 높은 헤로인 말입니다.

—그게 사실이라면 우리가 알았을 겁니다. 우리에게는 최고의 정보원들이 있으니까요.

—그러니까 홍콩에서 스톤스 오브 포르투갈의 컨테이너로 마약이 밀반입되었다는 사실을 모르신다는 말입니까?

—그럴 리 없습니다. 우리 도시는 마약을 필요로 하지 않습니다. 건강한 도시니까요. 우리 도시가 즐기는 건 소 내장 요리죠.

—하지만 우리는 전국에 발행되는 신문에서 이 포르투에 마약을 거래하는 클럽이 있다는 기사를 읽었습니다. 그리고 당신이 클럽 주인이라고 하더군요.

—그건 중상모략이고 난 결코 인정할 수 없어요. '푸치니의 나비부인'을 말하는 거라면, 그곳은 품위 있는 사람들이 드나드는 클럽

이고, 내가 아니라 형수님 소유라고 분명히 말할 수 있습니다. 시청에 등록되어 있어요.

—하지만 경위님이 거기서 일하신다던데요.

—가끔 계산을 도와주러 가는 겁니다. 내가 계산을 잘하거든요. 경영 과정을 수료했지요.

—그런데 스톤스 오브 포르투갈 이야기로 돌아가보면, 그날 밤 경위님이 그쪽 담당 대원들을 데리고 순찰을 하셨죠. 당시 상황을 이야기해주실 수 있습니까?

—우리는 전조등 불빛을 약하게 하고 갔습니다. 시간은 정확히 기억나지 않지만 자정 무렵이었을 겁니다. 그냥 불시에 점검하기 위해서 간 겁니다.

—왜 불시에 점검을 하신 겁니까?

—이미 말씀드렸듯이, 스톤스는 좀도둑이 입맛을 다실 만한 첨단 장비를 수입하니까요. 우리 임무는 그걸 보호하는 것이죠.

—그래서요?

—우리는 철책문 앞에 차를 세우고 안으로 들어갔습니다. 사무실에 불이 켜져 있더군요. 내가 맨 먼저 들어갔는데, 범행 현장에 있던 몬테이루와 부딪쳤습니다.

—좀더 자세히 설명해주십시오.

—그자는 책상 앞에 서 있었는데, 훔친 게 분명한 첨단 장비를 손에 들고 있었습니다.

—첨단 장비뿐이었나요?

—첨단 장비뿐이었습니다.

—가루가 잔뜩 든 봉투들도 들고 있지 않았습니까?

—나는 경찰입니다, 국가 공무원이고. 내 말을 의심하는 겁니까?

—당치 않은 말씀입니다! 그다음에 무슨 일이 벌어졌습니까?

—우리는 바로 범인을 잡았고, 뒤이어 그가 몬테이루라는 걸 알아냈습니다. 우리는 그자를 차에 태워 경찰서로 데려갔죠.

—여기서 첫번째 모순이 생깁니다. 경위님의 첫 증언에 따르면, 자동차를 타고 가던 중에 그를 차에서 내려줬다고 밝히셨다던데요.

—그런 말을 누구에게 들은 겁니까?

—검사실 여기저기에 엿듣는 귀가 있다고 해두지요. 타자수일 수도 있고 전화교환수일 수도 있고 그냥 청소하는 여자일 수도 있고요. 이런 세부 사항은 그리 중요하지 않습니다. 중요한 것은 당신들이 검사에게 처음 조사를 받았을 때 다마세누 몬테이루를 경찰서로 데려가지 않고 도중에 내려줬다고 말했다는 거지요.

—그건 오해요. 내가 개인적으로 해명을 했습니다. 내 동료 페루 대원의 오해였어요.

—그 오해라는 걸 좀더 자세히 설명해주실 수 있습니까?

—우리는 순찰차 두 대에 나눠 타고 있었어요. 내 차에 몬테이루를 태웠습니다. 페루 대원은 내 동료가 운전하는 다른 차에 타고 내 차를 따라왔고요. 그러다 우리 차가 급정차를 하게 되었는데, 페루 대원이 몬테이루가 내리는 걸 봤다고 착각한 겁니다. 실수한 거죠. 말씀드리지만 페루 대원은 신참 젊은이인데, 기자님도 알겠지만 젊은 친구들이란 차만 타면 금방 잠이 들잖아요. 그냥 그 친구가 잘못 본 겁니다.

—하지만 경위님은 검사 앞에서 페루 대원에 대해 이야기하지 않으셨는데요.

—나중에 그의 증언을 기사로 읽었을 때 정정했습니다.

—증인 토흐스 씨가 자기 차로 당신을 뒤쫓았고, 친구 다마세누가 주먹질과 발길질을 당하면서 경찰서로 들어가는 것을 봤다고 밝혔기 때문에 정정한 것 아닌가요?

—주먹질과 발길질을 당하다니요?

—증인이 증언한 바입니다.

—기자님, 우리는 사람들에게 주먹질이나 발길질 따윈 하지 않습니다! 당신 신문에 분명하게 써줘요. 우리는 시민을 존중합니다.

—국가방위대가 적절하게 행동한다고 기록해두겠습니다. 그런데 그날 밤 일어난 일들을 자세히 설명해주실 수 있습니까?

—간단합니다. 우리는 사무실과 유치장이 있는 2층으로 올라가, 범인 신문을 시작했습니다. 그는 심하게 동요하더니 울음을 터뜨리더군요.

—그에게 손을 댔습니까?

—무슨 말인지 설명해주시지요.

—그의 몸에 손을 댔냐는 뜻입니다.

—우리는 아무에게도 손을 대지 않습니다, 기자님. 당신이 알고 싶어하는지는 모르겠지만 우리는 법과 제도를 존중해요. 그냥 몬테이루가 안절부절못하다가 울기 시작했다는 얘깁니다. 그래서 우리는 그를 위로해보려고 애썼죠.

—위로하려고 애썼다고요?

192

─가여운 청년, 불행한 사람이더군요. 어머니를 부르며 울었고 자기 아버지는 알코올중독자라고 말했습니다. 그때는 나하고 코스타 대원 단둘이 있었습니다. 다른 대원은 화장실에 갔거든요. 그래서 내가 코스타 대원에게 아래층 탕비실에 가서 커피를 한 잔 내려오라고 했습니다. 청년이 괴로워하고 있었으니까요. 정말입니다. 너무나 괴로워하고 있었어요. 코스타 대원은 내려갔다가 몇 분 후에 계단에서 나를 부르더니 말했습니다. 경위님, 내려와보세요. 커피 머신이 작동을 안 해요. 커피가 안 나오는데요. 그래서 나도 내려갔습니다.

─다마세누 몬테이루만 남겨놓고 말입니까?

─유감스럽게도 그랬습니다. 우리의 잘못이라면 이것 하나뿐입니다. 그래서 이 문제에 대해서는 모든 책임을 질 겁니다. 커피를 내려주기 위해 제정신이 아닌 청년을 잠시 혼자 내버려두고 만 겁니다. 그래서 불행한 일이 벌어진 거고요.

─어떤 불행한 일 말입니까? 좀더 자세히 설명해주시겠습니까?

─총소리가 들렸고, 우리는 위층으로 달려 올라갔습니다. 몬테이루가 정신을 잃고 바닥에 쓰러져 있더군요. 손에 권총을 들고요. 다른 대원이 부주의하게 책상에 놓아두었던 권총으로 관자놀이를 쏜 겁니다.

─관자놀이 바로 앞에서요?

─누군가 자기 관자놀이에 총을 쏜다면, 바로 대고 쏘겠죠, 안 그렇습니까?

─물론입니다. 그저 정확히 기록하기 위해 확인하는 것뿐입니다. 분명히 자살한 사람이 자기 관자놀이를 정확히 사격했다는 걸요. 그

다음에는요?

—시신은 바닥에 쓰러져 있었습니다. 이해하겠지만, 그런 광경을 보면 대개 세상의 온갖 끔찍한 일에 익숙해진 경찰들도 공포에 사로잡히게 됩니다. 그것과는 별개로도 나는 도저히 더이상 버틸 수 없었어요. 아침 8시부터 근무하고 있었으니까요. 당장 집으로 돌아가 수미그린 주사를 맞아야 했습니다.

—수미그린이요?

—최근에 시장에 나온 미제 약입니다. 편두통이 끔찍할 때 고통을 가라앉혀주는 약은 이것밖에 없죠. 앙골라에서 지뢰가 내 옆에서 터져 고막이 나간 후부터 편두통이 발생한다는 의사 소견서를 진술서에 첨부했습니다. 현장을 떠난 것도 바로 이 때문입니다. 내가 판사 앞에서 책임을 인정한다고 대답해야 할 죄는, 이것도 죄라면, 현장을 떠난 것 하나뿐이에요. 아프리카 전쟁터에서도 현장을 한 번도 떠난 적 없는 내가 말이지요.

—그래서 다마세누 몬테이루의 시신을 그냥 바닥에 내버려두셨습니까?

—그랬습니다. 하지만 동료들이 어떻게 했는지는 모르겠습니다.

—동료들이 누굽니까?

—이름은 말하고 싶지 않습니다. 예심판사에게는 이미 말했고, 법정에 나올 겁니다.

—그럼 다마세누 몬테이루의 시신은 어떻게 됐습니까?

—경찰서 바닥에 쓰러진 시신을 발견한 가여운 두 대원이 얼마나 당황하고 비통해했는지 알아야 합니다. 그들을 두둔하는 게 아니라,

그들이 왜 시신을 옮겼는지 이해할 수는 있다는 얘깁니다.

—그렇지만 이건 시체 은닉입니다.

—그렇습니다, 당신 말이 맞아요. 하지만 이미 말했듯이, 그런 상황에 처한 순박한 대원의 고뇌를 이해해야 합니다.

—다마세누 몬테이루의 시신은 머리가 잘려나가고 없었습니다.

—요즘 공원에서는 온갖 일이 다 벌어지니까요.

—다마세누 몬테이루의 시신을 경찰서 밖으로 옮길 때는 머리가 그대로 있었다는 뜻입니까?

—그건 법정에서 밝혀지겠지요. 내 입장에서는 부하들을 위해 맹세라도 할 수 있습니다. 분명히 말하지만 우리 대원들은 목을 베어버리는 야만인이 아니에요.

—경위님은 다마세누 몬테이루의 목이 공원에서 잘려나갔을 거라고 생각하신다는 말입니까?

—공원을 배회하는 이상한 사람들이 아주 많으니까요.

—공원에서는 그런 일을 하기가 어려울 텐데요. 검시관에 따르면 완벽할 정도로 깨끗이 목이 잘렸다고 하더군요. 마치 전기칼로 자른 것처럼 말입니다. 전기칼을 쓰려면 플러그가 필요합니다.

—그런 이유로 우릴 의심한다면, 푸주한들의 칼로 전기칼보다 훨씬 더 깔끔하게 자를 수 있다고 말하겠습니다.

—우리는 다마세누 몬테이루의 몸에서 고문당한 흔적을 확인했습니다. 가슴에 담뱃불로 지진 흔적이 있더군요.

—우리는 담배를 피우지 않습니다, 기자님. 신문에 그렇게 쓰세요. 우리 경찰서에서는 아무도 담배를 피우지 않습니다. 내가 정한

규정입니다. 벽마다 금연 경고문도 붙여놓게 했어요. 게다가 국가에서 드디어 담뱃갑에 어떤 문구를 표기하기로 했는지 알잖습니까? 흡연은 건강을 심각하게 위협합니다.

19

"축하해요, 젊은이. 굉장한 일을 해냈소."

변호사는 책장 앞 소파에 몸을 깊숙이 묻고 앉아 있었다. 그날 아침에는 여느 때와 달리 라벤더와 탈취제 냄새가 섞인 신선한 향기가 방 안에 퍼져 있었다.

"이 악취 좀 맡아봐요." 돈 페르난두가 말했다. "관리인 여자가 다녀 갔거든. 내 시가 냄새를 참을 수 없을 정도로 싫어하는데 난 그 여자 스프레이 냄새를 참을 수가 없소."

피르미누는 초록색 작은 테이블 위에 놓인 카드들을 발견했다. 모두 열지어 놓여 있었다.

"혼자 카드 게임을 끝내실 수 있나요?" 피르미누가 물었다.

"오늘 아침에 했소." 변호사가 대답했다. "종종 있는 일이지."

"티타니우는 비열한 작자더군요." 피르미누가 말했다. "그자가 한 말들도 그렇고, 어찌나 뻔뻔하던지."

"뭘 기대했소?" 변호사가 물었다. "그자는 판사 앞에서도 똑같이 말할 거요. 똑같은 표현을 써서. 티타니우는 단순하게 같은 말밖에 사용할 줄 모르니까. 다만 재판 기록은 신문에 공개되지 않아요. 하지만 기자님이 초록 귀뚜라미의 말을 독자들에게 알린 거요. 이로써 기자님의 임무는 끝났다는 생각이 드는군요."

"정말 끝났나요?" 피르미누가 물었다.

"적어도 지금으로서는." 변호사가 대답했다. "모든 서류는 제출했고 예심은 끝났어요. 이제 할 일은 재판을 기다리는 것뿐이오. 곧 재판이 열릴 텐데 우리는 어쩌면 기자님 상상보다 더 일찍 재판정에서 만날지도 모르지요."

"금세 진행될 거라고 생각하십니까?" 피르미누가 물었다.

"이런 경우에는 두 가지 가능성이 있소." 변호사가 대답했다. "첫번째는 재판을 무기연기해 관료 체제의 늪 속에 빠뜨려버리는 거요. 사람들이 잊어버리게끔. 나라 안팎으로 큰 사건이 벌어져 언론의 관심이 거기 집중되기를 바라며 기다리는 거지. 두번째로, 되도록 빨리 해결해버리는 방법을 생각할 수 있는데 내가 보기에는 이 두번째 방법을 택한 것 같소. 이 나라에서는 정의가 빠르고 효과적으로 실현되고 국가 조직, 그러니까 경찰은 깨끗하고 투명하며 무엇보다 민주적이라는 것을 증명해야만 하기 때문이지. 개념을 이해했소?"

"개념은 이해했습니다." 피르미누가 대답했다.

"그건 그렇고, 당신에게는 약혼녀가 있지 않소?" 변호사가 계속 말했다. "약혼녀는 너무 오래 혼자 놔두면 안 된다오. 그러면 우울해져요. 가서 사랑을 나눠요. 당신 나이에 할 수 있는 제일 멋진 일 중 하나니까."

변호사가 마치 동의하기를 기다리듯, 약간 신문하는 눈초리로 피르미누를 보았다. 피르미누는 얼굴이 빨개지는 것을 느끼며 고개를 끄덕였다.

"또 전후 포르투갈 소설에 대한 연구도 해야 하잖소, 안 그래요? 이것도 당신을 기다리고 있는 임무지요. 도나 호자 집으로 돌아가서 짐을 챙겨요. 서두르면 14시 18분 기차를 탈 수 있소. 하지만 꼭 이걸 타야 하는 건 아니오. 이 기차는 이스피뉴에도 정차하니까. 다음 기차는 15시 24분이고, 16시 12분, 18시 10분 기차도 있소. 기자님이 골라서 타면 돼요."

"변호사님은 기차 시간표를 다 외우시는군요." 피르미누가 말했다. "이 노선을 자주 이용하시나봅니다."

"이 노선을 이용해본 지는 25년 됐다오. 그렇지만 난 기차 시간표가 좋아요. 특유의 흥미로운 점이 있거든."

그가 일어나서 벽면에 있는 책장으로 갔다. 고급스럽게 제본된 오래된 책들이 꽂혀 있는 책장이었다. 변호사는 고급 가죽으로 장정되고 네 귀퉁이에는 은박을 입힌 얇은 책을 꺼내 피르미누에게 내밀었다. 양피지로 된 면지에 '1956, 포르투, 삼파이우 제본소'라고 적힌 인장이 찍혀 있었다. 피르미누가 책장을 넘겼다. 처음 만들어졌을 때 그대로인 책 표지는 누렇게 빛바랜 싸구려 판지였고, 프랑스어, 독일어, 이탈리아어로 스위스 기차 시간표라고 적혀 있었다. 피르미누는 빠르게 살펴본 뒤 의아해하는 얼굴로 변호사를 보았다.

"아주 오래전," 돈 페르난두가 말했다. "제네바에서 공부할 때 이 기차 시간표를 샀다오. 스위스 철도청에서 기념으로 출판한 책자였지. 스위스 기차라 정말 스위스답게 정확할뿐더러, 제일 멋진 점은 취리히를 세계의 중심으로 뒀다는 거요. 예를 들면 4페이지를 한번 봐요, 호텔과 시계 광고 다음에."

피르미누가 4페이지를 찾았다.

"유럽 지도가 있네요." 피르미누가 말했다.

"철도 노선이 모두 표시되어 있지요." 돈 페르난두가 덧붙였다. "노선마다 숫자가 붙어 있는데 각 숫자는 유럽 각국의 철도 노선과 시간표가 실린 페이지를 가리키는 거요. 취리히에서 기차로 유럽 어디에나 갈 수 있고, 스위스 철도청은 기차 환승 시각을 모두 기록해놨어요. 예를 들어 당신이 부다페스트에 가고 싶다고 해볼까요? 16페이지를 펴봐요."

피르미누가 16페이지를 폈다.

"취리히에서 빈으로 가는 기차가 4번 플랫폼에서 9시 15분에 출발하지요." 변호사가 말했다. "내 말이 맞소? 부다페스트로 가기 위해 갈아타기에 제일 적당한 기차는 별표로 표시되어 있듯이 21시 45분 기차요. 베네치아에서 오는 기차를 탈 수 있기 때문이오. 시간표에는 객차 서비스도 안내되어 있소. 제일 저렴한 4인용 침대칸을 이용할 수도 있고, 2인용이나 1인용 침대칸과 식당칸도 있고 원한다면 밤에 가볍게 음료를 마실 수도 있어요. 그렇지만 당신이 프라하로 가고 싶다면 해당 시간표는 다음 페이지에 있으니 여러 헝가리 철도 노선 중에서 선택하면 된다오. 확인하고 있소?"

"확인하는 중입니다." 피르미누가 말했다.

"북유럽에 가고 싶소?" 돈 페르난두가 계속했다. "가령 백야와 노벨 평화상의 도시 오슬로는 19페이지에 있는데, 12시 21분에 취리히 7번 플랫폼에서 출발해요. 페리 시간표도 각주에 다 나와 있지. 아니면, 아무거나 골라봐요. 고대 지중해 문명의 중심지인 마그나 그라이키아 지역, 시라쿠사의 고대 그리스 극장이라든가. 시라쿠사에 가려면 21페이지를 보면 돼요. 취리히에서 11시 정각에 출발해서, 이탈리아 철도로 갈아타는 여러 방법이 나와 있지."

"변호사님은 이런 곳을 다 여행하셨습니까?" 피르미누가 물었다.

돈 페르난두가 웃었다. 그는 시가를 집어들었지만 불은 붙이지 않았다.

"물론 아니죠." 변호사가 대답했다. "나는 그저 상상만 할 뿐이오. 그러다가 포르투로 돌아오지."

피르미누가 책을 건넸다. 돈 페르난두는 책을 받아 슬쩍 보더니 다시 피르미누에게 내밀었다.

"난 다 외우고 있소." 변호사가 대답했다. "당신에게 선물하지요."

"그렇지만 굉장히 아끼시는 것 같은데요." 피르미누는 무슨 말을 해야 할지 알 수 없어 이렇게 대답했다.

"아," 돈 페르난두가 말했다. "이 기차들은 이제 모두 운행하지 않아요. 일분일초도 틀리지 않던 스위스의 시간표를 시간이 집어삼켜버렸지. 우리가 함께 보냈던 이 시간을 기념하는 뜻으로, 그리고 나에 대한 기억의 증표로 당신에게 선물하고 싶구려. 당신이 날 기억하고 싶어할 거라는 생각이 나의 오만이 아니라면 말이오."

"추억으로 간직하겠습니다." 피르미누가 대답했다. "죄송하지만 변호사님, 잠깐 가져올 게 있어서 15분 후에 돌아오겠습니다."

"문을 살짝 열어두도록 해요." 변호사가 말했다. "버튼을 누르러 일어나지 않게."

피르미누가 작은 꾸러미를 겨드랑이에 끼고 돌아왔다. 그는 조심스럽게 그것을 풀고는 탁자 위에 병을 올려놓았다.

"떠나기 전에 변호사님과 건배를 하고 싶었습니다." 그가 설명했다. "아쉽게도 차갑지는 않네요."

"샴페인이군요." 돈 페르난두가 말했다. "굉장히 비쌀 텐데."

"경비로 계산했습니다." 피르미누가 털어놓았다.

"발언을 철회하겠소." 돈 페르난두가 말했다.

"우리 기사들 덕에 호외를 그렇게나 많이 발행했으니 샴페인 한 병 정도는 사줄 수 있을 겁니다." 피르미누가 말했다.

"기자님이 쓴 기사죠." 돈 페르난두가 잔을 가져오면서 분명하게 말했다. "당신의 기사요."

"글쎄요." 피르미누가 중얼거렸다.

그들은 건배의 의미로 잔을 들어올렸다.

"재판의 승리를 위해." 피르미누가 말했다.

돈 페르난두는 샴페인을 한 모금 마셨고 잠시 아무 말도 하지 않았다.

"너무 기대하지 마시오, 젊은이." 그가 잔을 내려놓으면서 말했다. "군사재판이 될 거요, 내기를 해도 좋소."

"그건 말도 안 됩니다." 피르미누가 소리쳤다.

"그게 법전의 논리요." 변호사가 침착하게 대답했다. "국가방위대는 군대요. 나는 이 논리를 거부하기 위해 최선을 다할 겁니다. 하지만 큰 희망을 갖지는 않아요."

"그렇지만 이건 잔인한 살인 사건입니다." 피르미누가 말했다. "고문과 수상한 거래, 부패와 관련된 사건이에요. 전쟁과 관련된 사건이 절대 아니란 말입니다."

"맞소." 변호사가 중얼거렸다. "그런데 당신 약혼녀 이름은 뭔가요?"

"카타리나입니다." 피르미누가 대답했다.

"예쁜 이름이군요." 변호사가 말했다. "무슨 일을 하고 있소?"

"막 시립도서관 사서 시험을 봤습니다." 피르미누가 말했다. "문헌정보학과를 졸업했거든요. 하지만 아직 결과는 안 나왔어요."

"책과 함께 일하는 직업이라, 멋지군요." 변호사가 중얼거렸다.

피르미누가 다시 잔을 채웠고, 둘은 말없이 샴페인을 마셨다. 피르미누가 가죽 장정이 된 책을 들고 자리에서 일어났다.

"이제 가야 할 것 같습니다."

그들은 짧게 악수를 했다.

"도나 호자에게 안부 전해줘요." 피르미누의 등뒤에서 돈 페르난두가 소리쳤다.

피르미누는 플로르스 거리로 나갔다. 시원한 바람이 다소 매서웠다. 공기는 투명하고 맑았다. 플라타너스 잎 여기저기에 희미하게 노란 얼룩이 찍혀 있었다. 가을의 첫 신호였다.

20

 이후로도 그날을 떠올리면 특히 육체적인 느낌이 되살아났다. 몸이 자기 것이 아닌 듯도 하고, 감각적인 인식이 의식에는 들어오는데 뇌가 제대로 처리하지 못해 마음이 붕 뜬 것처럼 이리저리 떠돌게 되는 가수면 상태에서 얇은 보호막에 싸여 고립되어 있는 듯도 한, 선명하면서도 조금은 낯선 느낌. 그가 추위에 떨며 포르투 역에 내렸던 12월 말의 안개 낀 아침, 아직도 얼굴에 잠이 묻어나는 새벽 통근자들을 내려놓던 지역 열차, 택시를 타고 가로지른, 음산해 보이는 건물이 늘어선 눅눅하고 우울한 도시, 이윽고 법원에 도착해 법정 입장 수속을 밟는데 입구에서 그의 몸을 수색하더니 녹음기는 가지고 들어갈 수 없다며 터무니없이 입장을 막던 멍청한 경찰, 실랑이 끝에 효력을 발휘한 기자증, 그리고 입장했지만 이미 좌석이 다 차버린 작은 법정, 그

는 이토록 중요한 재판에서 왜 이렇게 좁은 법정을 지정했는지 자문해
보았는데, 물론 대답은 이미 알고 있었지만 말로 설명할 수 없었고, 감
각이 더없이 날카로운 동시에 무뎌지기도 한 상태에서 그저 기록하기
만 했다.

　그는 기자들을 위해 마련된, 작고 불룩한 검은색 기둥들로 받친 나
무 난간이 둘러쳐진 좁은 연단에 겨우 자리를 잡았다. 수많은 보도기
자들과 사진기자들이 모여 있고 플래시가 터질 거라고 기대했으나 그
런 것은 전혀 없었다. 두세 명의 동료가 보여서 재빨리 인사를 주고받
았다. 처음 보는 기자들이 몇 명 있었는데 이런 법률 사건을 다루는 기
자 같았다. 그는 대다수 신문이 뉴스통신사에서 정보를 받아 기사를
내보낸다는 것을 알고 있었다. 그는 맨 앞줄에 앉은 다마세누의 부모
를 보았다. 어머니는 회색 코트를 입고 구깃구깃한 손수건을 꼭 쥐고
있다가 가끔씩 눈물을 닦았다. 아버지는 놀라울 정도로 이상한 검은색
과 붉은색 체크무늬의 미국 스타일 재킷을 입고 있었다. 오른쪽으로,
변호사 책상 앞에 앉은 돈 페르난두가 보였다. 그는 책상에 변호사복
을 올려놓고 자료를 보고 있었다. 검은 재킷을 입고 목에는 흰 나비넥
타이를 맸다. 눈이 푹 꺼져 있었고 두툼한 아랫입술은 평소보다 더 처
져 보였다. 불이 꺼진 시가를 왼손가락으로 빙빙 돌리고 있었다. 레오
넬 토흐스는 놀란 것 같은 얼굴로 의자에 웅크리다시피 앉아 있었다.
그 옆에 아내인 듯한, 연약해 보이는 금발의 젊은 여자가 앉아 있었다.
티타니우 실바 경위는 피고인인 다른 두 대원과 함께 앉아 있었다. 대
원들은 제복을 입고 있었다. 줄무늬 양복에 실크 넥타이를 맨 사복 차
림의 티타니우 실바는 아주 세련돼 보였다. 머리는 포마드를 발라 윤

이 났다.

법관들이 입장했고 재판이 시작됐다. 피르미누는 녹음기를 켜려다가 생각해보고는 곧 포기했다. 법정의 음향 시설이 좋지 않았고 거리도 너무 멀어서 녹음이 제대로 되지 않을 터였다. 메모를 하는 편이 나았다. 그는 수첩을 꺼내 적었다. 다마세누 몬테이루의 잃어버린 머리. 그러고는 다른 말은 더 적지 않고 가만히 듣기만 했다. 진술되는 이야기를 이미 다 알고 있었기 때문에 기록할 필요가 전혀 없었다. 시신을 발견한 집시 마놀루, 황어를 잡는 낚싯바늘로 머리를 건져올린 어부가 증언했고 두 검시관이 보고서를 읽었다. 레오넬 토흐스도 증언했는데 피르미누는 그 내용도 이미 알고 있었다. 법관들이 예심에서 한 말을 간단히 확인하는 질문을 했고 토흐스는 맞다고 확인한 게 다였기 때문이다. 그리고 자기 차례가 되었을 때, 티타니우 실바도 이전 증언을 확인했다. 칠흑 같은 머리가 반짝였고 가느다란 콧수염은 얇은 입술이 움직일 때마다 같이 움직였다. 물론 첫번째 예심에서의 증언은 오해로 인한 결과였습니다. 차에 타고 있던 대원이 불쌍하게도 잠에 빠져 있었기 때문이죠. 게다가 그 대원은 아침 6시부터 근무중이었고 겨우 스무 살밖에 안 되었는데, 스무 살에는 잠을 푹 자야 할 필요가 있습니다. 그렇습니다. 사실 우리는 몬테이루를 경찰서로 데려갔습니다. 몬테이루는 제정신이 아니었고, 자포자기해서는 어린아이처럼 울기 시작했습니다. 시시한 악당이지만, 악당들도 가끔은 동정심을 불러일으키는 경우가 있지요. 티타니우는 몬테이루에게 커피를 주려고 대원 한 명과 같이 탕비실로 내려갔다고 했다. 재판장은 커피 한 잔을 준비하기 위해 두 사람이나 내려갔다는 게 지나쳐 보인다고 말했다. 아, 그건 사실입니다. 충분히 그렇게 보일 수 있을 겁니다. 티타니우 실바의 입술이 자신 있게, 마치 은밀한 이야기를 속삭이듯 말했다. 하지만 이 지점에서 국가가 경찰들에게 제공해주는 비품 이야기를 해야 할 것 같습니다. 저는 국가를 비난할 생각은 전혀 없습니다. 나라가 어렵고 각 부처에서 이용할 수 있는 재정이 부족하다는 것을 너무나 잘 알고 있습니다. 그렇지만 커피 머신은 9년이나 됐습니다. 판사님께서 확인하고 싶으시다면 경찰서 회계 담당이 기록보관소에서 영수증을 찾아낼 수 있을 겁니다. 잘 알고 계시겠지만 9년 된 커피 머신은 제대로 작동되지 않아 옆에서 조절할 필요가 있습니다. 가스 불을 올리거나 낮춰줘야 하는 거죠. 그렇게 대원과 함께 불쌍한 몬테이루에게 커피를 가져다주려고 커피 머신과 씨름하고 있다가 총소리를 들었습니다. 우리는 위층으로 달려 올라갔습니다. 몬테이루는 손에 권총을 든 채 책상 옆에 쓰러져 죽어 있었습니다. 신참인 페루 대원이 깜빡 잊고 책상에 두고 간 권총이었습니다. 그렇습니다, 경찰은 로봇이 아니기 때문에 잊어버리고 권총을 책상에 놓아둘 수도 있는 겁니다.

계속 이어지는 말을 들으면서도, 피르미누는 이런저런 증언 중에서 몇 마디 말만을 기억할 수 있을 뿐이었다. 되도록 집중해보려고 했으나, 머리는 제어력을 상실했는지 멋대로 움직여 그를 과거로, 터무니없는 재판이 진행되는 이 법정 밖으로 끌고 가버렸고, 그는 두서없이, 쟁반에 놓여 있던 머리를 마주보기도 했고 숨막히게 더운 8월 어느 날 집시촌에 있기도 했으며, 식물원에서 나폴레옹 군대의 중위였던 프랑스인이 심은 수백 년 된 외래종 나무와 마주하고 있기도 했다. 바로 그때 법정에선 티타니우 실바의 편두통에 대해 논의중이었는데, 피르미누는 이 부분에서 단편적인 내용 몇 가지를 포착할 수 있었다. 실바 경위는 앙골라에서 전투중에 옆에서 지뢰가 폭발하는 바람에 고막 파열 부상을 입었고, 그로 인해 끔찍한 편두통에 시달리고 있음을 확인해주는 의사 소견서를 제출하면서, 하지만 그는 국가에 연금을 요구하지 않았으며, 통증 때문에 수미그린 주사를 맞기 위해 집으로 돌아가야 해서 몬테이루의 시신을 바닥에 그냥 놔둘 수밖에 없었다고 설명했고, 그후에 두 대원이 더듬더듬 말하기 시작했다. 그렇습니다, 사실은 상황을 이해하고 있고, 시체 은닉죄로 고발될 수 있다는 것을 지금은 알지만, 그날 밤에는 형법을 생각할 겨를도 없었고 무엇보다 형법을 잘 몰랐습니다. 너무나 당황하고 충격을 받아서 시체를 끌고 나가 공원에 버렸습니다. 몬테이루의 시신에 있던, 담뱃불로 지진 흉터에 대한 질문의 답은 두 대원을 대신해 티타니우 실바가 맡았다. 마치 솜으로 감싼 듯 약하면서도 동시에 날카로운 말을 들으며, 피르미누는 자신이 땀을 흘리고 있다는 것을 알아차렸다. 꼭 자신이 불에 타고 있는 기분이었다. 그사이 티타니우 실바의 얇은 입술은 재판장에게 아주 자신만만한 목소리로 자기가 '금연' 경고문을 경찰서에 붙이라 했는데 의학자들이 말하듯이, 그리고 법으로 담뱃갑에 적어넣게 했듯이 흡연은 암을 불러오기 때문이라고 설명했다. 법정에 있던 누군가가 바보처럼 크게 웃었다. 피르미누는 짧은 웃음이 어리석은 메시지라도 되는 양 호기심에 주의를 기울였고, 자신이 손을 심하게 떨면서 기계적으로 '웃음'이라고 쓰고 있음을 알아차렸다. 재판장은 검사의 발언을 다 들은 뒤 변호사들에게 선고가 내려지기 전에 변론을 하겠느냐고 물었다. 피고측 변호사가 일어났다. 배가 불룩 나온 작달막한 남자로 거만해 보였다. 그는 재판 진행에서 한 가지 사실을 분명히 해야 한다고 주장했다. 원칙의 문제다. 바로 그렇다. 다름 아닌 원칙. 그의 목소리는 메마르고 단호했다. 피르미누는 그에게 집중해보려고 했지만, 마치 그 말들 때문에 위기에 처해 정신적 방어기제가 작동한 것처럼, 서로 연결되지 않는 듯한 몇 마디 문장밖에 적을 수가 없었다. 아프리카 전쟁에서의 영웅적인 행동, 청동 무공훈장, 국기를 향한 충심, 높은 애국심, 진정한 가치 보호, 범죄와의 전쟁, 국가에 대한 완벽한 신뢰. 그러더니 변호사가 잠시 말을 멈추었다. 물론 몇 초에 불과했지만 피르미누에게는 일종의 림보에 있는 것처럼 한없이 길게만 느껴졌고, 그동안 기억은 카스카이스 해변에 있는 하얀 집으로, 아버지의 얼굴로, 하얀 파도가 일렁이는 파란 바다로, 어린 피르미누가 테라스에 놓인 통에서 목욕을 시키던 나무 피노키오 인형에게로 그를 데려갔다. 재판장이 원고 측에게 나오라고 했다. 돈 페르난두는 일어나서 변호사복을 대충 걸치고 법정의 판사석 밑에 서서 청중들을 보았다. 그의 얼굴색은 누리끼리했다. 양 볼살이 마치 바셋하운드의 귀처럼 옆으로 축 늘어져 있었다. 손에는 불 꺼진 시가가 여전히 들려 있었고, 그는 마치 누군가를 정확히 가리키기라도 하는 것처럼 그 시가로 천장의 한 지점을 가리켰다. 돈 페르난두가 말했다. "우선 저 자신에게 한 가지 질문을 던지며 시작하도록 하겠습니다. 죽음에 대항한다는 것은 어떤 의미일까요?"

그 순간 피르미누는 녹음기의 스위치를 눌렀다.

기차가 어둠 속을 달리고 있었다. 피르미누는 멀리 창밖으로 보이는, 무리를 이룬 불빛들을 보았다. 아마 이스피뉴일 것이다. 그는 식당

칸에 있었는데, 실제로는 안쪽에 작은 테이블이 두 개 있는 셀프서비스 식당이었다. 계산대에는 지친 얼굴로 걸레를 들고 있는 종업원이 있었다. 종업원이 다가와 말했다.

"안녕하세요. 죄송하지만 뭘 드시지 않으면 이곳을 이용할 수 없습니다."

"아무거나 주세요." 피르미누가 말했다. "커피라든가."

"커피머신을 이미 껐습니다." 종업원이 말했다.

"그럼 미네랄 워터 한 병 주세요."

"죄송합니다." 종업원이 말했다. "식당 문을 닫아서 아무것도 드실 수 없습니다."

"그럼 어떻게 해야 하죠?" 피르미누가 물었다.

"뭘 드시지 않으면 이곳을 이용하실 수 없습니다." 종업원은 같은 말을 되풀이했다. "하지만 손님은 아무것도 드실 수 없습니다."

"이해할 수 없는 논리군요." 피르미누가 반박했다.

"철도 회사의 규정입니다." 종업원이 침착하게 설명했다.

"그런데 당신은 지금 뭘 하는 겁니까?" 피르미누가 재빨리 물었다.

"저는 청소를 해야 합니다, 손님." 종업원이 대답했다. "사실 저는 종업원 일만 하면 됩니다. 계약서에 그렇게 명시되어 있으니까요. 그런데 철도 회사는 제게 청소도 하라고 명령했고 조합장은 제 편을 들어주지 않았어요."

"그렇군요." 피르미누가 말했다. "당신이 청소하는 동안 여기 있게 해주세요. 귀찮게 하지 않겠습니다. 어쩌면 서로 말벗이 될지도 모르잖아요."

종업원이 알았다는 뜻으로 고개를 끄덕이고는 피르미누 곁을 떠났다. 피르미누는 노트와 녹음기를 들고 재판 기사를 어떻게 쓸지 생각하기 시작했다. 메모를 하지는 않았지만 재판의 진행 과정은 기억만으로 충분히 되살릴 수 있었다. 돈 페르난두가 한 말은 작은 녹음기에 들어 있다. 아마 제대로 녹음되지는 않았겠지만 빠진 부분은 조금만 노력하면 채워 넣을 수 있다. 차창 밖으로 또다른 불빛이 보였다. 그란자인가? 젠장, 그란자가 먼저인지 이스피뉴가 먼저인지조차 기억나지 않았다. 어둠이 유리창으로 몰려들었다. 피르미누는 펜을 들고 녹취할 준비를 했다. 사람들이 자주 잊어버리는 사실인데, 인생에서는 모든 것이 쓸모가 있다. 예를 들어 예전에 속기 과정을 수료한 일 같은 것 말이다. 그는 아직도 예전처럼 빠르게 받아쓸 수 있기를 바라며 녹음기의 시작 버튼을 눌렀다.

목소리가 멀리서 들려왔다. 녹음 상태는 아주 안 좋았고, 문장들은 허공 속으로 사라져버렸다.

"……다시 말씀드립니다. 무엇보다 먼저 저 자신에게 던지는 질문은 '죽음에 대항한다는 건 뭘 의미하는가?'입니다…… 한 개인은 다른 모든 사람들에게 절대 없어서는 안 될 존재입니다. 그리고 다른 모든 사람들 역시 개인에게 절대 없어서는 안 될 존재이지요…… 인간적인 견지에서 모든 것은 그에게로 이어지고, 각 개인은 인류의 뿌리를 이룹니다……………

....
....
.... 다시 말씀드리지만, 인간이 인간으로 존재한다는
것이 요점으로..
....
.... 윤리적인 주장은 원래 인간에 대
한 부정을 반박하는 것을 목표로 하고, 즉 인간에게 존재라는 것은 죽
음과 대립되는 개념입니다. 그렇지만 인간은 자신의 죽음을 경험할 수
는 없습니다. 다른 이의 죽음만을 경험할 수 있지요. 이 때문에 다만
죽음에 대해 상상하고 자신의 죽음을 두려워할 뿐입니다..................
....
.... 이는 모든 것의 마지막 근거이며 어떠한 인문
학적 가치 체계로도 뛰어넘을 수 없는 조건이니, 즉 어떤..................
....   ”

종업원이 다가와서 피르미누는 녹음기를 껐다.

“라디오 듣고 계시는 건가요?” 종업원이 물었다.

“아닙니다.” 피르미누가 대답했다. “오늘 아침 제가 녹음한 거예요,
재판이죠.”

“재판이라니, 분명 흥미롭겠는데요.” 종업원이 말했다. “텔레비전으
로 재판 장면을 본 적이 있어요. 영화 같더군요.”

그러더니 덧붙여 말했다.

“이곳에 계시려면 뭔가를 드셔야 하는데요.”

"뭔가 먹어야 한다고요?" 피르미누가 그에게 물었다. "지금 뭘 먹을 수 있나요?"

"그러실 수 없습니다." 종업원이 대답했다. "철도 회사에서 금지했거든요."

"철도 회사 사람들이 누구인지 혹시 아십니까?" 피르미누가 반박했다.

종업원은 잠시 생각에 잠기는 것 같더니, 기차 벽에 빗자루를 기대어놓았다.

"아," 종업원이 말했다. "제가 아는 사람이라고는 페드루 씨밖에 없어요. 인사과 창구에 앉아 있는 사람이에요."

"그럼 페드루 씨가 철도 회사를 대표한다고 생각하세요?"

"그럴 리가요." 종업원이 말했다. "그분은 정년퇴직할 나이가 다 됐는데요."

"그러면 왜 아무것도 먹을 수 없나요?" 피르미누가 말했다. "여기 이 테이블에서 같이 뭘 좀 먹어도 될 것 같은데요. 따뜻한 걸 좀 먹읍시다. 어때요?"

"커피머신은 방금 껐습니다." 종업원이 말했다. "그렇지만 전기 핫플레이트는 켤 수 있을 겁니다."

"좋은 생각이네요." 피르미누가 말했다. "그런데 핫플레이트에다 뭘 요리할 수 있을까요?"

"계란 두 개로 스크램블드에그를 만들면 어떨까요?" 종업원이 제안했다.

"햄도 넣으면 어떨까요?" 피르미누가 조언했다.

"트라스 우스 몬트스 햄을 넣도록 하지요." 종업원이 자리를 뜨면서 대답했다.

피르미누가 녹음기의 시작 버튼을 눌렀다.

"Es ist ein eigentümlicher Apparat,* 즉 이것은 정말 독특한 기계입니다. 그러니까, 오래전 1914년 프라하에서 한 유대인 무명 작가가 독일어로 이렇게 썼는데.. 아주 독특한 기계가 야만적인 법을 존속시키는.. 죄수 유형지에 있는 기계일지, 혹은 유럽이 겪을 무시무시한 사건에 대한 끔찍한 예언일지?.. 기괴하고, 끔찍한, 근본규범 뒤에 숨어 있는 괴물, 흡혈귀.. 프라하의 그 작가는 자신이 사용하는 언어를 쓰는 민족이 어떤 짓을 저지를지 알 수 없었습니다............

----

* 카프카의 「유형지에서」의 첫 문장.

214

....
....
....
분명 살인만으로는 충분하지 않았고..
....
.... 고문
....
....
.... 감금한 사람들...
....
.... 살해하기 전
에 고통을 주고 분노를 불러일으키고 인간의 육체를 고문할 필요가.....
....
....
.... 여러분은, 그리고 우리는,
우리 중 누구도 그런 역사적인 잔인성에 책임이 없다고 말할지 모르지
만, 과연 개인의 책임은 어디서 끝나는 걸까요? 잔인성의 이론적 토대
들 가운데 하나인 고문은...
....
                                                                         ”
....

알아들을 수 없는 웅웅거리는 소리가 이어졌고 잡음과 방청객들의

웅성거리는 소리가 배경음으로 들려왔다. 피르미누는 정지 버튼을 눌렀다. 종업원이 김이 모락모락 나는 스크램블드에그가 든 프라이팬을 들고 왔고, 빵도 구워 버터를 발라 테이블에 내려놓았다.

"녹음기 끄셨나요?" 종업원이 물었다.

"안타깝게도 잘 안 들리네요." 피르미누가 대답했다. "변호사가 판사석으로 돌아서니까 목소리가 완전히 사라져버리고 지지직 소리만 들리는군요."

"지금 변론하는 사람은 누군가요?" 종업원이 물었다.

"포르투의 변호사입니다." 피르미누가 대답했다. "그런데 말이 끊겨 띄엄띄엄 들리네요."

"저도 들어볼 수 있을까요?" 종업원이 물었다.

피르미누는 시작 버튼을 눌렀다.

"……그러니까 문학 또한 법을 이해하는 걸 돕기 때문에, 제가 문학 작품을 인용할 수 있게 허락하신다면……………………………………

………………………………………………………………………………………

………………………………………………………………………………………

………………… 프랑스 초현실주의자들이 정의하듯, le machines-célibataires*…… 그러니까 죽음의 침대로 삶을 옮겨놓기 때문에, 삶에 대한 부정이라고 할 수 있는 이 기계는……………………………

---

* '독신자 기계'라는 뜻의 프랑스어. 들뢰즈와 가타리가 욕망의 반부부적·반가족적 본성을 강조하면서 사용한 개념으로, 미셸 카루즈의 『독신자 기계』에서 용어를 차용했다. 『독신자 기계』에서 카루즈는 카프카의 「유형지에서」에 나오는 고문 기계에 대해 서술한다.

....

.... 오늘날 우리 경찰서는, 지금 제가 오늘
날이라고 말한, 우리가 살고 있는 이 은총의 시기에, 경찰서들은 독신
자 기계가 되어버렸습니다...

....

.... 그 기계의
바늘은, 다시 말해서 죄수 유형지와 같은 기계, 혹은 살 위에서 꺼버린
담배들은..

....

.... 우리가 소위 문명국이라고 말하는 나라들의 감금
실태와 관련된, 스트라스부르의 유럽인권재판소에 유럽의회의 조사관
이 제출한 자료를 읽으면서, 유럽 내 감금지에 관한 소름 끼치는 자료
인데..
...."

변호사의 목소리가 분명히 알아들을 수 없는 꾸르륵 소리 속으로 사
라져버렸다

"너무 멀리 있었어요." 피르미누가 말했다. "게다가 변호사가 가끔
너무 작게 말했고 웅얼거리기도 했거든요. 혼잣말을 하는 것처럼요."

"다시 들어보죠." 종업원이 말했다.

피르미누가 시작 버튼을 눌렀다.

"……………………………………………………………………
…………………………동시대의 위대한 작가가 1914년의 그 예
언적인 소설을 해석해 인본주의적 결론에 도달했고, 지금 저는 그 결
론으로 변론을 시작했습니다………………………………………………
…………………………………………………………………………………
…………………………………………………………………………………
…………………………………………………………………………………
…………………………………… 사실이라면 그가 주장했듯이, 그 소
설은 후회라는 환영을 생생하게 살려내고 강조할 줄 알았던 겁니다……
…………………………………………………………………………………
…………………………………………………………………………………
…………………………………………………………………………………
…………………………………………………………………………………
…………………………………… 그런데 그건 어떤 종류의
향수를 말하는 걸까요? 잃어버린 낙원, 인간이 아직 악에 물들지 않
던 때의 순수에 대한 향수일까요? 우리는 그걸 분명히 말할 수는 없습
니다. 하지만 위대한 혁명은 항상 형이상학적이라고 주장했던 카뮈와
같은 입장을 취할 수는 있습니다. 그리고 카뮈가 니체를 언급하며 주
장했던, 중요한 문제들은 길거리에서 맞닥뜨린다는………………………
…………………………………………………………………………………
…………………………………………………………………………………

.... 우리 앞에 있는 이 남자, 고문을 행하는 야비한 인간이라
고 저는 주저 없이 말할 수 있는데, 어느 누구도 시신에 대고 담뱃불을
비벼 끌 수 있으리라고는 상상할 수 없기 때문입니다. 그래서.............
....
....
.... 티타니우 실
바 경위 같은 사람들이 일하는 우리 경찰서는 어떤 법률적 제재도 법
률의 보호도 없이...
...."

알아들을 수 없는 소음이 들려서 피르미누는 녹음기를 껐다.

"이제 계란을 먹을까요." 종업원이 말했다.

"아직 따뜻하네요." 피르미누가 대답했다.

"케첩 조금 칠까요?" 종업원이 물었다. "요새는 다들 케첩을 원하더
라고요."

"그냥 먹겠습니다." 피르미누가 말했다.

"중요한 문제들은 길거리에서 맞닥뜨린다는 말이 정말 마음에 드네
요." 종업원이 말했다. "누가 한 말인가요?"

"카뮈입니다." 피르미누가 대답했다. "프랑스 작가지요. 그런데 사
실은 독일 철학자의 말을 인용한 겁니다."

"그럼 변호사는요?" 종업원이 다시 물었다. "변호사 이름은 뭡니
까?"

"이름이 엄청 길고 복잡해요." 피르미누가 대답했다. "그렇지만 포

르투에서는 모두들 로톤 변호사로 부른답니다."

"계속 들어보지요." 종업원이 부탁했다. "좀더 들어보고 싶습니다."

피르미누가 시작 버튼을 눌렀다.

" ……………………………………………………………………
………………………………………………………… 다마세누 몬
테이루가 자살했다고 추정하는 것은 …………………………………

……………………………………………………………………
………………………………… 장 아메리 …………………………

……………………………………………………………………
………………………………………… 『자유 죽음』의 냉정한 글들은
삶에 대한 혐오가 자발적인 죽음에 대한 기본 조건이라고 이야기하고
있습니다. 그렇지만 제대로 이해하려면 우리는 그의 책만이 아니라 그
의 인생도 알아야 합니다. …………………………………………………

……………………………………………………………………
……………………………………………………………………

………………………………… 장 아메리는 중부 유럽의 유대인으로 빈
에서 태어났고 30년대 말에 벨기에로 피신했다가 1940년에 독일군에
게 추방당했습니다. 귀르 강제수용소에서 탈출해 벨기에 레지스탕스
에 합류했으나 1943년 다시 나치에게 체포당했고 게슈타포에게 고문
당한 뒤 아우슈비츠로 이송되었지요. 거기서 생존해서 …………………

……………………………………………………………………
……………………………………………………………………

.... 그런데 생존이라는 게 무엇을 뜻하는 걸까요?..............

....

....

.... 저는 자문해봅니다...........................

....

....

.... 그는 문학에 전념해서, 독일어와
프랑스어로 아주 섬세한 글을 썼는데, 예를 들어 제가 기억하기로 플
로베르에 대한 연구와 소설 두 편을...

....

.... 그러나 글은 지울 수
없는 굴욕에서 사람을 구해낼 수 있을까요?..............................

....

.... 1978년 잘츠부르크에서 결국 자살해................

....

....

....

.... 그러니까 제 주장은, 만일
다마세누 몬테이루가 자살했다면, 제 뿌리 깊은 의심이 증언에 의해
증명될 수 없기 때문에, 우리가 이 사실을 믿기 위해서는 온 힘을 다해
모든 가능성을 확인해야..

....

....

....

.... 그의 절망적인 행동은 강요된 행동, 고문의 결과일 겁니다. 검시 결과가 증명하듯이.........................

....

....

.... 저는 책임은 티타니우 실바 경위에게 있다고 주장하는 바입니다...

.... 그의 경찰서에서 사용한 여러 신문 방법은..

....

....

.... 제 태도가 돈키호테식이라고요? 글쎄요, 마지막으로 인용을 하나 할 수 있게 허락하신다면, 아주 본질적인 문제, 즉 목숨을 버리게 만드는 문제나 삶에 대한 열정을 높이는 문제에는 단 두 가지 사고방식이 존재한다고 말씀드리고 싶습니다. 즉 돈키호테식 사고방식이냐, 라 팔리스식 사고방식이냐 하는 겁니다*........

....

....

....

---

* 알베르 카뮈의 『시시포스의 신화』에 나오는 내용.

.... 그들은 우리가 다마세누 몬테이루는 커피 때문에 죽었다는 말을 믿어주길 바라고..
....
....
...... 그렇지만 라 팔리스에 버금가는, 모욕적일 정도로 어리석은 행위, 여기 피고인들의 우스꽝스러운 증언을 통해 들은 이 어리석은 행위는 파렴치한 것입니다..
.... 파렴치............................
....
.. 파렴치, 파렴치라는 말로 제가 무슨 말을 하려던 건지 설명해보겠습니다..
....
.... "

피르미누가 정지 버튼을 눌렀다.

"이 대목의 녹음 상태가 정말 좋지 않군요." 피르미누가 말했다. "그래도 분명히 말씀드릴 수 있는데, 이 순간의 변론에는 소름 돋는 뭔가가 있었습니다. 그때 속기를 해야 했는데 그럴 수 없었어요. 그리고 이 녹음기를 믿었지요."

"안타깝군요." 종업원이 말했다. "그다음에는요?"

"그다음은 변론의 거의 마지막 부분입니다." 피르미누가 말했다. "변호사는 살세도 사건을 상기시켰죠."

"그게 누군가요?" 종업원이 물었다.

"저도 잘은 몰랐는데요," 피르미누가 대답했다. "30년대에 미국에서 벌어졌던 사건이더군요. 살세도는 무정부주의자였는데, 미국 경찰서 창문 밖으로 몸을 던졌고 경찰은 자살로 처리했죠. 그 사건은 갈레아니던가 하는 변호사에 의해 세상에 알려지게 됐고요. 변론은 이것으로 끝을 맺었는데, 보시다시피 녹음이 하나도 되지 않았네요."

종업원이 일어났다.

"곧 리스본에 도착할 겁니다." 그가 말했다. "제 일을 하러 가야겠어요."

"계산서를 주세요." 피르미누가 말했다. "제가 사겠습니다."

"그럴 수 없어요." 종업원이 반대했다. "그러려면 제가 계산서를 끊어야 하는데, 계산기가 시간을 기록해서 손님이 음식을 먹은 시간은 뭔가를 먹을 수 없는 시간이라는 걸 증명하게 되거든요."

"무슨 말인지 잘 모르겠는걸요." 피르미누가 대답했다.

"계란 네 개로 철도 회사가 망하진 않을 겁니다." 종업원이 결론을 내렸다. "그리고 말동무가 되어주셔서 감사합니다. 여행이 훨씬 짧게 느껴졌어요. 다만 녹음 일은 안됐습니다. 안녕히 가세요."

피르미누는 가방에 녹음기를 다시 집어넣고 테이블 위에 놓아둔 노트를 넘겨보았다. 백지 상태였다. 그가 서둘러 받아 적은 것은 판결문뿐이었다. 피르미누는 그것을 다시 읽어보았다.

"본 법정은 법이 정한 권한으로 법원의 수사 기록을 확인하고 피고인과 증인과 양측 변호사의 변론을 들은바, 코스타와 페루 대원에게는 공무원의 직무를 수행하면서 시체를 은닉하고 공식 기록을 누락한 범법 행위를 저지른 데 대해 징역 2년을 선고한다. 그러나 법정은 집행유예를 허락한다. 실바 경위는 근무 수행중 경찰서를 떠난 업무 태만의 책임이 인정되므로 정직 6개월에 처한다. 살인에 대해서는 무죄를 언도한다."

리스본 교외에 하나둘씩 켜지기 시작한 불빛들이 기차 창에 비쳐 반짝이기 시작했다. 피르미누는 가방을 들고 통로로 나갔다. 아무도 없었다. 그는 시계를 보았다. 기차는 정각에 도착했다.

21

문학부에서 나와 계단 꼭대기에서 걸음을 멈추고 주차장을 둘러보며 카타리나를 찾았다. 4월은 눈부신 자태를 드러내며 환히 빛나고 있었다. 피르미누는 대학가 광장에 서 있는 나무들을 보았다. 나무들은 일찌감치 무성한 초록 잎들을 자랑하고 있었다.

피르미누는 재킷을 벗었다. 여름 못지않게 더웠다. 그는 약혼녀의 자동차를 발견하고는 손에 든 종이를 팔락거리며 계단을 내려갔다.

"짐 챙길 수 있지?" 그가 의기양양한 목소리로 외쳤다. "떠나자고!"

카타리나가 두 팔을 연인의 목에 두르며 입을 맞추었다.

"언제부터야?"

"당장. 이론적으로는 내일이라도 떠날 수 있어."

"1년 동안?"

"1년짜리 장학금은 그 뛰어난 학생이 탔고," 피르미누가 말했다. "난 6개월짜리를 받았어. 그래도 아예 못 받은 것보다는 낫지, 안 그래?"

그가 차창을 열고 꿈을 꾸듯 읊었다.

"개선문, 샹젤리제, 오르세 미술관, 국립도서관, 라탱 지구, 6개월 동안 빛의 도시*에서 살 수 있어, 아, 축하 파티를 해야 하지 않을까?"

"축하 파티 해." 카타리나가 대답했다. "그런데 확실히 우리 둘이 지낼 만한 금액은 되는 거지?"

"매달 상당한 액수가 지급돼." 피르미누가 대답했다. "파리는 물가가 아주 비싼 도시지만 대학교 식당을 이용할 수도 있으니까, 풍족하지는 않겠지만 생활은 할 수 있을 거야."

카타리나가 길게 늘어선 자동차 행렬 속으로 들어갔다.

"어디 가서 축하할까?" 그녀가 물었다.

"'토니 두스 비페스'에 가는 게 어떨까." 피르미누가 제안했다. "그런데 로터리를 돌아서 신문사에 좀 데려다줘. 사장과 처리할 일을 당장 해치우고 싶어. 아직 정오밖에 안 됐으니까."

휠체어에 앉은 전화교환수는 작은 은박지 용기에 든 점심을 먹으면서 그녀가 특히 좋아하는 주간지를 읽고 있었다.

"여기서 경쟁사 잡지를 읽고 있다니!" 피르미누가 농담으로 그녀를 나무랐다.

---

* 파리의 다른 이름.

그날 아침에는 편집부 직원들이 모두 나와 있었다. 피르미누는 카타리나를 데리고 책상 사이를 지나 편집국장 앞을 지나면서 다정하게 인사했다. "안녕하세요, 무슈 위페르." 그러고 나서 유리문을 두 번 노크하고 조그만 사장실로 들어갔다.

"제 약혼녀입니다." 피르미누가 말했다.

"만나서 반갑습니다." 사장이 웅얼거렸다.

두 사람은 현대주의 건축가가 사방으로 보급시킨, 몹시 불편한 하얀색 금속 의자에 앉았다. 언제나처럼 사장실 공기는 숨이 막혔다.

"의논드릴 게 있습니다, 사장님." 피르미누는 어떻게 말을 꺼내야 할지 몰라 이렇게 말했다. 그리고 서둘러 덧붙였다.

"6개월 동안 휴직하고 싶습니다."

사장이 담배에 불을 붙이고는 아무 표정 없는 얼굴로 피르미누를 보더니 말했다.

"좀더 자세히 설명해보게."

피르미누는 되도록 자세히 설명하려고 했다. 그는 장학금을 타서 파리 소르본 대학의 어떤 교수 밑에서 연구를 할 수 있게 되었다. 물론 신문사에서 월급을 받지 않을 것이다. 이것은 이해할 수 있는 일이다. 하지만 신문사를 그만두면 고용보험이 없는 상태가 된다. 신문사더러 매달 보험금을 내달라는 얘기는 아니다. 보험금은 그의 돈으로 지불할 것이다. 다만 실업 상태로 있고 싶지 않다. 사장님도 아시다시피 우리가 살고 있는 여기 이 포르투갈에서 실업자는 떠돌이 개와 비슷한 존재이기 때문이다. 그리고 6개월 뒤 돌아왔을 때, 지금까지 해왔던 일을 다시 시작하고 싶다. 그 점은 엄숙하게 맹세할 수 있다.

"6개월은 너무 긴데." 사장이 중얼거렸다. "그 6개월 동안 무슨 일이 벌어질지 누가 알겠나."

"아," 피르미누가 말했다. "이제 멋진 계절로 들어섰습니다. 곧 여름 휴가철이 될 테고 사람들은 바다로 가겠지요. 여름에는 살인 사건이 줄어드는 것 같더라고요. 통계자료던가에서 읽었습니다. 그리고 만일의 경우 실바 씨가 특파원 일을 할 수 있을 겁니다. 정말로 하고 싶어 하니까요."

사장은 잠시 생각하는 것 같았으나 아무 대답도 하지 않았다. 피르미누에게 갑자기 아이디어가 떠올랐다.

"들어보세요." 그가 말했다. "제가 파리에서 기사를 보낼 수도 있습니다. 수많은 치정 범죄가 일어나는 도시니까요. 모든 신문사가 파리에 특파원을 보낼 수 있는 것은 아니잖아요. 사장님은 특파원을 공짜로 쓰시는 거고요. 얼마나 근사할지 생각해보세요. 파리에 있는 우리 신문사 특파원으로부터."

"그것도 하나의 방법일 수 있겠군." 사장이 대답했다. "그렇지만 생각을 좀 해봐야겠네. 내일 차분하게 다시 이야기해보자고. 내가 생각을 좀 할 수 있게 해주게."

피르미누가 자리에서 일어나 인사를 하려고 했다. 카타리나도 따라 일어났다.

"아, 잠깐만." 사장이 말했다. "자네에게 전보가 와 있네. 어제 온 걸세."

피르미누는 사장이 내민 전보를 열었다. 이런 내용이었다. "급히 할 이야기가 있소 마침표 내일 우리집에서 기다리지요 마침표 전화는 안

될 거요 마침표 잘 지내시오 페르난두 드 멜루 세퀘이라."

피르미누는 전보를 읽고 당황한 얼굴로 카타리나를 보았다. 그녀는 의아한 얼굴로 그의 눈을 쳐다보았다. 피르미누가 큰 소리로 전보를 읽었다.

"저한테 뭘 원하는 걸까요?" 피르미누가 물었다.

두 사람 모두 아무 대답도 하지 않았다.

"어떻게 하지?" 피르미누가 카타리나를 돌아보며 물었다.

"내 생각에는 갔다 오는 게 좋을 것 같아." 그녀가 대답했다.

"정말 그렇게 생각해?" 피르미누가 다시 물었다.

"그럼, 왜 아니겠어." 카타리나가 웃었다. "포르투가 세상 끝에 있는 것도 아닌데."

"그럼 '토니 두스 비페스'에서 하기로 한 우리 파티는?" 피르미누가 물었다.

"내일로 연기하면 되지." 카타리나가 대답했다. "베르사유 제과점에 가서 간단히 먹자. 그다음 역까지 데려다줄게. 베르사유 제과점에 가 본 지 정말 오래됐어."

한낮의 환한 빛과 눈부신 태양 아래에서 도시는 얼마나 다르게 보이는지. 피르미누는 마지막으로 이 도시를 본 날, 안개 낀 12월의 도시 모습을 떠올렸다. 너무나 음산했다. 하지만 지금 포르투는 밝고 활기차고 생명력이 넘쳤고, 플로르스 거리의 창틀마다 놓인 화분은 꽃으로 뒤덮여 있었다.

피르미누가 초인종을 누르자 문이 철컥 소리를 내며 열렸다. 돈 페르난두가 책장 아래쪽에 놓인 소파에 몸을 푹 파묻고 앉아 있었다. 방금 일어난 사람처럼 가운 차림이었지만, 목에는 실크 스카프를 두르고 있었다.

"안녕하시오, 젊은이." 그가 무뚝뚝한 목소리로 말했다. "이렇게 와줘서 고맙소, 앉아요."

피르미누는 자리에 앉았다.

"급히 보자고 하셨는데," 그가 말했다. "무슨 일인가요?"

"잠시 후에 이야기하지요." 돈 페르난두가 대답했다. "그보다 먼저, 당신 약혼녀 얘기를 좀 해주시오. 어떻게 지내고 있나요, 도서관에 취직은 됐소?"

"아직 안 됐습니다." 피르미누가 대답했다.

"전후 포르투갈 소설에 대한 논문은 어떻게 됐소?"

"다 썼습니다." 피르미누가 대답했다. "그런데 긴 논문은 아니고요, 20페이지 정도 되는 짧은 비평문입니다."

"루카치에 대한 애정은 여전한가요?"

"주제를 약간 바꿨습니다." 피르미누가 설명했다. "다른 방법론도 이용하면서 한 편의 소설에만 집중했죠."

"어디, 말해봐요." 변호사가 말했다.

"60년대 어느 포르투갈 소설에서 금지의 메타포로서의 신문 일기예보." 피르미누가 말했다. "이게 제 논문의 제목입니다."

"멋진 제목이군요." 변호사가 인정했다. "정말 멋진 제목이오. 어떤 방법론을 이용했나요?"

"감춰진 메시지 해석과 관련된 부분은 주로 로트만*의 이론을 이용했습니다." 피르미누가 설명했다. "그렇지만 정치적 논의와 관련된 부분은 루카치를 이용했습니다."

"훌륭한 혼합이군요." 변호사가 말했다. "논문을 읽고 싶은 마음이 생겼소. 한 부 보내주실 수 있겠지요. 다른 일은 없소?"

"이 논문으로 파리에 장학금을 신청했고, 받게 됐습니다." 피르미누가 약간 자랑스럽게 말했다. "멋진 연구 계획도 이미 세워뒀고요."

"흥미롭군요." 변호사가 말했다. "뭘 연구할 계획이오?"

"문학에서의 검열입니다." 피르미누가 말했다.

"그렇군!" 변호사가 크게 감탄했다. "언제 떠날 생각이오?"

"가능한 한 빨리요." 피르미누가 대답했다. "지원자가 수락하는 순간부터 장학금이 지불되니까요. 오늘 아침에 수락 서명을 했습니다."

"알겠소." 변호사가 다시 말했다. "당신을 이곳으로 부른 게 부질없었구려. 나는 당신이 그렇게 행복하고도 중요한 상황일 거라고는 정말이지 상상하지 못했어요."

"왜 부질없다는 겁니까?" 피르미누가 물었다.

"당신 도움이 필요했거든요." 변호사가 말했다.

돈 페르난두는 자리에서 일어나 책상으로 갔다. 시가를 하나 집더니, 불을 붙여야 할지 말아야 할지 결정하지 못한 것처럼 오랫동안 냄새를 맡았다. 그러더니 다시 소파에 몸을 깊숙이 묻고 고개를 뒤로 젖혀 천장을 보았다.

"재심을 청구했소." 변호사가 말했다.

---

* 유리 로트만. 구소련 문학자, 기호학자, 문화역사학자.

피르미누가 놀란 눈으로 그를 보았다.

"그렇지만 때가 늦었잖습니까." 피르미누가 말했다. "제때 상소하지 않으셨어요."

"맞소." 변호사가 인정했다. "당시에는 상소가 아무 소용 없을 것 같았어요."

"게다가 사건은 종결됐고요." 피르미누가 말했다.

"맞소." 변호사가 말했다. "종결됐지요. 그래서 내가 다시 시작하려는 거요."

"어떤 근거로요?" 피르미누가 물었다.

돈 페르난두는 아무 말도 하지 않고, 자리에서 일어나지 않은 채 상체를 똑바로 세워 소파 옆에 있는 작은 장식장을 열고는 와인 한 병과 잔 두 개를 꺼냈다.

"최고급 포트와인은 아니오." 변호사가 말했다. "하지만 나름대로 풍미는 있지."

와인을 따르더니 드디어 시가에 불을 붙였다.

"내게 목격자가 있소." 변호사가 아주 느릿느릿 말했다. "그가 사건을 목격했다는 것을 알고 재심을 청구하게 된 거요."

"목격자라고요?" 피르미누가 말했다. "무슨 말씀이십니까?"

"다마세누 몬테이루 살인의 목격자 말이오." 돈 페르난두가 대답했다.

"그게 누굽니까?" 피르미누가 물었다.

"완다." 돈 페르난두가 대답했다. "내가 아는 사람이오."

"완다가 어떤 사람인데요?" 피르미누가 물었다.

변호사는 와인을 한 모금 마시고 맛을 음미했다.

"완다는 가여운 존재요." 변호사가 대답했다. "세상의 표면에서 겉돌고 천상의 왕국에는 갈 수 없는 가여운 존재 중 하나지. 일레우테리우 산투스, 보통 완다라고 불러요. 여장 매춘부라오."

"이해가 잘 안 됩니다만." 피르미누가 말했다.

"일레우테리우 산투스." 돈 페르난두가 마치 서류철을 읽는 것처럼 계속했다. "32세, 마랑 산골에서 양을 치는 몹시 가난한 집안 출신. 열한 살에 삼촌에게 성적 학대를 당하고 열일곱 살까지 고아원에서 자람. 도우루 강 어귀에서 과일을 하역하는 일용직이나 시 공동묘지에서 무덤 파는 인부의 조수 같은 직업을 전전함. 우울증으로 이 도시 정신병원에 1년간 입원함. 이로 인해 우리 도시가 자랑하는 그 친절한 정신병원에서 정신박약 및 정신분열증 환자들과 함께 지냈음. 현재 완다는 포르투의 거리에서 성매매를 하는 매춘부로 경찰에 분류되어 있음. 가끔 가벼운 우울증에 시달리지만 지금은 의사를 만날 만큼 여유가 있음."

"그 사람에 대해 아주 잘 알고 계시는군요." 피르미누가 말했다.

"자동차에서 성매매를 하는 동안 그를 폭행했던 손님과 재판을 할 때 완다를 변호해주었지." 돈 페르난두가 말했다. "보잘것없는 가학성 변태성욕자였는데 돈은 좀 있어서, 완다에게 나쁘지 않게 재판 결과가 나왔다오."

"그런데 증거는요?" 피르미누가 물었다. "증거에 대해 말씀해주십시오."

"간단히 말해," 돈 페르난두가 설명했다. "완다는 평소 자리잡는 거리에 있다가, 그날 밤은 거기서 일이 별로 안 잡히는 것 같아 자기 구역이 아닌 옆길로 옮긴 거요. 그 거리를 관리하는 포주와 마주쳤는데 그자가 완다를 공격했고 완다는 방어를 하면서 싸움이 벌어졌지. 국가방위대 순찰대가 지나가자 포주는 도망쳤소. 순찰대가 땅에 쓰러져 있던 완다를 차에 태워 경찰서 유치장으로 데려갔어요. 좀더 정확히 말하면 경찰들이 유치장이라고 부르는, 사무실과 연결된 평범한 작은 방이지. 순찰대원은 책임감 있는 사람이었는지 유치장에 수감된 사람들 명단에 완다의 이름을 기록해놓았더군요. 기록부에 이렇게 적혀 있소, 일레우테리우 산투스, 23시에 수감. 경찰은 기록부를 마음대로 고칠 수 없지."

변호사가 입을 다물고는 담배 연기로 허공에 그림을 그리더니 다시 천장을 뚫어지게 보았다.

"그래서 어떻게 됐습니까?"

"그뒤에 완다를 체포했던 순찰대가 교대 근무를 끝내고 떠나버렸소. 완다는 다른 사무실과 연결된 그 작은 방에 남겨졌고, 곧 간이침대에 누워 잠들었어요. 밤 12시 30분경에 비명을 듣고 잠이 깨, 문을 살짝 열고 그 틈으로 들여다봤소. 다마세누 몬테이루였지."

변호사가 잠시 말을 멈추고 시가를 재떨이에 눌러 껐다. 불룩한 눈두덩이에 파묻힌 작은 두 눈이 먼 곳을 응시했다.

"다마세누는 의자에 묶여 있었고 상체는 알몸이었소. 티타니우 실바 경위가 그의 배에 대고 담뱃불을 여러 차례 비벼 껐지. 그 경찰서는 금연이었기 때문에 다마세누 몬테이루는 담배꽁초를 끌 수 있는 최고의 재떨이였던 셈이오. 실바는 이전에 도착한 헤로인을 누가 훔쳐갔는지 알고 싶어했어요. 헤로인을 도둑맞은 게 이번이 두번째라면서. 그러자 다마세누는 자기는 모른다고, 스톤스 오브 포르투갈에서 도둑질을 한 건 이번이 처음이라고 맹세했소. 그러다가 어느 순간 다마세누가 실바를 고발할 거라고 고함치기 시작한 거요. 티타니우 실바가 포르투 헤로인 거래를 주도한다는 사실을 모르는 사람은 없을 거라고 말이오. 그러자 실바는 말을 더듬거리기 시작했고 미친 사람처럼 펄쩍펄쩍 뛰었지. 뭐, 이런 세세한 이야기들은 별로 중요한 게 아니오. 아마 기자님이 나중에 더 자세히 알 수 있을 거요. 실바가 권총을 빼서 느닷없이 다마세누의 관자놀이에 총을 쏴버리기 전까지의 일쯤은."

변호사는 포트와인을 한 잔 더 따랐다.

"흥미롭지 않소?" 변호사가 물었다.

"굉장히 흥미롭네요." 피르미누가 대답했다. "그래서 어떻게 됐습니까?"

"티타니우가 코스타 대원에게 아래층 탕비실에 가서 전기칼을 가져오라고 했고, 코스타 대원이 전기칼을 가지고 올라오자 이렇게 말했소. 목을 잘라, 코스타. 머리에 총알이 박혀 있어서 우리가 위험해질 수 있어. 머리는 네가 강에 갖다 버려. 몸은 나하고 페루가 알아서 할 테니."

변호사가 작은 눈을 한시도 가만히 두지 않은 채 피르미누를 보고 물었다.

"이 정도면 충분하겠소?"

"아주 충분합니다." 피르미누가 대답했다. "그러면 제가 할 일은 뭔가요?"

"봐요." 돈 페르난두가 설명했다. "난 이런 사실을 전부 다 알고 있었지만 신문에 이 글을 쓸 수는 없소. 오늘 아침에 완다와 같이 경찰서에 고발하러 갔는데, 같은 말을 완다가 신문에 직접 모두 얘기했으면 좋겠어요. 이 나라의 도로에서 벌어지고 있는 모든 사건에 대한 예방 차원의 조치라고 해두지요."

"알겠습니다." 피르미누가 말했다. "어디로 가면 완다를 만날 수 있습니까?"

"내 형 농장에 피신시켜뒀소." 돈 페르난두가 대답했다. "그곳이 안전하니까."

"언제 완다와 인터뷰할 수 있을까요?" 피르미누가 물었다.

"지금 당장 해도 돼요." 변호사가 설명했다. "하지만 혼자 가는 게 좋겠소. 원한다면 마누엘에게 전화를 해서 내 차로 거기까지 태워다달라고 말해두지요."

"좋습니다." 피르미누가 말했다.

변호사가 마누엘에게 전화를 했다.

"지금 바로 차를 끌고 나오라고 했으니," 그가 수화기를 내려놓았다. "10분도 안 걸릴 거요."

"길에 나가서 기다리겠습니다." 피르미누가 말했다. "오늘 공기가 유난히 상쾌하던데요, 자연의 향기를 맡아보셨습니까, 변호사님?"

"장학금은?" 돈 페르난두가 물었다.

"아, 며칠 늦어져도 상관없습니다. 제 약혼녀한테는 나중에 전화할 거예요."

피르미누가 문을 열고 밖으로 나가려다 문가에서 걸음을 멈췄다.

"변호사님," 그가 말했다. "아무도 완다의 증언을 믿으려 하지 않을 겁니다."

"그렇게 생각하시오?" 변호사가 물었다.

"여장을 하고 다니는데다," 피르미누가 말했다. "정신병원에 입원했었고 경찰 기록에는 매춘부로 분류돼 있지요. 생각해보십시오."

피르미누가 등뒤로 막 문을 닫으려는 순간, 돈 페르난두가 손짓으로 그를 멈춰 세웠다. 힘들게 자리에서 일어나 방 한가운데로 걸어오더니, 마치 허공을 가리키듯 집게손가락으로 천장을 가리켰다가 피르미누 쪽으로 손가락을 돌리고, 그런 다음 자신의 가슴을 찔렀다.

"완다는 그냥 한 명의 인간이오." 변호사가 말했다. "이걸 기억해요, 젊은이, 무엇보다 먼저 그녀가 한 명의 인간이라는 사실을."

그러고는 말을 이었다.

"완다를 친절하게 대해주시오. 아주 예민하거든. 수정처럼 깨지기 쉬운 사람이라오. 말 한마디라도 잘못했다간 금방 울음을 터뜨릴지도 몰라요."

1996년 10월 30일
헬싱키

후기

이 소설에서 묘사된 인물과 장소, 상황은 소설적 상상력의 산물이다. 실제로 소설적 상상력을 불러일으켜준 아주 구체적인 사건이 있다. 1996년 5월 7일 밤, 포르투갈 사람 25세의 카를루스 호자가 리스본 교외 사카벵의 국가방위대 경찰서에서 살해되었다. 시신은 공원에서 발견되었는데 목이 잘려나갔고 몸에는 고문을 받은 흔적이 있었다.

이 소설에서 다룬 몇몇 법률적 주제로 말하자면, 판사이자 헤이그 국제사법재판소 소장인 안토니오 카세세 판사와 나눈 즐거운 대화가 큰 도움을 주었으며, 그의 저서 『인간과 비인간, 현대 유럽의 감옥과 경찰서』에 나타난 여러 시사점에도 영향을 받았다.

이 소설은 내가 책에서 집시 마놀루로 이름 붙인 인물에게도 빚을 졌다. 여러분이 원한다면 그는 허구의 인물이라고 여겨도 되겠지만,

이야기 속에서 개인적인 실체로 응축된 집단적인 실체라고 말해야 할 것이다. 그는 소위 현실의 차원에서는 이 이야기와 동떨어져 있으나, 반대로 아주 오래전 그의 부족 유목민들이 아직 말을 갖고 있던 시절, 어느 날 오후 야나스에서 늙은 집시가 들려준 잊을 수 없는 어떤 이야기들과는 동떨어져 있지 않다.

법철학과 관련된 모든 정보를 아낌없이 제공해준 다닐로 졸로에게 감사한다. 그리고 파올라 스피네시와 마시모 마리아네티에게도 감사한다. 두 사람은 배려와 인내로 원고를 입력해주었다.

이제 다마세누 몬테이루는 내가 살았던 리스본의 서민 구역에 있는 거리 이름이라는 사실을 말해야겠다. 그리고 로톤 변호사의 변론 첫 문장은 철학자 마리오 로시의 말이다. 나머지 변론은 내 등장인물의 교양과 신념에 의지했을 뿐이다.

A. T.

처참한 현실 속에서 찾을 수 있는 희망

1997년 발표된 안토니오 타부키의 『다마세누 몬테이루의 잃어버린 머리』는 포르투갈에서 벌어진 실제 사건을 소재로 한 추리소설이다. 타부키가 후기에서 밝힌 대로, 1996년 5월 7일 밤 리스본 교외에서 온 몸에 고문당한 흔적이 뚜렷한 머리 없는 시신이 발견된다. 카를루스 호자라는 이 청년은 경찰서에서 살해된 것으로 밝혀지는데 여기까지 는 이 소설 속 인물 다마세누 몬테이루와 일치한다. 타부키는 은유나 상징 같은 문학적 장치를 이용해 현실의 사건을 추리소설로 탄생시킨 다. 그런데 추리소설이기는 하나 일반적인 추리소설처럼 사건이 긴박 하게 전개되지는 않는다. 이미 제목에 살해당한 희생자의 이름이 밝혀 져 있고 소설 초반에 이미 범행 방식과 범인의 단서들이 드러나 있어 쉽게 범인을 추리할 수 있다. 이 소설은 범죄나 범인을 찾아내는 과정에 초점을 맞추는 게 아니라 그 과정에서 드러나는 문제들에 대해 독자에게 의문을 던지며 함께 생각하게 만든다.

포르투갈의 항구도시 포르투에서 머리가 잘려나간 시신이 발견된다. 집시 마놀루가 집시촌 근방의 공원에서 그 시신을 발견했다. 리스본의 신문기자인 피르미누는 이 사건을 취재하기 위해 포르투로 파견된다. 피르미누는 이탈리아의 작가 엘리오 비토리니가 포르투갈 소설에 미친 영향을 연구하겠다는 목표를 가진 문학청년이다. 그는 도나 호자의 하숙집에 머물며 포르투에서 '로톤'이라는 별명으로 통하는 변호사 페르난두 드 멜루 세퀘이라를 만나 함께 사건을 풀어나간다.

피르미누는 살해당한 사람이 홍콩에서 의료 장비를 수입하는 무역회사에서 배달 일을 하던 청년이라는 것과 살인 사건이 마약 밀매와 관련 있다는 것을 알게 된다. 국가방위대 경위로 '초록 귀뚜라미'라는 별명이 붙은 티타니우 실바가 홍콩에서 마약을 밀매해 클럽 '푸치니의 나비부인'과 소매업자들에게 팔고 있었고, 이것을 알게 된 다마세누는 그 마약을 중간에서 가로채려다가 초록 귀뚜라미에게 발각되어 결국 경찰서에서 살해되었다는 것을 밝혀낸 것이다. 피르미누는 변호사와 상의하여 기사를 쓰고 이 사건의 진상을 세상에 알린다. 그러나 재판에서 변호사가 경찰의 고문 행위와 살인을 폭로하며 유죄를 입증하려 하지만 권력을 등에 업은 실바 경위가 무죄를 선고받음으로써 피르미누와 변호사의 노력은 물거품이 되어버린다.

이렇게 사건이 진행되어가는 과정에서 소설은 경찰의 권력 남용과 고문, 사회적으로 소외된 계층이나 소수민족의 문제가 얼마나 심각한지 보여준다. 이러한 문제는 비단 포르투갈에 국한된 게 아니며 포르투는 다른 도시의 이름으로 대체될 수도 있으리라는 게 타부키의 생각이다.

그러나 절망만을 남기고 끝나는 듯하던 소설은 변호사가 다마세누가 살해될 때 경찰서에 구금되어 있던 '완다'라는 새로운 목격자를 찾아내며 급반전한다. 다마세누가 살해될 때 그 경찰서에 잡혀와 있던 매춘부(여장 남자)인 완다는 이 사회에서 소외되고 억압당하고 폭력에 노출된 연약한 존재다. 그러나 완다를 만나러 가는 피르미누에게 변호사가 상기시켰듯이 그녀는 "그냥 한 명의 인간"일 뿐이다. 정의가 패배한 듯이 보였으나 사회적으로 '소외된' 존재에 의해 다시 올바른 심판이 내려질 수 있다는 가능성과 희망의 불씨가 완다를 통해 다시 살아난다. 장학금을 받아 프랑스로 떠날 준비를 하던 피르미누가 출발을 미루고 다시 이 사건에 뛰어드는 것으로 소설은 끝을 맺는다.

이것은 기자라는 자신의 직업에 대한 투철한 의식 대신 막연하게 문학을 하겠다는 꿈을 꾸던 피르미누에게는 커다란 사건이며, 어찌 보면 그의 인생의 전환점이 될 수도 있다. 또한 지금까지 암울하기만 하던 소설에 가느다란 한줄기 희망의 빛이 되기도 한다. 피르미누의 변화는 소설의 배경이 된 포르투의 묘사에서도 드러난다. 피르미누는 영국풍의 도시인 포르투와 음식을 포함한 이 도시의 모든 것에 이유를 알 수 없는 혐오감을 지니고 있었다. 포르투는 "음산해 보이는 건물이 늘어선 눅눅하고 우울한 도시"일 뿐이었으나, 마지막에 변호사를 방문할 때의 도시는 새삼 다르게 묘사되어 소설의 결말에 활력을 불어넣어준다.

한낮의 환한 빛과 눈부신 태양 아래에서 도시는 얼마나 다르게 보이는지. 피르미누는 마지막으로 이 도시를 본 날, 안개 긴 12월의 도시 모습을 떠올렸다. 너무나 음산했다. 하지만 지금 포르투는 밝고 활기차고 생명력이 넘쳤고, 플로르스 거리의 창틀마다 놓인 화분은 꽃으로 뒤덮여 있었다. (230쪽)

이와 같은 변화는 피르미누 내면의 변화에서 기인했을 것이다. 그리고 그 변화를 이끈 사람은 바로 변호사다. 실제로 이 소설의 숨은 주인공이라고 할 변호사는 여러 가지 면에서 피르미누와 대조적이다. 피르미누가 아직 젊고 무모하다 싶을 정도로 순수하다면, 이미 육십이 넘은 변호사는 삶에서 가장 쓸쓸한 경험들을 한 까닭에 고통과 비애에 잠겨 있다. 피르미누는 루카치의 이론을 문학연구에 적용하려 하고 변호사는 한스 켈젠의 근본규범을 인용한다. 피르미누가 활동적인 반면 뚱뚱한 몸에 지병까지 있는 변호사는 다소 음울한 서재에서 피르미누와의 대화를 통해 피르미누에게 여론을 형성하는 방법이라든가 기사를 쓸 방향을 암시한다. 표면적으로 너무나 다른 두 사람의 만남과 대화가 이 소설을 이끌어가는 진정한 원동력인 것이다.

변호사는 부유한 귀족 가문 출신이지만 정의에 대한 사랑으로 자신이 가진 부와 지식을 이용해서 소외되고 억압받는 사회 계층을 위한 변호에 평생을 바치고 있다. 그는 인생에 패배한 듯 보이나 절대 자신의 신념을 저버리지 않는다.

박학다식하고 경험이 풍부한 그는 피르미누에게 포르투의 음식을 맛보이기도 하고 사건과는 관련 없어 보이는 문학적인 주제를 논하는

가 하면 꿈속에서 만나곤 하는 차가웠던 할머니나 젊은 시절의 기억들을 떠올리며 피르미누에게 권력 남용과 고문과 억압으로 가득찬 현실을 보여준다. 뿐만 아니라 피르미누의 직업에 대한 애정까지도 되살린다. 그러나 때로는 피르미누의 빈약한 문학 지식을 가차 없이 비난하며 그가 지닌 엘리트 의식의 허상을 보여주기도 한다.

그는 켈젠의 '근본규범'을 자주 언급한다. 켈젠에 따르면 법은 피라미드처럼 단계를 이루는데 그 정점에 근본규범이 있다고 한다. 변호사에 따르면 근본규범은 '규범적 명제, 일종의 형이상학적 가정'으로, "근본규범의 길은 무한"하므로 법에 적용될 경우 불법적이라고 판단할 수 있는 행위조차 합법적인 것이 될 수 있다. 여기서 우리는 '정의'라는 용어가 단일한 의미가 아니라 사용하는 사람의 편의에 따라 남용될 수 있음을 알 수 있다. 또한 타부키는 변호사를 통해 범죄자나 소수자, 유랑민도 마땅히 인간으로서의 권리를 인정받아야 하는데 경찰이 과도한 권력으로 그들의 인권을 유린한다고 비난하며 한 인간이 어떻게 진정한 인간으로 존재해야 하는지를 고민해보게 한다.

그러나 『다마세누 몬테이루의 잃어버린 머리』는 이런 사회, 정치적 메시지만을 담고 있지는 않다. 외곽으로 밀려나 패배한 인생을 살고 있지만 자존심과 자의식을 잃지 않은 집시 마놀루나 하숙집을 운영하며 손님에게 지혜로운 도움을 주는 도나 호자 같은 등장인물과 다양하게 인용되는 각 시대의 문학작품이 그물망처럼 연결되어 소설을 한층 풍요롭게 해준다. 그래서 이 소설을 읽으며 추리소설이나 누아르의 분위기를 느낄 수도 있고 문학이나 작가에 대한 대담집을 읽는 기분을 맛볼 수도 있다. 또 사실적으로 묘사된 포르투와 리스본의 분위기를 생생하게 느껴볼 수도 있다.

　이 작품을 번역하는 동안 무엇보다 소설의 배경이 된 포르투갈이 매혹적으로 다가왔다. '다마세누 몬테이루'가 타부키가 살았던 리스본 거리의 이름이라는 점도 흥미로웠다. 우리가 살아가는 현실에 대한 타부키의 사랑, 그 때문에 행동에 나설 수밖에 없으며, 그 결과가 미약해도 그래야만 한다고 우리를 일깨워주는 그의 목소리가 생생하게 느껴졌다.
　간결하면서도 깊이 있는 타부키 특유의 문장은 독특한 매력이 있었지만 자칫하다가 길을 잃기도 했다. 꼼꼼하게 검토해 준 문학동네 편집부에 감사드린다.

이현경

1943년   9월 24일 이탈리아 피사에서 태어남.

1949년   피사 교외 베키아노에 있는 외갓집으로 감. 그곳에서 많은 외국
         작품을 읽음.

1964년   피사 대학 입학. 파리 소르본 대학에서 수업을 청강하다 포르투갈
         시인 페르난두 페소아라는 이름을 듣게 되고, 우연히 발견한 알바
         루 드 캄푸스(페르난두 페소아의 이명 중 하나)의 시집 『담뱃가
         게*Tabacaria*』프랑스어판을 읽은 후 페소아에게 완전히 매혹됨.
         작가 연구를 위해 포르투갈어 과정을 이수함. 대학 재학 기간 동
         안 작가 연구를 위해 유럽을 여행함.

1969년   논문 「포르투갈의 초현실주의」로 피사 대학 졸업.

1970년   마리아 조제 드 랑카스트르와 결혼. 이후 부부가 함께 페소아를
         연구함.

1972년   피사의 고등사범학교에서 박사 과정 마침.

1973년   볼로냐 대학에서 포르투갈어와 문학을 가르침.

1975년   『이탈리아 광장*Piazza d'Italia*』출간.

1978년   제노바 대학에서 포르투갈어와 문학을 가르치기 시작함. 『작은
         배*Il piccolo naviglio*』출간.

1981년   『뒤집기 게임*Il gioco del rovescio e altri racconti*』출간.

1983년   『핌 항구의 여인*Donna di porto Pim*』출간. 좌파 성향 신문 〈라
         레푸블리카〉 근무.

1984년   『인도 야상곡*Notturno indiano*』출간.

1985년   『사소한 작은 오해들*Piccoli equivoci senza importanza*』출간.

1986년   『수평선 자락*Il filo dell'orizzonte*』 출간.

1987년   『베아토 안젤리코와 날개 달린 자들*I volatili del Beato Angelico*』,
페소아에 대한 글 모음집 『페소아의 2분음표*Pessoana Minima*』
출간. 『인도 야상곡』으로 프랑스 메디치 외국문학상 수상. 1988년
까지 리스본 주재 이탈리아 문화원장을 지냄.

1988년   희곡집 『빠져 있는 대화*I dialoghi mancati*』 출간. 문화, 정치를
다루는 신문 〈일 코리에레 델라 세라〉 근무.

1989년   포르투갈 대통령이 수여하는 엔히크 왕자 공로훈장, 프랑스 정부
가 수여하는 문화예술훈장을 받음. 알랭 코르노 감독이 『인도 야
상곡』을 영화화함.

1990년   페소아에 관한 연구서 『사람들이 가득한 트렁크*Un baule pieno
di gente*』 출간. 시에나 대학에서 교편을 잡음.

1991년   『검은 천사*L'angelo nero*』 출간. 포르투갈어로 『레퀴엠*Requiem*』
출간.

1992년   『레퀴엠』 이탈리아어로 번역 출간. 이 작품으로 이탈리아 PEN클
럽상 수상. 『꿈의 꿈*Sogni di sogni*』 출간.

1993년   페르난두 로페스 감독이 『수평선 자락』 영화화.

1994년   『페르난두 페소아의 마지막 사흘*Gli ultimi tre giorni di Fernan-
do Pessoa*』 『페레이라가 주장하다*Sostiene Pereira*』 출간. 『페레
이라가 주장하다』로 비아레조상, 캄피엘로상, 스칸노상, 장 모네
유럽문학상 수상.

1995년   로베르토 파엔차 감독이 〈페레이라가 주장하다〉 영화화.

1996년   칸 영화제 심사위원으로 참석.

1997년   실제 살인사건을 바탕으로 쓴 소설 『다마세누 몬테이루의 잃어버
린 머리*La testa perduta di Damasceno Monteiro*』 출간. 소설이
발표된 후 실제 사건의 범인이 유죄 선고를 받았는데, 살인과 수
사 및 재판 과정이 소설 내용과 비슷하여 화제가 됨. 『마르코니,

내 기억이 맞다면*Marconi, se ben mi ricordo*』 출간. 『페레이라가 주장하다』로 아리스테이온상 수상.

1998년   『향수, 자동차 그리고 무한*La nostalgie, l'automobile et l'infini*』 『플라톤의 위염*La gastrite di Platone*』 출간. 알랭 타네 감독이 〈레퀴엠〉 영화화.

1999년   『집시와 르네상스*Gli Zingarii e il Rinascimento*』 『얼룩투성이 셔츠*Ena ponkamiso gemato likedes*』 출간. 독일 라이프니츠 아카데미에서 노사크상 수상.

2001년   서간체 소설 『점점 더 늦어지고 있다*Si sta facendo sempre piú tardi*』 출간. 이듬해 이 작품으로 프랑스 라디오 방송 프랑스 퀼튀르에서 수여하는 외국문학상 수상.

2004년   『트리스타노 죽다. 어느 삶*Tristano muore. Una vita*』 출간. 이 작품으로 유럽 저널리스트 협회에서 수여하는 프란시스코 데 세레세도 저널리즘 상 수상.

2005년   『트리스타노 죽다. 어느 삶』으로 메디테라네 외국문학상 수상.

2007년   리에주 대학에서 명예박사 학위를 받음.

2009년   『시간은 빠르게 늙어간다*Il tempo invecchia in fretta*』 출간. 이 작품으로 프론티에레 비아몬티 상 수상.

2010년   『여행 그리고 또다른 여행들*Viaggi e altri viaggi*』 출간.

2011년   『그림이 있는 이야기*Racconti con figure*』 출간.

2012년   3월 25일 리스본 적십자 병원에서 암으로 사망. 제2의 고향 포르투갈 리스본에서 장례식을 치른 후 고국 이탈리아에 묻힘.

2013년   사후에 문학과 영화에 대한 강연 모음집 『모든 것은 거의 남아 있지 않고*Di tutto resta un poco*』와 소설 『이사벨을 위해*Per Isabel*』 출간.

문학동네 세계문학전집 발간에 부쳐

세계문학은 국민문학 혹은 지역문학을 떠나 존재하는 문학이 아니지만 그것들의 총합도 아니다. 세계문학이라는 용어에는 그 나름의 언어와 전통을 갖고 있는 국민문학이나 지역문학의 존재를 인정하면서 그것을 넘어서는 문학의 보편적 질서에 대한 관념이 새겨져 있다. 그 용어를 처음 고안한 19세기 유럽인들은 유럽문학을 중심으로 그 질서를 구축했지만 풍부한 국민문학의 전통을 가지고 있는 현대의 문학 강국들은 나름의 방식으로 세계문학을 이해하면서 정전(正典)의 목록을 작성하고 또 수정한다.

한국에서도 세계문학 관념은 우리 사회와 문화의 변화 속에서 거듭 수정돼왔다. 어느 시기에는 제국 일본의 교양주의를 반영한 세계문학 관념이, 어느 시기에는 제3세계 민족주의에 동조한 세계문학 관념이 출현했고, 그러한 관념을 실천한 전집물이 출판됐다. 21세기 한국에 새로운 세계문학전집이 필요하다는 것은 명백하다. 우리의 지성과 감성의 기준에 부합하는 세계문학을 다시 구상할 때가 되었다.

문학동네 세계문학전집은 범세계적으로 통용되는 고전에 대한 상식을 존중하면서도 지난 반세기 동안 해외 주요 언어권에서 창작과 연구의 진전에 따라 일어난 정전의 변동을 고려하여 편성되었다. 그래서 불멸의 명작은 물론 동시대 세계의 중요한 정치·문화적 실천에 영감을 준 새로운 작품들을 두루 포함시켰다.

창립 이후 지금까지 한국문학 및 번역문학 출판에서 가장 전문적이고 생산적인 그룹을 대표해온 문학동네가 그간 축적한 문학 출판 경험을 바탕으로 새로운 세계문학전집을 펴낸다. 인류가 무지와 몽매의 어둠 속을 방황하면서도 끝내 길을 잃지 않은 것은 세계문학사의 하늘에 떠 있는 빛나는 별들이 길잡이가 되어주었기 때문이다. 우리가 자부심과 사명감 속에서 그리게 될 이 새로운 별자리가 독자들의 관심과 애정에 힘입어 우리 모두의 뿌듯한 자산이 되기를 소망한다.

문학동네 세계문학전집 편집위원
민은경, 박유하, 변현태, 송병선, 이재룡, 홍길표, 남진우, 황종연

지은이 **안토니오 타부키**

1943년 9월 24일 이탈리아 피사에서 태어났다. 포르투갈 시인 페르난두 페소아를 알게 되면서 포르투갈의 언어와 문학을 공부했고, 대학 졸업 후 페소아의 작품을 번역해 유럽에 소개하는 일에 앞장섰다. 1975년 『이탈리아 광장』으로 문단에 데뷔했고, 1984년 발표한 『인도 야상곡』이 메디치상을 수상하며 유럽에서 주목받는 작가로 자리매김했다. 1994년 『페레이라가 주장하다』로 비아레조상, 장 모네 유럽문학상, 캄피엘로상, 스칸노상, 아리스테이온상 등 유럽의 권위 있는 문학상을 휩쓸었다. 『레퀴엠』 『다마세누 몬테이루의 잃어버린 머리』 외 다수의 작품을 발표했으며, 2012년 암으로 사망했다.

옮긴이 **이현경**

한국외국어대학교 이탈리아어과와 동대학원을 졸업하고 비교문학과 박사 학위를 받았다. 이탈리아 대사관에서 주관하는 제1회 번역문학상을 받았으며, 이탈리아 정부에서 주는 국가 번역상을 받았다. 현재 한국외국어대학교 이탈리아어 통번역학과에 재직중이다. 옮긴 책으로 율리시스 무어 시리즈, 『보이지 않는 도시들』 『안녕이라고 말하기 전에』 『이것이 인간인가』 『미의 역사』 『추의 역사』 『바우돌리노』 『주기율표』 등이 있다.

세계문학전집 134

다마세누 몬테이루의 잃어버린 머리

초판 인쇄 2016년 1월 5일
초판 발행 2016년 1월 11일

지은이 안토니오 타부키 | 옮긴이 이현경 | 펴낸이 염현숙

책임편집 박신양 | 편집 황현주 박기효 오동규
디자인 김이정 최미영 | 저작권 한문숙 박혜연 김지영
마케팅 정민호 이미진 정진아 전효선 | 홍보 김희숙 김상만 한수진 이천희
제작 강신은 김동욱 임현식 | 제작처 영신사

펴낸곳 (주)문학동네
출판등록 1993년 10월 22일 제406-2003-000045호
주소 10881 경기도 파주시 회동길 210
전자우편 editor@munhak.com | 대표전화 031)955-8888 | 팩스 031)955-8855
문의전화 031)955-1927(마케팅), 031)955-1916(편집)
문학동네카페 http://cafe.naver.com/mhdn
문학동네트위터 http://twitter.com/munhakdongne

ISBN 978-89-546-3931-6 04880
        978-89-546-0901-2 (세트)

www.munhak.com

문학동네 세계문학전집

1, 2, 3 안나 카레니나 레프 톨스토이 | 박형규 옮김

4 판탈레온과 특별봉사대 마리오 바르가스 요사 | 송병선 옮김

5 황금 물고기 르 클레지오 | 최수철 옮김

6 템페스트 윌리엄 셰익스피어 | 이경식 옮김

7 위대한 개츠비 F. 스콧 피츠제럴드 | 김영하 옮김

8 아름다운 애너벨 리 싸늘하게 죽다 오에 겐자부로 | 박유하 옮김

9, 10 파우스트 요한 볼프강 폰 괴테 | 이인웅 옮김

11 가면의 고백 미시마 유키오 | 양윤옥 옮김

12 킴 러디어드 키플링 | 하창수 옮김

13 나귀 가죽 오노레 드 발자크 | 이철의 옮김

14 피아노 치는 여자 엘프리데 옐리네크 | 이병애 옮김

15 1984 조지 오웰 | 김기혁 옮김

16 벤야멘타 하인학교 ―야콥 폰 군텐 이야기 로베르트 발저 | 홍길표 옮김

17, 18 적과 흑 스탕달 | 이규식 옮김

19, 20 휴먼 스테인 필립 로스 | 박범수 옮김

21 체스 이야기·낯선 여인의 편지 슈테판 츠바이크 | 김연수 옮김

22 왼손잡이 니콜라이 레스코프 | 이상훈 옮김

23 소송 프란츠 카프카 | 권혁준 옮김

24 마크롤 가비에로의 모험 알바로 무티스 | 송병선 옮김

25 파계 시마자키 도손 | 노영희 옮김

26 내 생명 앗아가주오 앙헬레스 마스트레타 | 강성식 옮김

27 여명 시도니가브리엘 콜레트 | 송기정 옮김

28 한때 흑인이었던 남자의 자서전 제임스 웰든 존슨 | 천승걸 옮김

29 슬픈 짐승 모니카 마론 | 김미선 옮김

30 피로 물든 방 앤절라 카터 | 이귀우 옮김

31 숨그네 헤르타 뮐러 | 박경희 옮김

32 우리 시대의 영웅 미하일 레르몬토프 | 김연경 옮김

33, 34 실낙원 존 밀턴 | 조신권 옮김

35 복낙원 존 밀턴 | 조신권 옮김

36 포로기 오오카 쇼헤이 | 허호 옮김

37 동물농장·파리와 런던의 따라지 인생 조지 오웰 | 김기혁 옮김

38 루이 랑베르 오노레 드 발자크 | 송기정 옮김

39 코틀로반 안드레이 플라토노프 | 김철균 옮김

40 어두운 상점들의 거리 파트릭 모디아노 | 김화영 옮김

41 순교자 김은국 | 도정일 옮김

42 젊은 베르테르의 슬픔 요한 볼프강 폰 괴테 | 안장혁 옮김

43 더블린 사람들 제임스 조이스 | 진선주 옮김

44 설득 제인 오스틴 | 원영선, 전신화 옮김

45 인공호흡 리카르도 피글리아 | 엄지영 옮김

46 정글북 러디어드 키플링 | 손향숙 옮김

47 외로운 남자 외젠 이오네스코 | 이재룡 옮김

48 에피 브리스트 테오도어 폰타네 | 한미회 옮김

49 둔황 이노우에 야스시 | 임용택 옮김

50 미크로메가스·캉디드 혹은 낙관주의 볼테르 | 이병애 옮김

51, 52 염소의 축제 마리오 바르가스 요사 | 송병선 옮김

53 고야산 스님·초롱불 노래 이즈미 교카 | 임태균 옮김

54 다니엘서 E. L. 닥터로 | 정상준 옮김

55 이날을 위한 우산 빌헬름 게나치노 | 박교진 옮김

56 톰 소여의 모험 마크 트웨인 | 강미경 옮김

57 카사노바의 귀향·꿈의 노벨레 아르투어 슈니츨러 | 모명숙 옮김

58 바보들을 위한 학교 사샤 소콜로프 | 권정임 옮김

59 어느 어릿광대의 견해 하인리히 뵐 | 신동도 옮김

60 웃는 늑대 쓰시마 유코 | 김훈아 옮김

61 팔코너 존 치버 | 박영원 옮김

62 한눈팔기 나쓰메 소세키 | 조영석 옮김

63, 64 톰 아저씨의 오두막 해리엇 비처 스토 | 이종인 옮김

65 아버지와 아들 이반 투르게네프 | 이항재 옮김

66 베니스의 상인 윌리엄 셰익스피어 | 이경식 옮김

67 해부학자 페데리코 안다아시 | 조구호 옮김

68 긴 이별을 위한 짧은 편지 페터 한트케 | 안장혁 옮김

69 호텔 뒤락 애니타 브루크너 | 김정 옮김

70 잔해 쥘리앵 그린 | 김종우 옮김

71 절망 블라디미르 나보코프 | 최종술 옮김

72 더버빌가의 테스 토머스 하디 | 유명숙 옮김

73 감상소설 미하일 조셴코 | 백용식 옮김

74 빙하와 어둠의 공포 크리스토프 란스마이어 | 진일상 옮김

75 쓰가루·석별·옛날이야기 다자이 오사무 | 서재곤 옮김

76 이인 알베르 카뮈 | 이기언 옮김

77 달려라, 토끼 존 업다이크 | 정영목 옮김

78 몰락하는 자 토마스 베른하르트 | 박인원 옮김

79, 80 한밤의 아이들 살만 루슈디 | 김진준 옮김

81 죽은 군대의 장군 이스마일 카다레 | 이창실 옮김

82 페레이라가 주장하다 안토니오 타부키 | 이승수 옮김

83, 84 목로주점 에밀 졸라 | 박명숙 옮김

85 아베 일족 모리 오가이 | 권태민 옮김

86 폭풍의 언덕 에밀리 브론테 | 김정아 옮김

87, 88 늦여름 아달베르트 슈티프터 | 박종대 옮김

89 클레브 공작부인 라파예트 부인 | 류재화 옮김

90 P세대 빅토르 펠레빈 | 박혜경 옮김

91 노인과 바다 어니스트 헤밍웨이 | 이인규 옮김

92 물방울 메도루마 슌 | 유은경 옮김

93 도깨비불 피에르 드리외라로셸 | 이재룡 옮김

94 프랑켄슈타인 메리 셸리 | 김선형 옮김

95 래그타임 E. L. 닥터로 | 최용준 옮김

96 캔터빌의 유령 오스카 와일드 | 김미나 옮김

97 만(卍)·시게모토 소장의 어머니 다니자키 준이치로 | 김춘미, 이호철 옮김

98 맨해튼 트랜스퍼 존 더스패서스 | 박경희 옮김

99 단순한 열정 아니 에르노 | 최정수 옮김

100 열세 걸음 모옌 | 임홍빈 옮김

101 데미안 헤르만 헤세 | 안인희 옮김

102 수레바퀴 아래서 헤르만 헤세 | 한미희 옮김

103 소리와 분노 윌리엄 포크너 | 공진호 옮김

104 곰 윌리엄 포크너 | 민은영 옮김

105 롤리타 블라디미르 나보코프 | 김진준 옮김

106, 107 부활 레프 톨스토이 | 백승무 옮김

108, 109 모래그릇 마쓰모토 세이초 | 이병진 옮김

110 은둔자 막심 고리키 | 이강은 옮김

111 불타버린 지도 아베 고보 | 이영미 옮김

112 말라볼리아가의 사람들 조반니 베르가 | 김운찬 옮김

113 디어 라이프 앨리스 먼로 | 정연희 옮김

114 돈 카를로스 프리드리히 실러 | 안인희 옮김

115 인간 짐승 에밀 졸라 | 이철의 옮김

116 빌러비드 토니 모리슨 | 최인자 옮김

117, 118 미국의 목가 필립 로스 | 정영목 옮김

119 대성당 레이먼드 카버 | 김연수 옮김

120 나나 에밀 졸라 | 김치수 옮김

121, 122 제르미날 에밀 졸라 | 박명숙 옮김

123 현기증. 감정들 W. G. 제발트 | 배수아 옮김

124 강 동쪽의 기담 나가이 가후 | 정병호 옮김

125 붉은 밤의 도시들 윌리엄 버로스 | 박인찬 옮김

126 수고양이 무어의 인생관 E. T. A. 호프만 | 박은경 옮김

127 맘브루 R. H. 모레노 두란 | 송병선 옮김

128 익사 오에 겐자부로 | 박유하 옮김

129 땅의 혜택 크누트 함순 | 안미란 옮김

130 불안의 책 페르난두 페소아 | 오진영 옮김

131, 132 사랑과 어둠의 이야기 아모스 오즈 | 최창모 옮김

133 페스트 알베르 카뮈 | 유호식 옮김

134 다마세누 몬테이루의 잃어버린 머리 안토니오 타부키 | 이현경 옮김

● 문학동네 세계문학전집은 계속 출간됩니다